"위험해요."

"……?!"

물감으로 염색한 것처럼 미하루의 얼굴이 새빨갛게 물들었다.
그대로 펄쩍 뛰어오르려다가
리오 위에서 굴러떨어질 뻔했다.
리오는 순간적으로 미하루의 몸을 끌어안았다.

──제발, 도와줘…….
──여기를 봐줘, 나를…….
크리스티나는 작게 입을 움직이며 중얼거렸다.
그것은 분명 그녀의 약한 소리였다.
진정한 본심이었다.

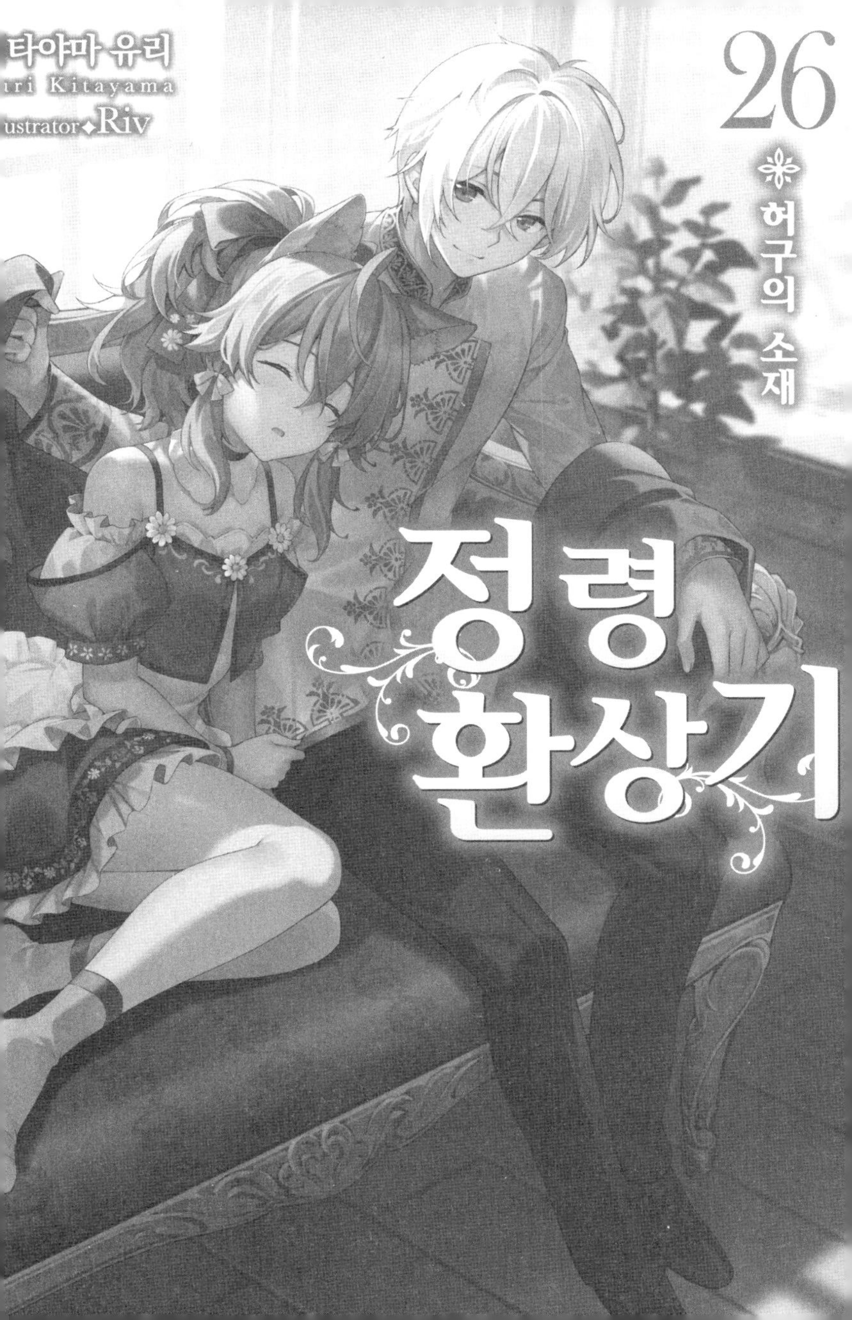
타야마 유리
ri Kitayama
ustrator◆Riv
26
허구의 소재
정령 환상기

커버 및 본문 일러스트_ Riv

CONTENTS

❖

플로라
벨트람

벨트람 왕국 제2 왕녀
언니 크리스티나와
함께 행동 중

크리스티나
벨트람

벨트람 왕국 제1 왕녀
조국을 탈출하여 아르보
공작과 대립하고 있다

센도
타카히사

이세계 전이자이며
아키와 마사토의 손위형제
센트스텔라 왕국의
용사로 움직인다

사카타
히로아키

이세계 전이자이며
용사 중 한 명
유그노 공작을
뒷배로 움직인다

시게쿠라
루이

이세계 전이자인
고등학생
벨트람 왕국의
용사로 움직인다

키쿠치
렌지

이세계 전이자이며
용사 중 한 명
국가에 소속되지 않고
모험가로 지냈는데……

리제롯테
크레티아

가르아크 왕국의 공작
영애이자 리카 상회 회장
전생은 고등학생인
미나모토 리카

소라

리오의 전전생인 용왕의
권속 소녀
용왕으로서 각성한
리오와 함께한다

스메라기
사츠키

이세계 전이자이며
미하루 일행의 친구
가르아크 왕국의
용사로 움직인다

샤를로트
가르아크

가르아크 왕국의 제2 왕녀
하루토에게 적극적으로
호감 표시 중

레이스

거듭 암약하는
정체불명의 인물
계획을 어그리뜨리는
리오를 경계한다

사쿠라바
에리카

성녀의 이름으로 변경
소국에 혁명을 일으킨 여성
리오와의 전투 후
자신의 소망을 이루고 사망

리오(하루토 아마카와)

벨트람 왕국의 고아로 태어난 이 작품의 주인공
용사와의 사투 끝에 초월자 중 한 명인 용왕으로 각성
그 대가로 사람들의 기억 속에서 사라졌다
전생은 일본인 대학생 아마카와 하루토

아이시아

리오를 하루토라고 부르는
계약정령
그 정체는 칠현신 리나가
만들어낸 인공정령.

세리아 크렐

벨트람 왕국의 귀족 영애
리오의 학원시절 은사인
천재 마도사

라티파

정령의 마을에 사는
여우 수인 소녀
전생은 초등학생인
엔도 스즈네

사라

정령의 마을에 사는
은늑대 수인 소녀
현재는 가르아크 왕국에서
미하루 일행과 함께 행동 중

아르마

정령의 마을에 사는
엘드워프 소녀
현재는 가르아크 왕국에서
미하루 일행과 함께 행동 중

오피아

정령의 마을에 사는
하이엘프 소녀
현재는 가르아크 왕국에서
미하루 일행과 함께 행동 중

아야세 미하루

이세계 전이자인 고등학생
하루토의 소꿉친구이며
첫사랑인 소녀

센도 아키

이세계 전이자인 중학생
오빠인 타카히사와 함께
근신 중이었는데……

센도 마사토

이세계 전이자인 초등학생
성녀 에리카의 사망 후
용사로 각성한다

등장인물소개

〖 프롤로그 〗 ✳ 레스토라시온의 현재

골렘의 습격 다음 날 아침의 일이다. 레스토라시온이 가르아크 왕국에서 빌린 영빈관의 한 방 안에서.

벨트람 왕국의 대귀족, 구스타브 유그노 공작은 오른손에 든 서류를 노려보며 우울한 표정을 짓고 있었다. 그가 집무 의자에 앉아 보고 있는 것은 레스토라시온이라는 조직의 회계 보고서였다.

로다니아라는 거점을 잃은 레스토라시온의 세력은 바람 앞의 등불이나 다름없었다. 아르보 공작파가 이끄는 벨트람 왕국군의 기습을 받고 로다니아에서 무사히 탈출한 조직 구성원은 고작 수백 명에 불과했다. 그 과반수는 부인이나 자제 등의 비전투원으로, 동행한 문관이나 군인의 수는 적었다.

레스토라시온의 재산도 대부분 로다니아에 남겨두었기 때문에 그들은 거의 맨몸으로 피난 온 것이나 다름없는 상황이었다. 가져올 수 있었던 것은 스스로 움직일 수 있는 인재와 지적 재산권 같은 무형 자산뿐.

지금의 레스토라시온은 그 수입의 대부분을 세리아에게 의존하고 있었다. 세리아가 보유한 마술 지식을 선보여 이익을 창출하고, 그것을 바탕으로 크리스티나에게 기부를 받고 있는 상황이었다. 그것이 없었다면 가르아크 왕국에 아무런 대가도 주지 못하고 얹혀사는 신세가 되었을 것이다.

다만, 그렇다 해도――.

'……좋지 않다.'

지금은 겨우겨우 조직의 체제를 유지하고 있을 뿐이다. 수백 명 규모의 조직을 앞으로도 유지해 나가기에는 수입이 턱없이 부족했다.

'이 상태가 길어지면 구성원들의 사기에도 영향을 미칠 터. 우리에게 대의명분이나 힘이 있다는 것을 인정받기 위한 무언가가 필요하다.'

조금 더 욕심을 부리자면, 아무도 반박할 수 없을 정도의 임팩트를 갖고 싶었다.

밝은 화제라면 대환영이다.

'이를테면, 크리스티나 님이 여왕으로 즉위하겠다고 선언하신 것까지는 좋았다.'

크리스티나가 사자로 세리아를 파견하여 여왕으로 즉위하겠다는 사실을 아르보 공작에게 선언한 것이 바로 얼마 전의 일이었다.

벨트람 왕국의 법에 따르면 새로운 국왕의 정식 즉위를 위해서는 대관식이 필요했지만, 왕권의 정통성을 증명하는 레갈리아를 사용해 즉위를 선언하면 잠정적인 정통 왕으로 간주한다는 규정이 있었다.

크리스티나는 왕인 레갈리아를 사용해 아르보 공작에게

즉위를 선언했으니 이제부터 벨트람 왕국의 공식적인 여왕으로 여겨질 수 있는 것이었다.

따라서 현재 벨트람 왕국에는 기존의 왕인 국왕 필립 3세와 새로운 여왕 크리스티나라는 두 명의 왕이 존재하며, 서로 왕권을 공유하고 있는 상태였다. 벨트람 왕국 역사상 유례가 없는 이두 정치의 탄생이었다.

그렇지만 크리스티나가 국외에 체류하고 있는 관계로 실제 행사할 수 있는 왕권은 거의 전무하다고 봐야 했다.

'결국 시간을 벌기 위한 궁여지책에 지나지 않는다. 국내 귀족의 압도적인 다수가 아르보 공작파에 속해 있는 이상, 즉위의 정통성이 부정당하는 건 시간문제겠지.'

유그노 공작은 앞으로 다가올 미래를 예상하며 씁쓸하게 입매를 비틀었다. 문제는 어디까지나 임시 왕으로만 간주되고 있다는 점이었다. 국법으로 정해진 절차만 따른다면 크리스티나의 즉위의 정통성을 부정할 수 있었다.

실제로 투표권을 가진 벨트람 왕후 귀족의 4분의 3이 즉위에 반대하면 크리스티나가 가진 즉위의 정통성은 과거로 돌아가 부정당하고 만다. 즉 처음부터 국왕이 아니었던 것으로 간주된다는 뜻이었다.

'즉위의 정통성을 부정당한다는 건 레스토라시온의 정통성이 부정되는 것이나 마찬가지다. 그렇게 되면 조직의 사기가 떨어지는 정도로 끝나지 않겠지.'

자포자기하는 자가 나타나는 정도라면 그나마 낫다. 최

악으로는 내부 분열이 발생하여 조직이 와해되는 사태가 벌어질 수 있었다.

'가르아크 왕국의 압박도 강해질 거다. 그렇지 않아도 지금의 우리는 프랑수아 국왕의 판단 하나만으로 유랑민이 될 처지에 놓여 있으니.'

게다가 레스토라시온이 안고 있는 또 다른 큰 문제는, 잃어버린 거점을 되찾지 못하는 이상 더 이상 조국인 벨트람 왕국에서는 활동을 재개할 수 없다는 점이었다. 지금은 국왕 프랑수아의 온정으로 활동을 인정받고 있지만, 발목을 잡힌다면 반발하는 가르아크의 왕후 귀족이 나타날 수도 있었다. 그렇게 되면 거주할 곳마저 잃을 수 있었다.

'그럼에도 프랑수아 국왕 폐하가 우리를 받아들여 준 것은, 결국 이해관계가 일치하기 때문이겠지.'

즉 아르보 공작파가 좌지우지하는 벨트람 왕국 본국의 정부가 잠재적 적국인 프로키시아 제국과 결탁하는 것을 꺼리는 것이다.

그것을 저지하기 위해서라도 가르아크 왕국 입장에서는 레스토라시온이 아르보 공작파를 타도해 주기를 바라고 있겠지만…….

'하지만 우리가 무능력하다면 그대로 버림받을 수도 있다. 레스토라시온이 가르아크 왕국에 존재하는 것의 메리트가 있다는 것을 보여줘야 한다……. 그것이 곧 조직의 사기 향상으로도 이어지겠지.'

다행히 아직 시간은 있다. 즉위의 정통성을 부정하기 위한 투표는 대관식장에서 제의하지 않으면 실행할 수 없기 때문에 그때까지는 유예가 있는 셈이었다.

'대관식이 열리기 전까지 뭔가 손을 써둬야 한다. 우리가 처한 상황을 뒤집을 수 있을 만한 영향력을 가진 무언가를……'

그리고 제일 먼저 떠오른 것은——.

'……역시 그 사람밖에 없군.'

한 소년이었다.

'하루토 아마카와…… 그를 레스토라시온에 끌어들일 수 있다면 로다니아의 탈환도 완전히 불가능한 이야기는 아니다.'

그렇게 생각하는 유그노 공작의 눈동자에 흥분의 불꽃이 켜졌다. 가르아크 왕국성의 옥상 정원에서 엿보았던 하루토의 전투를 떠올리자 나이가 무색하게도 가슴이 뜨거워졌다. 골렘과 싸우는 하루토의 힘은 일기당천이라는 말로도 형용할 수 없을 정도였다.

'갖고 싶다. 어떻게 해서든, 그의 힘을……'

유그노 공작은 하루토의 영입을 간절히 원했다. 물론 과거에도 영입을 검토한 적은 있었지만, 로다니아라는 거점을 잃고 레스토라시온의 세력도 크게 쇠퇴한 지금이었기에 더더욱 그 힘에 큰 가치를 느꼈다.

'신경 쓰이는 점이 있다면 바로 어제까지 그에 관한 모든

기억을 잃고 있었다는 점인데…….'

유그노 공작은 리오가 초월자가 되었다는 사실을 알지 못했다. 전투 후 열린 설명 자리에 초대받지 못했기 때문이었다. 출석이 허용된 사람은 리오의 저택에 사는 사람들과 국왕 프랑수아뿐이었다.

'크리스티나 님은 프랑수아 국왕을 통해 정보를 공유받으셨을지도 모르지만…….'

눈동자에서 금세 흥분의 기색이 빠져나가며, 유그노 공작은 이내 떨떠름한 표정이 되었다.

'과연 나에게도 정보를 공유해 주실까?'

크리스티나가 자신에게까지 정보를 알려줄지 어떨지에 대한 불신감이 있었기 때문이었다.

'아무래도 폐하께서는 그의 영입에 소극적인 면이 있으시니…….'

과거에 리오의 영입을 크리스티나에게 제안했지만, 꽤나 부정적인 반응을 보였던 것을 유그노 공작은 기억하고 있었다.

그때는 리오의 측실 중 한 명으로 레스토라시온에 소속된 명문가 아가씨를 내어주는 게 어떻겠느냐고 제안했다.

'과거에 제언했던 영입 이야기는 모두 흐지부지 끝나고 말았다. 그래서 그런지 폐하께서는 그에 관한 이야기를 나와 나누는 것조차 피하려는 모습을 보이신다.'

자신의 안에서 내린 결론을 바꿀 수 없다고 생각하기 때문일까? 하루토에 관한 이야기를 꺼내기만 해도 경계심을 드러내며 미적지근한 반응을 보이는 상황이었다.

그런 이유로 유그노 공작도 크리스티나 앞에서는 리오에 관한 이야기를 거의 꺼내지 않게 되었다. 그것은 유그노 공작이 리오의 영입에 관해 크리스티나에게 기대하는 것을 멈췄기 때문이었다.

누군가에게 기대하는 것을 멈춘 인간은 어떻게 되는가? 참고, 포기하며, 그 누군가에게는 더 이상 아무 말도 하지 않게 된다.

'상황이 상황이다. 이번만큼은 이쪽도 눈치만 보고 있을 수는 없어.'

하지만 로다니아라는 거점을 잃은 지금, 상황은 예전과 크게 달라졌다. 몰락해가는 지금의 레스토라시온을 되살리기 위해서는 특별한 무언가가 반드시 필요했다. 그리고 그 무언가가 바로 리오였다.

'그의 도움을 얻기 위해 한 번 더 폐하와 대화를 나눠봐야겠군.'

모든 것은 레스토라시온이라는 조직을 위해, 그리고 벨트람 왕국을 위해서라고 유그노 공작은 남몰래 결심을 다졌다.

'그를 영입할 수 있는 매력적인 조건을 제시할 수 있다면 좋겠지만……'

솔직히 지금의 레스토라시온이 내놓을 수 있는 대가가

있을까? 대가라고 해 봤자 유력한 명문가 영애와의 혼담 정도밖에 떠오르지 않았다.

'이번 일도 그렇고, 그는 수수께끼가 많다. 그에 관한 정보를 좀 더 얻어야겠군. 그와 가까운 인물들에게 이야기를 들을 수 있다면 좋겠는데…….'

애초에 유그노 공작은 자신이 생각했던 것보다 더 하루토 아마카와라는 소년에 대해 잘 모르고 있었다. 아니, 하루토뿐만이 아니다.

'그의 주위에 있는 자들 역시 수수께끼다. 뛰어난 인물들이라는 건 확실하지만…….'

사츠키나 그 친구인 미하루 일행이라면 몰라도, 사라나 고우키 일행에 대해서도 잘 몰랐다. 사라 일행은 친구로서 리오와 교류하고 있는 것처럼 보이지만, 고우키 일행을 보자면 가신으로서 하루토에게 충성을 맹세한 것처럼 보였다. 아는 점이라고 하면 우수한 무인들의 집단이라는 점. 즉, 인재의 보고였다.

어쨌든 하루토와 가까운 사람들은 하나같이 대부분 수면 위로 나오려 하지 않았다. 하루토와 마찬가지로 출세에는 관심이 없는지 저택 밖으로 모습을 드러내지도 않았다. 국왕 프랑수아도 확실하게 그 뜻을 존중하고 있는 상황이었기에 정보를 수집하는 것도 어려웠다. 외부인이 저택에 사는 자들과 접촉하기 위해서는 반드시 왕녀 샤를로트의 손을 거쳐야만 했다.

'하루토 군과 함께 나타난 그 어린 소녀도 마찬가지다. 분명 소라라고 했었나?'

유그노 공작의 기억이 확실하다면 처음 보는 소녀였다. 하지만 하루토를 상당히 잘 따르는 느낌이었다.

'그 어린 소녀도 기묘할 정도로 강한 힘을 갖고 있었다. 다른 이들도 그렇고, 도대체 다 어디서 데려온 것인지……'

고우키 일행도 그렇지만, 슈트랄 지방에서는 쉽게 볼 수 없는 검은 머리의 소유자였다.

'분명 하루토 군의 부모는 이민자였던 것으로 기억한다. 아마 그쪽과 연관된 것이겠지만……'

유그노 공작은 현 상태에서 얻을 수 있는 몇 안 되는 정보에 의지해 하루토와 소라, 고우키 일행과의 연결고리를 유추해 나갔다.

'저런 머리색을 가진 인물이라고 하면……'

그리고 비슷한 특징을 가진 인물과 과거에 만난 적이 없는지 돌아보았다.

'……있었군.'

그러자 유그노 공작의 기억에 걸리는 인물이 한 명 있었다.

직접 만난 적이 있는 것은 아니었다. 눈으로 본 횟수도 손에 꼽을 정도이며 모두 멀리 본 것에 지나지 않았다.

하지만 인상에는 강하게 남아 있는 인물이었다.

그 이름은…….

"분명, 리오였지……."

고아 출신으로, 어린 시절에 유괴된 플로라를 구하고 왕립학원에 편입을 허가받은 소년이었다. 그러나 편입한 지 5년 만에 열린 왕립학원 야외연습에서 플로라를 절벽에서 밀었다는 혐의를 받고 왕립학원에서 잠적한 인물이었다.

그 사건에는 다른 누구도 아닌 유그노 공작의 아들인 스튜어드가 얽혀 있었다. 유그노 공작도 뒷수습에 쫓기며 리오가 처벌을 받도록 수를 쓴 전적이 있었다.

"……."

별로 좋은 기억이 아닌 탓에 유그노 공작은 씁쓸하게 얼굴을 찌푸렸다. 그러나 그다음 순간, 유그노 공작은 눈을 번쩍 떴다.

"음?!"

가장 최근에 그 이름을 들은 기억이 있기 때문이었다.

"그 어린 소녀……."

어제 리오와 소라가 성의 옥상 정원으로 소환된 직후의 일이다. 갑작스러운 등장에 모두가 어리둥절한 가운데, 소라는 하루토를——.

"리오 님, 이라고 불렀었지?"

유그노 공작의 눈동자가 경악으로 일렁였다.

'……아니, 어제뿐만이 아니다. 우리가 로다니아에서 퇴각할 때도 하루토 군은 그 어린 소녀와 함께 우리에게 도

움을 주었다. 확실히 그때도…….'

소라가 하루토를 리오 님이라고 부르지 않았던가? 그 사실을 떠올린 순간 유그노 공작 안에서 조각조각 흩어져 있던 점과 점들이 갑자기 선으로 이어진 느낌이 들었다.

만약 그렇다면…….

아니, 하지만…….

확실한 것은 아니다.

그 밖에는 아무런 증거도 없었다.

"……."

하지만 유그노 공작은 입가에 손을 얹은 채 한동안 침묵했다.

〖 제 1 장 〗 ❋ 리오와 미하루

　리오가 골렘을 쓰러뜨린 그날 저녁의 일이다. 미하루는 꿈의 세계에 들어가 있었다. 자신도 모르는 사이에 리나가 빙의하여 함부로 리오에게 키스한 것을 따지기 위해서였다.

　그곳은 온통 새하얀 공간이었다. 리나의 모습은 보이지 않았지만 대화는 가능했다. 그래서 미하루는 리나를 질책했다.

　"네가 좋아하는 상대는 아마카와 하루토와 리오, 결국 어느 쪽이야?"

　하지만, 오히려 리나에게서 질문을 받고 말았다.

　"……네?"

　미하루는 기습적으로 뺨이라도 맞은 것처럼 당황한 표정을 지었다.

　"왜 그래? 대답 못 하겠어?"

　할 말을 잃은 미하루의 반응에도 개의치 않고, 리나의 차분한 목소리가 공간 안에 울려 퍼졌다.

　"어, 어느 쪽이냐니…… 어째서 갑자기 그런 걸…….”

　미하루가 떨리는 목소리로 말을 더듬었다.

　명백히 동요한 모습이었다.

　그렇지만, 그와 똑같은 의문을, 미하루는 과거에 품었던 적이 있었다.

때는 가르아크 왕국에서 연회가 열렸을 무렵—— 미하루가 리오의 전생이 아마카와 하루토라는 사실을 알게 된 직후의 일이었다.

그때 미하루는 이미 답을 내렸다.

즉, 이것이었다.

"가르아크 왕국에서 열린 연회 때, 넌 센도 타카히사에게 이렇게 말했지. 둘 다라고. 아마카와 하루토도, 지금 이 세계에서 살고 있는 리오도, 양쪽 모두를 좋아한다고."

——둘 다, 야. 둘 다 좋아해. 환생 전의 하루도, 지금의 하루토 씨도. 나는 같은 사람을 두 번, 좋아하게 됐어.

가르아크 왕국에서 납치당할 뻔했을 때, 다른 누구도 아닌 미하루가 타카히사의 얼굴을 마주 보고 한 말이었다. 미래를 내다보는 권능을 지니고 있던 리나라면 알고 있다고 해도 이상하지는 않았다.

"……그런 것까지 알고 계시는군요."

미하루가 쓸쓸한 표정을 지었다.

"당연하지. 환생한 상대에 대한 거니까."

리나는 태연하게 말을 이었다.

"그런데 왜 지금은 즉답을 못 한 걸까?"

그리고 더욱 짓궂은 질문을 던진다.

"그건, 당신이 갑자기 어느 쪽을 좋아하냐고 물으니까……."

"그럼 그때나 지금이나 네 마음에 변함은 없다는 거지?"

"……네."

잠시 틈을 두고 미하루가 고개를 끄덕였다.

"정말?"

묘하게 의심을 담은 목소리로, 리나가 곧바로 확인했다.

"……정말이에요. 정말 그렇게 생각해요."

미하루는 가슴에 손을 얹고 자신의 마음을 확인하며 대답했다. 미하루는 리오와 아마카와 하루토, 두 사람을 좋아한다. 그 마음에는 변함이 없다. 하지만 이미 한 번 답을 내렸던 문제에서 왜 미하루는 동요를 감추지 못했던 것일까?

"그런 것치고는 망설이는 것처럼 보였는데."

리나도 그것을 의심하고 지적했다.

"……그렇지 않아요."

미하루도 한 치의 양보 없이 단호한 목소리로 대답하며 고개를 저었다.

"그럼 질문을 바꿀까? 만약 지금 이 세계에 아마카와 하루토가 나타난다면 넌 아마카와 하루토와 리오 둘 중 어느 쪽을 선택할 거야?"

"가정이 이상해요……. 하루가 죽어서 지금의 하루토 씨가 된 건데……."

"그럼 또 다른 질문. 만약 아마카와 하루토가 죽기 전의 지구로 돌아갈 수 있다면? 넌 리오를 남기고 지구로 돌아갈래?"

"그건…… 그것도 가정 이야기잖아요……."

결국은 아마카와 하루토와 리오 중 어느 쪽을 선택할 것인가, 그 물음을 다시 받고 있는 것에 지나지 않았다. 하지만 성실한 성격이라 그런지 미하루는 대답을 망설이면서도 일단은 각각의 질문에 대해 진지하게 고민했다.

"실현성은 그렇다 치고, 가능하냐 불가능하냐로 따지자면 불가능한 건 아니야."

"……돌아갈 수 있나요? 저희들, 일본으로……."

미하루가 눈을 깜빡였다.

"이 세계로 불러들인 거니까 다시 원래의 세계로 돌려보낸다 해도 이상한 일은 아니잖아? 뭐, 광대한 사막에서 보석 하나를 찾는 것보다 더 어려운 일이긴 하지만."

"하지만 하루가 죽기 전의 지구로 돌아간다니……."

"잊었어? 애초에 넌 아마카와 하루토가 죽기 4년 전에 지구에서 이 세계로 흘러든 거야. 만약 지금 당장 지구로 돌아갈 수 있다면 당연히 아마카와 하루토가 죽기 전의 지구가 되지 않을까? 네가 이 세상에 온 지 아직 1년도 되지 않았잖아?"

"그건 그렇긴 하지만요. 그렇게 말하자면 나중에 지구에서 죽은 하루가 어째서 저보다 먼저 이 세계에 왔는지……."

미하루가 석연치 않은 표정을 지었다. 아야세 미하루가 이 세계로 오고 4년 후, 아마카와 하루토는 지구에서 죽었다. 하지만 미하루가 이 세계에 오기 9년 전, 리오는 아마카와 하루토의 기억을 그 몸에 담고 있었다.

"시간 축까지 이야기하자면 주제에서 벗어나게 되니까 지금은 내 질문에 대답해 줘. 만약 아마카와 하루토가 죽기 전의 지구로 돌아갈 수 있다면, 넌 어느 쪽을 선택할 거야?"

즉, 이 세계에 남아 리오와 함께 살아갈 것인가, 아니면 지구로 돌아가 아마카와 하루토와 재회할 것인가.

"……."

미하루는 무어라 말하려다, 다시 입을 다물었다.

"역시 즉답은 못하는구나. 넌 아마카와 하루토와 리오 중 한 명만을 선택할 수는 없는 거야."

"그, 그야 하루토 씨의 전생은 하루였으니까……. 두 사람이 다른 사람이라는 생각은, 도저히 할 수 없어요……."

"하지만, 사실은 알고 있잖아?"

리나의 목소리가 새하얀 공간에 울려 퍼졌다.

"……뭘 말인가요?"

"리오는 아마카와 하루토가 될 수 없어. 두 사람은 다른 사람이야."

"……."

미하루는 리나의 말을 부정하지 못하고 무겁게 고개를 숙였다.

"넌 아마카와 하루토와 리오를 모두 좋아하게 됐어. 물론 거기에 모순은 없지. 네 마음에도 거짓은 없을 거야. 하지만 그날 밤 모임이 끝난 이후로 계속, 넌 거기에 머물러 있어. 그러니까 둘 중에 하나를 선택할 수 없는 거야."

느리지만 정확히, 리나는 마치 날카로운 삽으로 찌르듯

이 미하루의 마음을 파고들었다.

"그래서 그와의 관계에도 진전이 없는 거고."

그리고 그렇게 쏘아붙였다.

"윽……!"

미하루는 부르르 몸을 떨었다.

"그거 알아? 리오와 아마카와 하루토를 둘 다 좋아한다는 건, 결국 양다리를 공언하는 거나 다름없다는 사실을."

그런 리나의 말은 미하루의 마음을 깊이 찔렀다.

"아, 아니에요! 그렇지 않……!"

미하루는 안색을 바꾸며 부정하려 했다.

"그게 맞아. 지금도 두 사람 중 한쪽을 선택할 수 없는 모양이니까."

하지만 리나가 말을 가로막았다.

"……하지만 하루토 씨는 하루의 기억을 갖고 있어요. 하루토 씨가 하루의 환생이라는 사실엔 변함이 없으니까……."

변명하는 미하루의 목소리가 점점 작아졌다.

"하지만 리오는 리오로 태어나고 자라왔어. 리오는 리오 이외의 존재는 될 수 없어. 아마카와 하루토의 기억을 간직하고 적지 않은 영향을 받아 왔다고 해도 말이지. 그 점은 리오도 직접 말했을 텐데?"

"……."

미하루의 말문이 완전히 막히고 말았다.

"넌 아마카와 하루토를 생각하면서 리오도 생각하고 있

어. 리오가 보기엔 귀찮은 이야기지. 늘 다른 남자와 비교 당하고 있는 셈이니까."

"아……."

미하루의 눈동자에 강한 죄책감이 서렸다.

"만약 순서가 반대였다면……. 아마카와 하루토와는 관계없이 네가 리오를 좋아하게 됐다면, 자신 있게 리오를 선택한다고 대답했을 거야. 게다가 지금과는 다른 미래가 됐을 가능성도 있어."

"다른, 미래……?"

"확실히 있었어. 네가 리오의 전생을 모른 채 리오에게 끌렸던 미래가. 그 미래에서는 리오도 널 좋아하게 됐지. 너에게 마음을 고백하기도 했어."

"……네?"

말을 받아들이기 어려운지 미하루의 눈이 동그랗게 뜨였다.

"리오가 다른 누구도 아닌, 너 한 명만을 선택해서 고백한 거야. 그날 밤 모임에서 말이지."

"……거짓말……."

그런 미래가 있었다니, 미하루는 멍한 얼굴로 숨을 삼켰다.

"거짓말 아니야. 뭐, 그 대신 그 미래에서 넌 타카히사의 손에 의해 강제로 센트스텔라 왕국에 끌려가 버렸지만 말야. 하지만 리오와 떨어져 있다고 해도 그 편이 너에겐 지금보다 더 낫지 않았을까?"

리오의 마음을 독차지할 수 있었을 테니까, 그런 뜻을 담아 리나는 짓궂게 미소 지으며 물었다.

"……."

미하루는 아무 말도 할 수 없었다.

"그것조차 결정할 수 없구나."

공간 안에 울려 퍼지는 리나의 목소리에는 모멸의 기색이 배어 있었다.

"윽……."

미하루가 몸을 흠칫 떨었다.

"아쉽지만 그런 어중간한 여자에게 의지할 수는 없겠지. 리오가 의지할 일도 없겠지만, 그렇다면 넌 앞으로도 그렇게 이도 저도 아닌 상태로 있을 생각이야? 언젠가 리오가 돌아봐 주기만을 계속 기다리면서?"

"그건……."

"뭐, 널 의지할 수 없다면 다른 우수한 아이들을 의지하면 그만이지. 아이시아나 소라, 그리고 세리아도 있어. 넌 그저 잠들어 있는 동안 나에게 몸만 빌려주면 돼. 지금까지처럼 방관자로 있으면 돼. 하지만 그렇게 되면 네가 리오와 맺어지는 미래가 찾아올 일은 영영 없겠지."

리나는 미하루의 반응을 개의치 않고 말을 이어갔다.

"이제 그만해도 될까? 더는 너와 할 이야기도 없고, 이 대화도 그만하고 싶은데."

그러더니 일방적으로 이 꿈속에서의 대화를 끝내려 했다.

"자, 잠깐만요!"

미하루는 황급히 외쳤다.

"뭐야?"

"멋대로 끝내지 마세요. 저도…… 진심이에요. 진심이라고요. 진심으로 지금의 하루토 씨를 좋아해요."

미하루는 어디에 있는지도 모르는 리나에게 강하게 소리쳤다.

"그래서 뭐?"

리나의 말은 여전히 미하루에게 흥미가 없는 것처럼 담백했다.

"어중간하지 않아요. 당신이 뭘 하고 싶은지는 모르겠지만, 저도 하루토 씨가 의지할 수 있는 존재가 되고 싶어요. 힘이 되고 싶어요. 그러기 위해서 할 수 있는 건 뭐든 할 거예요. 저만 방관자가 되는 건 싫어요."

미하루는 겁먹지 않았다.

그녀로서는 드물게 확실한 자기주장을 밝혔다.

"흐음, 그럼 됐어. 기회를 줄게. 육체의 주도권은 너에게 있어. 내가 너에게 빙의할 수 있는 건 네가 잠에 빠져 있을 때뿐이야. 네가 깨어있는 동안에는 이렇게 의사소통도 할 수 없으니까 의지할 수 있다면 분명 도움은 되겠지."

"저한테 뭔가를 시키려는 건가요?"

"아니, 다만 지켜보겠어. 아쉽게도 말 한마디만 듣고 널

믿을 수는 없으니까, 앞으로의 행동으로 보여줘. 네가 의지할 수 있는 존재라는 걸."

리나는 웃음을 터뜨리며 그렇게 말했다.

"……알겠어요."

미하루의 대답은 조용했지만, 강한 의지가 담겨 있었다.

"하지만, 부디 겉돌아서 그에게 폐를 끼치는 짓만은 하지 말아줘."

"아, 알고 있어요."

놀림처럼 들려온 리나의 주의에 미하루는 발끈한 얼굴로 대답했다.

◇ ◇ ◇

한편 미하루가 꿈의 세계에서 리나와 대화를 나누고 있을 무렵.

가르아크 왕국성에 있는 리오의 저택 침실에서. 현실 세계의 미하루는 리나에 의해 육체를 조종당한 채 리오와 대화를 나누고 있었다. 어디서 들고 나왔는지, 귀에 단 귀걸이 모양의 마도구로 당시의 자신의 모습으로 바뀌어 있었다.

리오는 리나가 자신과 이야기를 나누는 동안, 한편으로는 잠든 미하루와도 정신세계에서 대화를 나누고 있다는 사실은 꿈에도 몰랐지만…….

어쨌든 리나는 미하루의 육체를 사용해 리오를 침대에

밀어 눕히고는, 그의 위에 올라탄 자세로 세 가지 조언을
내놓았다.

──첫 번째, 천 년 전의 단서를 찾기 위해 리오가 아르
마다 성왕국의 미궁으로 향한 것은 잘못된 판단이다. 찾으
려면 다른 곳으로 갔어야 한다.

──두 번째, 소라 이외에도 권속을 만들어야 한다. 만
약 권속을 만들지 않으면 리오는 후회하게 될지도 모른다.

그리고 세 번째──.

**"소라 이외에 첫 번째 권속으로 삼는 건 크리스티나 벨
트람이 좋다고 생각해."**

그것이었다.

그것은 리오에게는 도저히 받아들일 수 없는 조언이었다.

그래서일까, 결코 짧지 않은 침묵이 흘렀다.

"……."

"어때? 크리스티나 벨트람을 권속으로 삼을 거야?"

리나는 리오에게 올라탄 채 고혹적인 미소를 지었다.

"……그건 불가능합니다."

리오는 거절했다.

"어째서?"

"그녀에게는 벨트람 왕국의 제1 왕녀로서의 입장이 있습
니다. 레스토라시온이라는 조직과 왕국의 미래를 짊어져
야 할 사람입니다."

권속이란 초월자의 하인이다. 권속이 되는 순간 그자는

세상의 이치에서 벗어나 사람들의 기억에 남지 않는 존재가 되어버린다. 그러니 크리스티나를 초월자의 권속으로 만드는 것은 불가능하다며, 리오는 단호하게 대답했다.

"그렇구나."

하지만 리나는 선뜻 고개를 끄덕였다.

'그렇구나, 라니……. 그렇다면 왜 크리스티나 님을 권속으로 삼으라고 한 거지?'

의문을 품은 리오. 묻는다고 대답해 줄 것 같지는 않았지만, 일단 물어보았다.

"이유는…… 알려주시지 않겠죠?"

"안타깝지만 그래. 쓸데없는 말을 하면 미래에 어떤 영향이 미칠지 알 수 없으니까."

"그런가요……."

"알고 있을 거라 생각하지만, 어디까지나 조언이야. 결정하는 건 당신. 완전히 진실은 아니지만, 진지하게 받아들였으면 좋겠어."

"……."

"뭐, 지금은 마음에 담아두기만 하면 돼. 물론 빨리 결정하는 것보다 더 좋은 건 없겠지만."

떨떠름한 얼굴로 입을 다문 리오를 보고 리나는 상냥하게 미소 지었다.

'생각할 시간은 주는 건가. 하지만 그렇다고 해도…….'

생각할 필요도 없었다. 크리스티나를 권속으로 삼다니

말도 안 된다. 아니, 다른 누구도 권속으로 삼을 수 없었다. 리오는 강한 거부감을 느꼈다.

"참고로 당신은 최대 6명의 권속을 가질 수 있어. 즉 소라와 크리스티나를 제외하고도 네 명의 다른 권속을 만들 수 있는 거지."

"……한 명의 초월자가 만들 수 있는 권속은 최대 3명 아닙니까?"

소라에게 들었던 이야기와 달라 리오가 눈을 동그랗게 떴다.

"용왕이었던 당신 자신의 신성과 아이시아에게 맡겨둔 내 신성. 지금의 당신은 두 사람 몫의 신성을 품고 있으니까. 초월자 두 사람 몫의 권속을 가질 수 있는 거야."

"……그렇군요."

리오는 일단 맞장구를 치는 척했다.

'설마 사람 수만큼 권속을 만들라는 뜻은 아니겠지…….'

하지만 경계심은 더욱 커졌다. 한 명의 권속을 새로 만들라는 말만으로도 이 정도로 큰 거부감이 드는 상황이다. 소라를 제외하고 다섯 명의 권속을 더 만들라니, 도저히 불가능한 이야기였다.

"다른 네 사람에 대해서는 나중에 고민해도 돼. 일단 크리스티나에 대해서만 생각해 줘."

리나는 리오의 속내를 꿰뚫어 본 것처럼 말했다.

"……."

리오는 그렇다고도 아니라고도 할 수 없었다.

"그건 그렇고 골렘의 코어를 회수했지? 줄 수 있어?"

리나도 권속에 관한 화제를 더 이상 언급할 생각은 없는지, 선뜻 화제를 바꿔버렸다.

"……《디스차지》."

리오는 가볍게 한숨을 내쉬며 감정을 추스르고 시공의 장을 사용했다. 그러자 공간이 일그러지며 지름 수십 센티미터에 이르는 투명한 구체 두 개가 나타나 각각 리오의 양손에 쏙 담겼다.

"고마워. 내가 맡아둘게. 《스토리지》."

리나가 주문을 외우자 다시 한번 공간이 일그러졌다. 그리고 리오의 손에 들어가 있던 구체 두 개도 사라져버렸다.

"……시공의 장은 갖고 있지 않은 거…… 맞죠?"

리오가 눈을 크게 뜨며 물었다.

"맞아, 마법으로 똑같은 걸 재현한 것뿐이야."

리나가 담백한 어조로 설명했다.

"그렇, 군요……."

하지만 리오는 놀라움을 감추지 못했다. 시공의 장에 봉인되어 있는 마술은 초고등 마술이었다. 그것을 마법으로 만들어 얻는 방법은 리오가 아는 한 확립되어 있지 않았다. 그럼에도 그것을 손쉽게 실현하고 있는 것을 보면 괜히 현신이 아니라는 것을 알 수 있었다.

"……하지만 미하루 씨는 정령술사 아닌가요?"

리오는 놀라움을 삼키며 뒤늦게 품고 있던 의문을 꺼냈다. 정령술사는 한번 체내에 술식을 집어넣어 마법을 습득하면, 몸에서 술식을 제거하지 않는 한 정령술을 쓰는 것은 불가하기 때문이었다.

　미하루는 정령술사로서 훈련해 왔기 때문에 마법을 쓸수는 없었다. 육체를 공유하고 있는 이상 이 전제는 리나에게도 적용된다고 생각했다.

　"그래서 이 아이를 마도사로 만들었어."

　하지만 리나는 그 전제를 뒤집어버렸다.

　"술식 계약을 한 건가요? 어느 틈에……."

　"요 며칠 사이에 했어. 이 아이가 잠든 사이에."

　"……그 사실을 미하루 씨는 알고 있나요?"

　"아직 눈치채지는 못했겠지. 내가 해도 되긴 하지만 귀찮으니까 당신이 설명해 줘."

　리나는 태연하게 말했다.

　"의사소통은 되는 건가요, 미하루 씨와?"

　"이 아이가 잠들어 있는 동안에 한해, 정신세계에서만 대화할 수 있어. 나는 어디까지나 아야세 미하루의 그림자에 지나지 않으니까 이 아이가 잠들어 있을 때 외에는 밖으로 나오는 게 불가능해."

　"그렇, 군요……."

　"그러니까 언제든지 내가 밖으로 나올 수 있다고 생각하지 마. 애초에 내가 밖으로 나와 당신들과 접촉하는 건 최소한으로만 할 생각이니까, 그렇게 알고 있어줘. 필요할 때는 내가 직접 이야기를 하러 올게."

지금 이러는 것처럼 말이야── 하고, 리나는 미소를 지었다.

"어째서죠?"

"일단 이 상태는 연비가 굉장히 좋지 않아. 미하루도 마력은 상당히 많은 편이지만 매번 이 상태로 있으면 결국 마력이 고갈될 거야. 내가 활동하고 있는 동안에는 미하루의 육체도 제대로 휴식을 취하지 못하는 셈이고, 그게 아니더라도 이 상태는 미하루에게 부담이 크니까."

"그렇군요……."

마법의 발동을 끝내고 리나가 활동을 중단한 후 미하루에게 부담이 가는 것은 리오로서도 원치 않았다.

"그리고 또 날 너무 의지해서 바깥으로 끌려 나오게 되는 것도 귀찮으니까. 이것저것 물어봐도 대답할 수 없는 것들이 대부분이고, 그걸로 괜히 미래가 바뀌는 것도 원치 않아. 초월자는 본래 인간의 세상에 적극적으로 관여해도 되는 존재가 아니야. 뭐, 주위에는 당신이 잘 설명해 줘."

"인간의 세상과 적극적으로 관여해도 되는 존재가 아니다. 그렇, 겠죠. 알겠습니다."

리오는 리나의 말을 무겁게 받아들였는지, 진지한 얼굴로 고개를 끄덕였다.

"……역시 정말 성실한 성격이네, 당신은. 분명 다른 사람일 텐데, 그런 점은 천 년 전의 용왕과 똑같아."

그러자 리나는 생각에 잠긴 얼굴로 리오를 내려다보며 그립다는 듯 미소 지었다.

"그런, 가요……?"

리오는 의아한지 어리둥절한 얼굴로 고개를 갸웃거렸다.

"응, 하지만 당신은 그저 마음껏 지금 이 순간을 즐기면 돼. 적어도 이 결계 안에서는 용왕이 아닌, 리오로서 말이야. 당신에게는 그럴 권리가 있어. 아야세 미하루도 나랑은 관계없이 아야세 미하루로서 행동할 테니까."

리나는 리오가 마음 편히 리오로서 움직일 수 있도록, 미하루를 예로 들어 가벼운 어조로 말했다.

"알겠습니다."

리오는 쓴웃음을 지으며 고개를 끄덕였다.

"그나저나, 좋은 기회인데 뭐 물어보고 싶은 거 없어? 다른 누구도 아닌 당신이니까, 미래에 영향이 없을 만한 범위라면 특별히 알려줄게."

"회수한 골렘의 코어는 재사용을 염두에 둔 건가요?"

곧장 미래와 관련이 있을 법한 질문이 나왔다. 어느 정도라면 발을 들여놓아도 괜찮은지, 리오는 앞으로 있을 리나와의 대화에 앞서 시험 삼아 질문을 던졌다. 그리고 그런 의도를 간파한 듯 리나는 만족스러운 얼굴로 미소를 지으며 대답했다.

"보호가 걸려 있어서 시간은 걸리겠지만, 차차 해결할

거야."

"골렘을 기동시킨 사람은 대체 누구죠?"

"현시점에서 그걸 알아버리면 미래가 크게 분기될 것 같아. 그러니까 비밀이야."

질문 자체는 과거의 사실에 관한 것이었지만, 미래에 영향을 미친다고 판단한 모양이었다. 리나가 생각하는 바람직한 미래와 어긋나는지 답변을 거부했다.

"……알겠습니다."

리오로서는 꼭 알고 싶은 정보였지만, 리나의 사정도 모르는 것은 아니었다. 원래라면 절대 알 수 없었을 정보라고 생각하며 리오는 감정을 억누르고 수긍했다.

"……그럼 용사에게서 고위 정령을 제거할 방법은 없습니까?"

그리고 곧바로 다음 질문을 던졌다.

"유감스럽게도 없어. 정령영약은 사람과 정령의 영혼을 융합에 비슷한 수준으로 연결하는 기법이니까. 한번 맺어지면 계약자가 죽지 않는 한 영약을 해제할 방법은 없어."

"그렇, 군요. 그럼 다른 질문을 할게요. 가면의 양산은 가능한가요?"

모처럼 찾아온 기회였다. 리오는 떠오른 의문을 계속해서 입에 올렸다. 여기서 말하는 가면이란 당연히 초월자의 규칙을 대신 부담해 주는 가면을 말했다. 지난 골렘과의 싸움에서도 가면을 소비한 탓에 멀쩡한 상태로 남아 있는 가면은 이제 두 장밖에 없었다.

"재료를 가공하는 게 어려우니까 지금 당장 양산은 불가능해. 그러니까 당분간은 이걸로 버텨줘. 천 년 전 내가 갖고 있었던 예비분이야. 《디스차지》."

리나가 주문을 외우자 새로운 다섯 개의 가면이 나타났다. 가면은 그대로 푹신한 침대 위로 떨어졌다.

"감사합니다."

"감사는 필요 없어. 나야말로 당신에게 도움을 받고 있으니까."

"그렇다면, 다행이지만……. 그러고 보니 가르아크 왕국성 지하에 당신의 아틀리에가 있다는 얘길 세리아에게 들었는데, 어느 틈에 그렇게 된 거죠?"

"신마전쟁이 끝난 후에 준비해 둔 거야. 이 땅에 가르아크 왕국이 생긴다는 건 예지로 알고 있었으니까. 이번 골렘 습격에 대한 것도."

"신마전쟁으로 치명상을 입었다고 들었습니다만……."

살아 계셨군요, 하고 리오는 당시의 일을 물었다.

"치료가 어려운 치명상을 입어서 죽음을 피할 수는 없었어. 그래서 쓸 수 있는 최대한의 연명 치료를 받아 미래를 대비한 거야. 그렇다 해도 압도적으로 시간이 부족해서 그렇게 큰 일은 할 수 없었지만."

"지하 시설의 규모는 어느 정도인가요?"

"결계를 제어하는 공간과 거주 시설, 연구실, 창고 정도려나? 필요하다면 다음에 데려가 줄게. 어차피 다시 한번 세리아를 데려갈 생각이었으니까. 머지않아 당신들도 자유롭게 출입할 수 있게 해 줄게."

"……감사합니다. 프랑수아 국왕 폐하께 보고해도 괜찮을까요? 성의 지하에 어떤 시설이 있는지 알고 싶으실 것 같아서요."

"응. 성의 지반에는 아무런 영향이 없을 정도로 지하 깊은 곳이니까 그 부분은 안심하라고 전해 줘. 내 허락 없이는 출입도 할 수 없으니까."

"……알겠습니다."

"자, 또 할 질문이 남았어? 첫 번째라서 과감한 서비스를 제공해 줬는데, 슬슬 횟수 제한을 둘까?"

"말은 그렇게 하면서, 제가 뭘 물어볼지도 이미 알고 계신 거죠?"

리나는 과거에 미래를 내다보는 권능을 갖고 있었으니 이 자리에서 오간 대화를 다 파악하고 있다고 해도 이상할 것은 없었다.

"답은 예스야. 이 대화 속에서 당신이 뭘 물을지, 난 처음부터 알고 있었어."

리나는 얼핏 사악해 보이는 미소를 지으며 고개를 끄덕였다.

"그렇군요……."

"다 아는 상황에서 굳이 대화를 나누는 건 소용없을 것 같아? 아니면 섬뜩해?"

무슨 일이 일어날지 모두 알고 있으면서 굳이 변화를 일으키지 않고 관망하고 있는 것이다. 상대에 따라서는 섬뜩함을 느껴도 이상하지 않았다. 실제로, 초월자들 중에는 리나를 섬뜩하게 여기며 꺼리는 사람들이 있었을지도 모른다.

"……아뇨."

하지만 리오는 살짝 눈을 크게 뜨더니 부드러운 미소로 고개를 저었다.

"어째서?"

"스스로 의문을 갖고 얻은 정보와 일방적으로 주어진 정보는 무게도 이해도도 전혀 다르다고 생각하니까요."

"훌륭하네. 당신이 직접 생각하고, 이렇게 대화를 나누는 것에 의미가 있는 거야."

리나는 마치 우수한 제자를 칭찬하는 것처럼 기쁜 얼굴로 그렇게 말했다.

"게다가 미래는 아주 사소한 일로도 바뀔 수 있어. 대화의 세부사항은 더더욱 그렇고. 경우에 따라서는 내가 모르는 흐름이 벌어지는 일도 있어."

그리고 그렇게 덧붙였다.

"미래를 예지하고 있는데도, 말인가요?"

리오는 의외라는 듯 눈을 크게 떴다.

"미래의 정보량은 너무나도 방대하니까. 무수히 분기해

가는 이상 가능성이 너무 낮은 미래의 정보는 우선도가 낮아지면서 떨어져 나갈 수도 있어."

"그렇군요……."

"원래라면 존재하지 않았을 변화가 일어나면서 가능성이 제로였던 미래에 도달하는 일도 흔해. 내가 모르는 대화의 흐름이 생겨나는 것도 대개는 그런 경우야. 단순한 대화라면 그런 변화도 즐길 수 있지만, 사건이 되면 마냥 웃어넘길 순 없지."

리나는 귀찮다는 얼굴로 한숨을 내쉬었다.

"그래서, 미래를 바꿀 만한 변화를 주고 싶지 않다는 건가요?"

"맞아, 어떻게 변화할지는 나도 알 수 없으니까. 그래서 난 변화를 일으키는 걸 싫어해. 문제가 생긴다는 걸 알면서도 굳이 지켜보는 거지. 대처를 한다고 해도 기본적으로는 일이 벌어진 뒤에. 특별한 경우를 제외하고 말이야."

어떤 경우가 특별한 경우에 해당하는지는 모르겠지만, 리나는 잔혹한 미소를 지었다.

"……알겠습니다. 알고 있었는데 왜 막지 않았느냐, 라고 생각하지 않도록 조심하겠습니다."

알고 있다면 알려달라. 그렇게 말하고 싶은 마음은 물론 있었지만, 리오는 미소를 지으며 말했다.

"……알고 있어도 명확히 구분 지을 수 없는 게 인간이야. 말만큼 쉬운 일은 아닐 텐데. 정말이지 그런 점은 용왕을 꼭 닮았구나."

예전의 리나와 용왕은 어떤 관계였을까? 당시의 기억이 스치며 떠오른 생각이라도 있는 것인지, 리나는 뭔가 말하고 싶다는 얼굴로 리오를 내려다보았다. 하지만 그 마음을 삼키고 입술을 다물었다.

"나는 센도 타카히사가 어디에 있는지도 알고 있어. 하지만 장소는 안 알려줘. 아니, 알려주지 않을 거야."

그리고 약간 짓궂게, 토라진 듯한 말투로 그렇게 말했다.

"마침 그걸 물어보려던 참이었는데……."

"알고 있어."

"그렇겠죠……."

리오는 쓴웃음을 지었다.

"그런 남자를 걱정하다니 정말 착해빠졌다니까. 당신도 상당히 질투를 사서 괴롭힘도 당했을 텐데."

걱정해 줄 의무가 있는 것이냐, 하며 리나는 일부러 깊은 한숨을 내쉬었다.

"아키와 마사토에게는 소중한 오빠니까요. 미하루 씨와 사츠키 씨의 친구이기도 하고요."

"……그래. 그럼 미래에 영향을 미치지 않는 범위 내에서 알려줄게. 그는 건강해. 창부인 아이와 사랑에 빠져 아주 잘 지내고 있어."

"그런, 가요……."

"시간이 지나면 다시 만날 수도 있을 테니까, 적당히 납득할 수 있도록 주위 사람들에게도 잘 말해 줘."

"……알겠습니다."

어쨌든 안위를 확인한 것만으로도 큰 수확이었다. 리오는 고개를 깊이 끄덕였다.

"그럼 이제부터 질문 횟수에 제한을 둘게. 무조건적으로 질문에 대답해 주는 건 이번이 마지막인 걸로 할까? 다음 질문부터는 여러모로 이야기가 확장될 것 같으니까, 그 부분도 포함해서."

"……알겠습니다. 깊이 있는 질문이라면, 지구에서 이 세계로 소환된 사람들이 지구로 돌아가는 방법에 대해서 알고 싶어요."

"소환하는 것과 다시 돌려보내는 건 필요한 연산이 전혀 달라. 좌표, 시간 축, 그리고 기타 여러 가지. 불확정 요소도 있기 때문에 뭐라고 단언할 수는 없지만, 만일 지금 이 순간부터 지구로 돌아가기 위한 연산을 개시한다고 하면, 운이 좋으면 살아 있을 때 돌아갈 수 있을지도 몰라."

"……그렇다면, 그 연산을 시작해 주실 수 있나요?"

"그렇게 말할 줄 알고 벌써 하고 있어."

리나가 태연하게 말했다.

"……감사합니다."

리오는 조금 의외라는 듯, 약간 기쁜 얼굴로 감사의 말을 전했다.

"감사의 말을 하기는 일러. 운이 나쁘면 죽을 때까지 못갈 수도 있으니까. 실제로 돌아갈 수 있다고 확정되기 전까지는 쓸데없는 기대는 하지 않는 편이 나아."

하지만 리나는 그렇게 말하며 못을 박았다.

"그렇, 겠죠……. 알겠습니다."

리오는 입술을 꾹 다물고 고개를 끄덕였다.

"하지만 이 건에 관해서는 저도 미래에 관한 정보를 갖고 있습니다. 지구에서 생긴 사건에 대한 거지만요."

그러면서도 한마디를 덧붙였다.

"당연하지. 당신에게는 미하루 일행이 이 세계에 소환되고 4년 후까지 지구에서 살고 있던 아마카와 하루토의 기억이 있으니까."

"아마카와 하루토는 죽기 얼마 전에 생모와 만났습니다. 그때 아키에 대해 물었는데, 잘 지내고 있다고 들어서……."

"어머, 그래? 그래서?"

리나는 금시초문이라는 얼굴로 반응하며 리오에게 이야기를 계속할 것을 요구했다.

"물론 아마카와 하루토의 어머니가 거짓말을 했을 가능성도 있지만, 그리 멀지 않은 미래에 운 좋게 연산이 완료되지 않을까, 그렇게 생각했습니다."

리오는 그렇게 말하며 리나의 눈치를 살폈다.

"언제쯤 연산이 완료될지에 대해서는 알려줄 수 없어."

리나는 빙긋 미소 지으며 단언했다.

"알고 있습니다. 당신의 의중을 떠보려는 것은 아니었습니다."

도전해 봤자 이길 수 있을 것 같지도 않았다. 실제로 이야기를 나눠보고 그 사실을 더욱 확신했다.

"그래? 도전이라면 언제든지 환영이야."

"제가 궁금한 건 시계열이 뒤바뀌어 있다는 겁니다. 나중에 지구에서 죽은 아마카와 하루토의 기억이 어째서 미하루 씨 일행이 전이되기도 전에 이 세계에서 태어난 제 육체에 깃들어버린 건지, 그게 너무 이상해서……."

미하루 일행과 만난 이후 리오가 계속 의문을 품고 있던 일이었다.

"제대로 설명하자면 두꺼운 논문 한 편이 나올걸?"

"그건 물론 그렇겠지만……."

리오가 알고 싶은 것은, 이치를 초월한 의도나 이유가 있는지 여부였다. 다만 그것을 제대로 말로 표현하기가 힘들었다.

"우연은 아니야."

하지만 리나는 모든 것을 내다본 것처럼 그렇게 말하며 미소 지었다.

"네?"

"용왕이 환생할 곳으로 아마카와 하루토가 선택된 것도, 내가 환생할 곳으로 아야세 미하루가 선택된 것도, 아야세 미하루가 이 세계에 오기 전에 당신이 이 세계에서 태어난 것도, 모든 건 내가 미래를 예지한 후에 만들어낸 필연이야."

"그런, 가요? 역시……."

용왕의 권능을 얻게 된 뒤 아이시아의 말을 듣고 예상은 하고 있었지만, 리나의 설명을 들은 리오는 저도 모르게 신음했다.

"모든 건 그렇게 할 필요성이 있었으니까. 하지만 착각하지 말아줬으면 하는 건, 용왕이나 내가 환생하지 않았더라도 아마카와 하루토나 아야세 미하루가 태어나는 일은 원래 정해져 있었다는 거야. 그리고 어떤 미래에서도 아야세 미하루가 용사 소환에 휘말려 이 세계로 오는 것도 정해진 일이야. 아마카와 하루토가 20살 때 교통사고로 죽는 일도. 그것이 본래 벌어졌을 미래…… 운명이라고 해도 좋아."

리나는 용왕과 리나가 환생하지 않았을 경우에 대한 아마카와 하루토와 아야세 미하루의 운명에 대해 이야기했다.

"이제 알겠지? 나와 용왕의 환생으로 인해 아마카와 하루토와 리오, 그리고 아야세 미하루의 미래는 달라졌어. 용왕이 환생하지 않았다면 아마카와 하루토의 목숨은 교통사고로 사라지면서 끝났을 거고, 가이드로 아이시아가 붙어 있지 않았다면 리오도 슬럼가에서 도둑에게 살해당했을 거야. 아마카와 하루토가 가진 무술 경험도 리오에게는 유용했지. 아야세 미하루는 이 세계에서 방황한 끝에 노예로 생애를 마감했을 거고."

"……!"

리나는 본래 있었을 아마카와 하루토와 리오, 그리고 아야세 미하루의 운명을 보다 자세하게 알려주었다. 꽤 충격적인 운명을 듣고 리오는 놀라움에 눈을 크게 떴다.

"알고 있겠지만 지구 출신의 아이들은 이 세계에 사는 사람보다 훨씬 마력이 많아. 그래서 내가 환생할 장소로 아야세 미하루는 아주 적합한 존재였어. 하지만 이 아이는 이 상태로 있으면 너무 약해. 그대로 간다면 노예로 끌려가고 말 테니까 지켜줄 누군가가 필요했어. 그 누군가가 아마카와 하루토의 기억을 가진 리오, 당신이 된 거야. 만약 당신이 아마카와 하루토의 기억을 갖고 있지 않았다면 미래는 또 다시 크게 달라졌을 테니까."

이세계로 오게 된 아야세 미하루를 보호하기 위해, 아마카와 하루토에게 기억이 있는 편이 좋다고 판단했다는 뜻이었다.

"……"

모든 것이 다, 리나가 천 년 전에 그린 그대로의 미래가되어 지금에 이르렀다. 리오는 자신도 모르게 말을 잃고 말았다.

"그리고, 시간축이 역전된 이치는, 뭐 간단하게 설명하자면 전이와 환생의 차이야. 영혼만을 이동시키는 환생이 시간 축을 조정하기 더 쉬워. 그것보다 당신이 알고 싶은 건 시간축을 굳이 역전시킨 이유 쪽이겠지?"

"……네."

리오는 메마른 목소리로 대답했다.

"간단해. 전이한 아야세 미하루를 보호해야 하는데, 전이한 시점에 곧바로 누군가를 환생시킨다 해도 아무런 도움을 줄 수 없을 거 아냐? 필연적으로 아야세 미하루가 전이되기 더 이전에 태어날 인물을 환생 지점으로 선택해야 했어. 그 조건을 더할 나위 없을 정도로 충족시켰던 게 바로 리오, 당신이었고."

"……."

"어때? 당신이 알고 싶은 의문에 대한 대답이 됐을까?"

"……네. 하지만 마지막으로……."

"뭐야?"

"라티파와 리제롯테 씨에 대한 거예요. 아마카와 하루토뿐만 아니라 그 두 사람도 함께 환생했어요. 그 일에도 뭔가 의미가 있나요?"

엔도 스즈네와 미나모토 리카. 아마카와 하루토와는 별개로 그 교통사고로 죽은 두 사람이 라티파와 리제롯테로 환생한 것에도 의미가 있는 것일까?

"글쎄, 어떨까?"

리나는 의미심장한 미소를 지었다.

'……두 사람에 대해 애매하게 넘긴다는 건, 아직 확정되지 않은 미래와 관련되어 있어 알려주고 싶지 않다는 뜻일까?'

그래서 리오는 그렇게만 짐작했다.

"……알겠습니다. 더 이상은 묻지 않겠습니다."

언젠가 알게 될 날이 올지도 모르기 때문에, 리오는 순순히 추궁하는 것을 멈췄다.

"현명하네."

리나는 만족스러운 얼굴로 리오를 칭찬했다.

"다른 의문들은 제법 많이 풀렸으니까요. 계속 의아했거든요. 어째서 제게 아마카와 하루토의 기억이 깃들어 있었던 건지……."

내 안에 다른 사람의 기억이 있다는 것. 자신의 정체성과 깊이 관련된 해묵은 의문을 해소할 수 있었던 것만으로도 충분했다. 다만 리오의 눈동자에 깃든 미세한 흔들림을, 리나가 포착했다.

"그런 것치고는 여전히 뭔가 석연치 않은 것처럼 보이는데."

"그렇지…… 않은 건 아니지만, 저 자신이 무엇인지는 스스로 답을 찾아야 하는 문제라고 생각하니까요……. 그 답은 이미 나와 있기도 하고요."

다시 말해, 아마카와 하루토의 기억을 가진 리오는 리오일까, 아마카와 하루토일까? 한때 가르아크 왕국에서 열린 연회 때 리오는 자신을 리오라고 답을 내렸다. 아마카와 하루토로서 대해 줄 수는 없다고 미하루에게 말했었다.

당시의 기억이 떠올랐는지 리오는 착잡한 표정을 지어 보였다.

"이미 답을 낸 문제에서 흔들린다는 건, 도출한 답이 틀렸다고 생각하기 때문인가?"

"……아뇨, 틀렸다고 생각하지는 않습니다."

리오는 잠시 틈을 두었다가 힘있게 고개를 저었다. 그리고 확실하게 밝혔다.

"저는 리오입니다. 아마카와 하루토가 아닙니다."

왜냐하면 리오는 리오로서 살아왔기 때문이다. 아마카와 하루토의 기억을 되찾기 전에도, 되찾은 후에도, 리오는 일관되게 리오로서 복수를 원했고, 실제로 복수를 이뤄냈다.

그 밖에도 아마카와 하루토라면 절대로 선택하지 않았을 결단과 선택도 거듭해 왔다. 때로는 손을 더럽힌 적도 있었다. 그래서 연회 때는 미하루를 피하려고 하기도 했었다. 다른 누구도 아닌 리오 자신이, 아마카와 하루토가 되는 것을 거부했다.

그러므로, 틀리지 않았다. 물론 복수를 끝내고 평온을 되찾은 지금, 아마카와 하루토의 영향을 받을 기회가 늘어나긴 했다.

'이제 와서 이기적인 소리지. 나는, 나야. 아마카와 하루토가 될 수는 없어.'

하지만 리오는 흔들리는 마음을 타이르듯 스스로에게 되뇌였다.

"……그래. 당신은 리오야. 아마카와 하루토가 아니야."

그러자 리나가 부드러운 목소리로 리오에게 말했다.

"네……."

리오는 강조하는 듯한 그 말에 자신감을 가졌는지 안도한 얼굴로 미소를 지었다.

"다만……."

"네?"

"……아니, 아무것도 아니야."

리나는 뭔가 말하려다 말을 삼켰다.

"신경 쓰이는데요."

리오가 쓴웃음을 지으며 계속 말할 것을 종용했다.

"말했지? 여신 리나는 변화를 일으키는 걸 싫어해. 게다가 성격도 나쁘지."

하지만 리나는 장난스럽게 말을 피해 버렸다.

"그랬죠."

그렇게 말하며 납득하는 리오를, 리나는 빤히 응시했다.

'……확실히 넌 아마카와 하루토가 될 수 없을지도 몰라. 하지만 아마카와 하루토의 기억은 확실히 리오에게 영향을 미쳤어. 그러니까 아마카와 하루토도 자신의 일부로서 받아들이는 것은 가능해. 바로 너 자신이 자신을 용서하고, 그것을 원할 수 있게 된다면 말이지.'

말하자면 리오가 얼마나 스스로에게 관대할 수 있느냐에 달려 있는 문제였다. 리나의 눈꼬리가 부드럽게 휘어졌다.

'뭐, 그게 그렇게 쉽게 가능했다면 이렇게 고지식하게 자라지는 않았겠지만…….'

강철보다도 더 단단한 자제심을 가진 남자다. 그렇게 쉽게 변할 수는 없을 것이다.

'하지만 사람은 변할 수 있어. 그럴 가능성을 지니고 있지. 그리고 사람은 사람을 바꿀 수도 있어. 그럴 가능성을 지니고 있으니까. 그렇게까지 알려주는 건 너무 과한 서비스겠지. 별로 미덥지도 못한 여자를 위해 그렇게까지 해주는 것도 내키지 않고, 조만간 어느 정도는 답을 내놓을 테니까.'

자신은 변화를 일으키는 것을 좋아하지 않는 짓궂은 여신이다. 리나는 유쾌한 얼굴로 활짝 미소 지었다.

"……왜 그러시죠?"

몇 초간의 침묵이 이어지자 리오가 난처한 표정으로 물었다.

"아니, 오늘은 이쯤에서 끝낼까?"

"……네."

"그럼 이 아가씨는 두고 갈 테니까 편히 쉬도록 해."

의아한 얼굴로 고개를 기울이는 리오를 보며, 리나가 짧은 작별 인사를 건넸다.

"네……?"

그리고 그 순간, 흘려들을 수 없는 말을 들은 기분에 리오가 의문을 느꼈다. 그리고 당황하는 사이 리나는 귀밑에 차고 있던 귀걸이 모양의 마도구에 손을 가져갔다. 그러자 마치 영상이 흔들리는 것처럼 리나의 얼굴이 흔들리더니 미하루의 얼굴로 바뀌었다. 그리고 의식을 잃은 미하루가 그대로 앞으로 쓰러지며 리오의 위로 떨어지려 했다.

"잠깐……?!"

화들짝 놀란 리오가 황급히 미하루의 몸을 부축했다.

'바, 방에는 데려다주지 않는 건가…….'

잘 차려진 밥상이 따로 없었다. 나이 어린 소녀를 침실에 남겨 둔 채 당황하는 리오. 미하루의 머리에서 희미하게 감도는 향긋한 샴푸의 향기가 쓸데없이 리오의 초조감을 더 부추기고 있었다.

이대로 자게 놔둘 수는 없으니, 눈을 뜨기 전에 방으로 데려다 주는 편이 나을까? 일단 침대 위에서 서로 끌어안고 있는 자세는 무척 바람직하지 못하니 몸 위에서 내려주는 편이 좋을 것 같았다.

"음……."

하지만 그때, 미하루의 의식이 깨어나고 말았다.

──위험해!

눈을 감고 있는 미하루의 호흡에 변화가 생긴 것을 감지한 리오의 몸이 굳었다. 서둘러 미하루의 몸을 침대로 굴려야 하나 고민했지만, 이 상황에서 그런 짓을 했다간 더 이상한 오해를 불러일으킬 것 같았다.

"……."

리오는 체념하고 몸에 힘을 빼서, 위를 향한 자세 그대로 미하루의 몸을 지탱하고 있기로 했다.

"……하루토, 씨?"

눈을 뜬 미하루가 멍한 얼굴로 코앞에 있는 리오를 바라
보았다.

"……잘 주무셨어요?"

리오가 미하루에게서 시선을 돌리며, 정말이지 어색한
목소리로 그렇게 물었다.

"어, 아, 그……."

아직 머리가 잘 돌아가지 않는 것인지, 상황을 정확하게
이해하지 못한 미하루가 졸린 얼굴로 당황했다. 하지만 가
볍게 실내를 둘러보고는 자신이 침대 위에서 어떤 자세로
있는지 깨닫자, 물감으로 염색한 것처럼 얼굴이 새빨갛게
물들었다.

"……?!"

그리고 그대로 펄쩍 뛰어오르려다가 리오 위에서 어질
뻔했다.

"위험해요."

리오는 순간적으로 미하루의 몸을 끌어안았다.

"어? 제가……? 왜, 왜……? 어째서……? 꾸, 꿈……?"

"꿈은 아니에요."

"무, 무겁죠?! 죄송해요!"

"아니요, 가벼워요……. 일단 진정하세요. 상황을 설명
해 드릴 테니까, 이대로 옆으로 옮길게요."

"네, 네……."

"그럼, 실례하겠습니다."

리오는 미하루의 몸을 부드럽게 받쳐주며 옆으로 눕혔다. 그러자 미하루의 몸도 누워 있던 리오의 가슴팍에서 부드러운 침대로 옮겨갔다. 나무 침대가 희미하게 삐걱이는 소리가 고요한 실내에 울려 퍼졌다.

　"……."

　미하루는 눈을 질끈 감고 작은 동물처럼 부들부들 떨며 몸을 움츠렸다.

　"저기…… 미하루 씨?"

　눈을 떠달라는 뜻을 담아 리오가 난처한 얼굴로 그녀를 불렀다.

　"네……."

　미하루가 조심스럽게 눈을 떴다. 하지만 리오를 직시하지는 못하고, 부끄러운지 여전히 얼굴을 붉히고 있다.

　"리나와 대화하고 있었어요. 갑자기 제 방에 찾아왔거든요……."

　리오는 미하루의 긴장을 덜어주기 위해 몸을 일으켜 침대에서 멀어졌다.

　"아…… 그렇군요."

　미하루는 리오를 불러세우려는 듯 손을 뻗었다가, 조금 쓸쓸한 얼굴로 다시 손을 거뒀다.

　"놀라지 않으시네요."

　리오가 미하루에게 등을 돌린 채 말을 이었다.

　"실은 저도 꿈속에서 대화를 나누고 있었거든요……."

"그런가요?"

"네, 하고 싶은 말도 있었고요."

"하고 싶은 말?"

"키……가 아니라! 그, 여러 가지로……!"

미하루는 키스라고 말하려다 황급히 말을 바꿨다. 미하루가 리나에게 몸을 조종당해 리오와 키스를 해 버린 지 아직 반나절밖에 지나지 않았다. 그때의 기억이 선명하게 떠오르자 다시 부끄러움이 밀려왔는지 더더욱 얼굴이 붉어진다.

"하긴 여러 가지가 있겠네요. 방금까지만 해도 이렇게, 함부로 몸을 사용당한 거나 다름없으니까요."

리오도 어렴풋이 사정을 헤아린 모습이었다. 여전히 미하루에게 등을 돌린 채였지만, 민망한 얼굴로 웃고 있다.

"네, 네……. 그, 그러는 하루토 씨는 뭘 하고 계셨어요……? 호, 혹시 또 이상한 짓을 해 버린 건 아니겠죠?! 아니, 하고 있었네요?! 왜 침대에서 저런 짓을?!"

"이상한 짓은 안 했어요. 아마도."

"아마도?!"

"정보를 공유했습니다. 공유라고 해도 제가 들은 정보가 더 많긴 했지만요."

대화를 하고 정보 공유를 한 것은 사실이었다. 리나에게 밀려 넘어지거나 유혹을 당하기도 했지만, 리오는 그 부분에 대해서는 조용히 덮어두기로 했다.

"그, 그런가요? 그런데, 그렇다면 왜 침대 위에……?"

"싸움의 영향으로 아직 몸 상태가 멀쩡하지 않으니 푹 쉬어야 한다고 했거든요. 다만 이야기가 끝난 후에 리나가 그대로 미하루 씨에게 의식을 되돌린 탓에 저를 향해 쓰러졌고…… 그래서 미하루 씨를 받쳐주다가 그런 자세가……."

리오는 띄엄띄엄 변명을 이어갔다.

"그리고, 리나에게 전언을 받았어요. 지금의 미하루 씨는 정령술사가 아니라 마도사가 됐다는 것 같아요."

"네……?"

"아무래도 혼자 멋대로 술식 계약을 맺은 모양이에요……. 그걸로 여러 가지 마법을 쓴 것 같고요."

"그, 그런가요? 하여간……."

미하루는 그녀답지 않게 부루퉁한 얼굴로 뺨을 부풀렸다. 하지만 리오는 여전히 등을 돌리고 있어 그런 미하루의 모습을 보지 못했다. 미하루도 그 사실을 깨닫고, 자신을 전혀 바라보지 않는 리오가 답답했던 것일까.

"……저, 하루토 씨."

용기를 쥐어짜 그렇게 말했다.

"네?"

"이쪽을 봐주시면 안 될까요?"

"네."

"……정말, 제가 이상한 짓은 전혀 하지 않은 거 맞죠?"

리오와 시선이 마주치자 미하루는 한순간 겁먹은 표정

을 지었지만, 곧 용기를 내 눈을 바라보며 물었다.

"네. 그, 오늘 아침 같은 일은 전혀······."

오늘 아침의 일이라면 당연히 리나에게 빙의된 미하루가 리오에게 키스한 일을 말했다.

"오, 오늘 아침 일은 정말로 죄송해요! 그, 잊어주셨으면 좋겠어요······!"

"네, 이미 기억에서 지워서, 무슨 말씀을 하시는지 잘······."

리오가 어색하게 미소를 지으며 모른 척 얼버무렸다.

"그, 그런가요······. 그렇다면 다행이지만······."

말과는 달리 미하루는 복잡한 표정을 지어 보였다.

'기억에서 지웠다면······ 없었던 일이 돼 버리는 걸까?'

비록 본의 아닌 형태로 벌어지긴 했지만, 좋아하는 남자아이와 키스를 했다는 사실에는 변함이 없었다. 그 사실이 상대에게는 존재하지 않았던 일이 된다고 생각하니, 가슴에 둔한 통증이 느껴지는 것 같았다.

'······하루토 씨는 아무렇지도 않은 건가? 나만 신경 쓰이나 봐······.'

자신과의 키스는 아무래도 상관없었던 걸까? 아니면, 싫었을까? 그래서 기억에서 지울 수 있었던 건가? 자신이 먼저 잊어달라고 했으면서, 미하루는 리오가 자신과의 키스를 어떻게 생각하는지 그만 궁금해지고 말았다.

'······잊지 않았으면 좋겠어.'

비록 본의 아닌 형태였다고 해도, 아무렇지도 않게 생각되는 것은 싫었다. 미하루는 복잡한 소녀의 감정에 시달렸다.

'왜냐하면 그 키스는 나에게…….'

첫 키스였으니까.

하지만…….

──무슨 소리야? 첫 키스는 아니잖아?

리나가 꿈속에서 한 말이 미하루의 머릿속에서 메아리쳤다.

──네 첫 키스는 아마카와 하루토와 했겠지. 적어도 자아가 싹튼 후에 한 첫 키스는 일곱 살. 아마카와 하루토가 이사를 했을 때.

그렇다. 미하루가 처음으로 키스를 한 상대는 어린 시절의 아마카와 하루토다. 지금 이 세상에 살고 있는 리오가 아니다. 문득 리나에게 애초에 아마카와 하루토와 리오가 동일 인물이라고 여기는 미하루의 생각이 잘못되었다고 지적받은 일이 떠올랐다.

"……."

그 때문일까, 미하루는 왠지 불쾌한 두근거림에 사로잡혔다. 어릴 적 키스라는 이유로 첫 키스가 아니라고는 할 수 없었다. 미하루의 얼굴이 죄책감으로 일그러졌다.

"……미하루 씨?"

안색이 안 좋아진 것을 눈치챈 리오가 조심스럽게 다가와 미하루의 얼굴을 살폈다.

"아, 그……."

미하루는 뒤늦게 정신을 번쩍 차리더니, 무언가 말하고 싶은 얼굴로 리오를 다시 바라보았다.

──역시 잊지 말아주세요.

그 한마디가 목까지 올라왔지만, 도저히 입 밖으로 낼 수 없었다.

"그, 좀 피곤해서요……."

미하루는 얼버무리듯 미소를 지으며 둘러댔다.

"그런 것 같네요. 안색이 안 좋아요. 리나가 빙의해 있는 동안에는 미하루 씨도 휴식을 취하지 못하는 상태라고 하니까, 오늘은 푹 쉬세요."

리오는 미하루의 몸 상태를 걱정하며 다정한 말을 건넸다.

"……죄송해요. 하루토 씨……도 피곤하실 텐데."

미하루가 씁쓸하게 사과했다. '하루토 씨'라는 호칭을 입에 올릴 때, 평소에는 느껴지지 않았던 주저함과 저항감이 담긴 것처럼 들리기도 했다.

"이제 저녁이 좀 지났을 뿐이니까요. 이제부터 천천히 쉬면 돼요."

리오는 조금 의아한 얼굴로 고개를 갸우뚱하면서도 온화한 미소를 지어 보였다.

"……그럼, 방해해서 죄송했어요."

미하루는 아직 뭔가 말하고 싶은 표정이었지만, 나가겠다는 의사를 나타냈다. 리오의 방에서 나가기 위해 문으로 걸어갔다.

"저기……."

하지만, 미하루의 손이 문에 닿기 직전 멈췄다.

"네?"

"그, 제가 하루토 씨를 리오 씨라고 부르는 게 좋을까요?"

아무 맥락 없이 던져진 갑작스러운 화제였다.

"……어째서요?"

리오는 어리둥절한 얼굴로 눈을 깜빡였다.

"아뇨, 그게, 특별한 이유는 없지만……."

"……혹시, 리나한테 무슨 말이라도 들으신 건가요?"

"죄송합니다. 갑자기 이상한 소리를 해서. 아무것도 아니에요. 그, 안녕히 주무세요."

"미하루 씨?"

이번에는 리오가 불러 세우려 했지만, 미하루는 서둘러 방을 나가버렸다. 리오는 실내에 혼자 남겨졌다.

'……리오, 라.'

갑자기 호칭을 바꾸겠다고 말했다는 건, 무슨 이유가 있다고 밖에 생각할 수 없었다. 그 이유에 리나가 관련되어 있다면, 아까 자신이 리나와 나눈 대화도 영향을 미친 것일까. 리오는 그런 생각을 했다.

──이미 답을 낸 문제에서 흔들린다는 건, 도출한 답이 틀렸다고 생각하기 때문이야?

조금 전의 대화에서 리나가 던졌던 물음이 리오의 뇌리에 떠올랐다.

'……나는 리오야. 아마카와 하루토가 아니야.'

그것이 리오가 도출한 답이다.

'틀렸다고 생각하지는 않아. 하지만…….'

미하루와 키스를 했기 때문일까? 아마카와 하루토의 기억이 뇌리를 스쳤다. 도출한 답이 틀린 것은 아닌가, 자꾸만 그런 생각이 들었다.

리오도 알고 있었다. 아마카와 하루토의 기억이 리오에게 강한 영향을 미쳐왔다는 사실은 분명하다는 것을. 실제로 7살 때 아마카와 하루토의 기억을 되찾은 후 리오가 리오와 아마카와 하루토 사이에서 흔들린 적도 여러 번 있었다. 미하루 일행이 소환된 직후에는 특히 더 그랬다.

하지만 그렇다 해도 아마카와 하루토가 될 수는 없다고 결론을 내렸다. 큰 계기는 아망드에서 루시우스를 만났을 때였다. 리오가 짊어져야 할 업이나 죄를 아마카와 하루토에게도 지우고 싶지는 않았다.

나아가 리오의 가치 판단으로 내려왔던 수많은 사실들이 리오가 아마카와 하루토가 되는 것을 거부했다. 아니, 어쩌면 리오 안에 자리한 아마카와 하루토로서의 측면이 리오가 아마카와 하루토가 되는 것을 거부하는 것일지도 모른다. 상반된 가치관을 가진 아마카와 하루토의 기억이 리오의 정체성을 혼란스럽게 만들고 있었다.

물론 기억은 어디까지나 기억이다.

지극히 주관적이고 모호한 것일 뿐이다.

그런데도, 두 사람의 기억이 한 명의 인간 안에 있을 뿐인데 왜 이렇게 머리가 복잡한 것일까?

'귀찮구나. 나 외의 기억이 있다는 건…….'

리오는 손가락 끝으로 입술을 만지며 쓸쓸하게 표정을 일그러뜨렸다.

〖 제 2 장 〗 ✦ 다시 돌아온 일상

골렘을 쓰러뜨린 다음 날 아침.

이제 곧 해가 떠오르려는 시간. 캄캄하지는 않지만 남색의 하늘이 펼쳐진 가르아크 왕국성.

"……."

리오 일행이 사는 저택의 정원 앞에서 빠르게 움직이는 사람의 그림자가 있었다. 집주인인 리오였다. 정원에는 그 외에는 아무도 없고, 도수공권으로 상상 속의 상대와 싸우고 있는 것처럼 보였다.

동화의 영향으로 몸이 평소의 상태가 아니라는 것을 숨기고 있었지만, 어제는 모두의 배려를 받은 덕분에 일찍 잠들 수 있었다. 덕분에 오늘 아침은 일찍 기상해서 컨디션을 확인하고 있는 중이었다.

'……상태가 좋을 때의 70에서 80퍼센트 정도 될까.'

말하자면 피로가 남아 약간의 나른함을 느끼는 상태에 가까웠다.

'아직은 좀 몸이 무겁지만, 이 정도면 싸우는 데도 지장은 없을 것 같아.'

남은 문제는 이 나른함이 앞으로도 계속 남을 것인지, 제대로 다 회복될지 여부인데, 상태를 지켜볼 수밖에 없었다.

'일단 강력한 동화는 몸이 정상이 될 때까지는 봉인해야

겠어.'

리나의 말에 따르면, 100퍼센트를 넘는 동화의 연속 내지는 장시간 사용을 가급적 피하는 것이 좋다고 했다.

'남은 건⋯⋯.'

문득 멈춰 선 리오는 정령술을 발동시켜 주위에 무수한 광구를 띄웠다. 그리고 그것들을 제각각으로 움직여 복잡한 궤도로 움직였다.

'⋯⋯역시, 술식의 상태는 굉장히 좋아.'

희미하게 눈치채고는 있었지만 정령술의 감각이 더욱 날카로워져 있었다.

'이것도 동화의 영향인가.'

동화 중에는 정령술의 기량이 향상된다. 처음에 아이시아와 동화했을 때도 그랬지만, 그때의 감각이 동화를 해제한 뒤에도 남아 있는 것으로 보였다. 좋은 영향도 있었으니 그나마 불행 중 다행이라 해야 할까.

'좋아.'

리오는 조종하던 무수한 광구를 일제히 소멸시켰다.

'그럼 다음은⋯⋯.'

리오는 왼손을 눈앞까지 들어 올리고 마력을 모으기 시작했다. 신체 강화로 왼손을 부분적으로 강화했다. 이 상태라면 바위를 때려도 손을 다치는 일은 없을 것이다.

"윽⋯⋯."

리오는 광구와 같은 열광 에너지를 직접 손에 감쌌다가,

그 통증에 얼굴을 일그러뜨렸다. 에너지로 덮인 부분은 탄력 있는 방벽에 보호받고 있는 것이나 다름없었지만, 그와 동시에 광열의 부하에 노출된다.

'소라가 골렘과의 전투에서 썼던 방법이지만, 역시 육체에 가해지는 부담이 크구나. 신체 강화 수준을 더 높이면 출력을 높여도 견딜 수는 있겠지만…….'

인간의 육체로는 신체 강화를 한다고 해도 견딜 수 있는 것에 한계가 있었다. 육체보다 튼튼한 무기에 에너지를 불어넣는 편이 훨씬 더 실용적이었다.

"……."

리오는 오른손을 움직여 허리 뒤 칼집에서 철제 단검을 뽑았다. 그리고 마력을 불어넣고 에너지를 방출시켜 주위에 감쌌다. 하지만 그대로 출력을 더욱 높여나가자 도신이 에너지의 부하를 견디지 못하고 표면 금속이 조각나듯이 부서지기 시작했다.

'역시 일반적인 무기라면 일회용으로밖에 쓸 수 없는 건가. 드워프가 만든 미스릴 무기나 영장이 아니면 안 되겠어.'

게다가 골렘만큼 강한 적이 상대라면 미스릴로 만든 무기라고 해도 여전히 불안 요소가 있었다. 실제로 흙의 고위 정령이 빙의했던 에리카와의 전투에서는 리오가 정령의 마을에서 도미니크에게 받은 검도 산산조각 나고 말았다.

'두려운 점이라면 골렘 같은 상대와 싸우다가 무기로 공격을 받아내지 못했을 때…….'

인간의 육체는 너무나도 취약하다. 평범한 인간이 둔기로 때리는 것 정도라면 신체 강화만으로도 큰 대미지를 입을 우려는 없겠지만, 골렘의 공격이 되면 일격에 즉사할 수도 있다.

　'에너지로 육체를 항상 보호할 수 있다면 좋은 방어 수단이 될 텐데…….'

　방금 검증해 본 결과, 광열화한 마력 에너지를 육체에 감싸는 것은 그리 현실적이지 않았다. 술자인 리오 자신의 육체를 태워버리기 때문이다. 할 수 있다고 해도 낮은 출력에 한정될 수밖에 없다.

　'공격하는 순간과 방어하는 순간에 한정해서 에너지를 감싸면 부하는 최소한으로 줄일 수 있겠지만…….'

　그렇게 되면 타이밍을 정확히 맞춰 에너지를 방출해서 공격을 방어하는 것과 다를 바가 없었다. 자신이 원하는 것은 불시의 공격을 받았을 때의 방어 수단이었다.

　그런 식으로 리오가 이것저것 고민하고 있을 때였다.

　"용왕니……! 아, 리…… 하루토 님! 죄송합니다……."

　소라의 목소리가 정원에 울렸다. 저택에서는 하루토라고 부르라고 했던 것이 떠올랐는지, 아차 싶은 얼굴로 다시 이름을 부른다.

　"좋은 아침, 소라. 지금은 주변에 사람도 없으니까 괜찮아. 이리 와."

　리오는 단검을 칼집에 넣고 부드러운 미소를 지으며 답

했다.

"좋은 아침입니다! 어제는 피곤해 보이셨는데, 이제 몸은 괜찮으신 건가요?"

소라가 기쁜 얼굴로 경쾌하게 달려오며 물었다.

"응, 하룻밤 푹 잔 덕분에 보다시피."

"그렇다면 다행이지만요. 투기를 다루는 연습을 하고 계셨나요?"

"투기? 이 에너지를 말하는 거야?"

리오가 왼손에 감싸고 있던 미약한 에너지를 내려다보며 물었다.

"네, 소라는 그걸 투기라고 불러요. 아주 오래전에 용왕님께 배웠습니다."

"그렇구나. 소라가 골렘과의 전투에서 사용한 걸 보고 나도 똑같이 써볼 수 없을까 생각했거든. 마침 소라한테도 이야기를 들어보고 싶던 참이었는데."

"소라한테요? 뭐든 물어보세요!"

리오에게 도움을 줄 수 있다는 생각에 소라가 환한 얼굴로 말했다.

"고마워. 신체 강화를 해도 육체로는 투기를 견딜 수 없어서. 뭔가 좋은 방법이 없을까 고민하고 있었어."

"사람의 육체는 약하니까요. 정령술로 강화할 수 있다고 해도 한계가 있죠…….'

"아이시아와 동화하고 있는 동안이라면 육체도 조금은

튼튼해지겠지만, 늘 아이시아와 동화되어 있을 수는 없으니까. 그래서 어떻게든 투기로 몸을 보호할 수 없을까 생각했는데…….”

“아, 아이시아에게 의지하는 건 좋지 않죠. 뭔가 방법을 찾지 않으면…….”

소라는 아이시아를 향한 라이벌 의식을 불태우며 고민스럽게 신음했다.

“소라가 강력한 투기를 감싸고도 무사했던 건 역시 용왕의 권속이라 그런 걸까?”

“네, 소라에게는 용왕님이 주신 강인한 육체가 있으니까요. 용체를 실체화시키지 않더라도 투기 정도는 거뜬해요!”

“참고로 소라의 몸은 맨몸 상태에서 얼마나 튼튼해?”

“신체 강화를 하지 않더라도 소라의 몸이 이 세상에서 가장 단단해요. 어떤 물체를 때려도 흠집 하나 나지 않습니다. 마법이나 정령술도 튕겨내고, 불로 구워도 화상 하나 입지 않아요. 아, 물론 예전의 용왕님만큼은 아니지만요.”

소라는 자랑스럽게 가슴을 펴며 말했다.

“대단하네…….”

겉보기에는 그저 귀여운 어린아이처럼 보이지만, 리오는 소라가 골렘과 동등하게 맞붙어 싸우는 모습을 목격했었다. 어쩌면 리오가 신체 강화를 하고 소라를 때린다고 해도 아무런 대미지를 줄 수 없는 것이 아닐까? 오히려 리오가 주먹을 다칠지도 모른다.

"용왕님만큼은 아니에요."

소라는 에헤헤 하고, 한껏 기쁜 얼굴로 몸을 비틀었다.

"얘기가 빗나갔네. 뭔가 좋은 방법은 없는지 여러 가지로 시도해 볼게. 아이시아와 동화된 상태에서 어디까지 견딜 수 있는지도 아직 시도해 보지 않았으니까."

"소, 소라도 같이 생각할게요! 으음······."

역시 아이시아를 향한 라이벌 의식 때문인지, 소라는 사랑스러운 얼굴로 고개를 갸우뚱했다. 리오는 그런 소라의 모습을 흐뭇하게 바라보며 왼손에 감싼 투기를 다시 한번 조작했다. 그러자 얼마 후, 소라가 "아!" 하고 무언가 깨달은 사람처럼 소리를 질렀다.

"그러고 보니, 신마전쟁 때 투기를 다루고 있던 술사를 본 적이 있어요."

"그래?"

"네, 사람치고는 꽤 잘 싸우는 녀석이었어요. 인간의 몸으로 투기를 사용하고 있어서 소라도 조금 놀랐던 기억이 나요. 분명 그 녀석을 보고 용왕님이······."

소라는 더욱 깊이 고개를 기울이며 당시의 기억을 되살리려 했다. 그대로 몇 초 정도 "으으음" 하고 고민하더니, 희미하게 떠오른 기억을 털어놓았다.

"장벽을 치는 것과 같다고 하셨나? 공격력은 조금 떨어지지만, 저거라면 인간이라도 안전하게 투기를 운용할 수 있을 거라고 말씀하셨던 것 같은데······."

"……장벽을 치는 것과 같고, 공격력은 떨어진다……."

리오는 뭔가 착상을 얻은 것 같은 표정을 지었다.

"죄, 죄송해요. 이것만으로는 잘 모르시겠죠. 으음, 용왕님께서 일반적으로는 그런 방식으로 장벽을 치지 않는다고도 말씀하셨는데……. 일반적인 투기와 겉보기에 큰 차이는 없어서 소라도 금방 흥미를 잃었지만요……."

소라는 미안한 얼굴로 애매한 설명을 덧붙였다.

"아니, 충분한 힌트가 됐어. 조금 알 것 같아…… 한번 시도해 볼까? 일반적인 마력 장벽은 이렇게 치는 거지만……."

리오는 오른손을 앞으로 내밀어 정령술을 발동해 에너지 장벽을 펼쳤다. 손으로 만질 수 있는 물리적 접촉이 가능하다는 점에서 장벽과 투기는 공통된 특징을 갖고 있었다. 다만, 둘 사이에도 차이는 있었다.

'투기는 열을 띠고 있어서 강력해질수록 만지는 것도 위험해. 하지만 장벽은 그냥 단단할 뿐이야. 아무리 단단해도 안전하게 손으로 만질 수 있어.'

게다가 같은 에너지라 해도 외관상의 차이는 있었다. 장벽은 고체로 된 판이나 벽 모양으로 에너지를 펼치지만, 투기는 흐르는 액체나 광선처럼 에너지를 방출한다. 리오는 가볍게 주먹을 쥐고 자신이 친 장벽의 판을 가볍게 두드렸다.

"장벽을 벽처럼 펼친다는 선입견에 사로잡혀 있었어. 그러니까 투기를 방출하는 요령으로 장벽을 세우면 되지 않을까. 이렇게."

리오는 눈앞에 펼쳐두었던 장벽을 지웠다. 대신 빛의 에너지를 오른손에 감쌌다. 그 겉모습은 투기와 매우 유사했다.

"오오!"

소라가 흥분한 얼굴로 소리쳤다.

"외관은 똑같지만, 성공일까?"

리오는 시험 삼아 일반적인 투기를 왼손에 감싸보았다. 오른손에 두른 장벽의 에너지와 겉모습은 같았지만 얼굴을 가까이 대고 보자 차이를 알 수 있었다.

왼손에서 쏟아지는 투기의 빛은 화상을 입을 정도로 뜨거운 열을 동반한 반면, 오른손에서 쏟아지는 장벽의 빛은 별다른 뜨거움이 느껴지지 않았다.

"열량에 마력을 쓸 필요가 없는 만큼 일반적인 투기보다 연비는 더 좋을 것 같아. 용왕의 말대로 공격력은 떨어지겠지만."

리오가 그렇게 짐작했다. 생각해 보면 단순한 일이었다. 광탄마법이나 광구를 조종하는 정령술과 똑같은 에너지를 온몸에 감싼다는 선입견이 족쇄가 되어 장벽의 정령술을 머릿속에서 연결 짓지 못했을 뿐이다.

"훌륭합니다!"

"하지만 전투 중에 신체 강화나 다른 정령술과 함께 사용하는 걸 고려하면 역시 투기의 난도는 높아. 그래도 신체를 보호할 수 있다는 장점은 크지만.”

술자의 기량이 높지 않으면 펼친 투기를 계속 유지하기 어려울 수도 있었다. 하지만, 그럼에도 장벽의 강도를 넘어설 정도의 공격을 받지 않는 한 외부의 공격을 차단할 수 있다는 이점은 매우 컸다.

‘이 정도면 비행 정령술로 빠르게 날 때 둘러도 괜찮을 것 같아.’

정상적으로 비행할 때도 늘 바람 보호막이 쳐져 있긴 하지만, 고속으로 비행할 때에 쓸 방어벽으로는 불안했다. 보다 견고한 투기의 갑옷으로 몸을 지킬 수 있다면 접촉 사고가 발생한다 해도 대미지를 입지 않을 것이다.

‘아니, 잠깐만.’

리오는 뭔가 떠오른 듯한 표정을 지었다. 장벽을 투기화시킨 오른손의 에너지는 그대로 두고, 왼손에 감싼 일반적인 투기를 없애버렸다. 그 대신 리오의 왼손에서 폭풍이 휘몰아치며 응축되기 시작했다.

‘투기와 비슷한 걸 바람의 정령술로도 하고 있었어.’

소용돌이처럼 휘몰아치는 광풍의 파괴력은 외부로만 향하고 있어서 바람을 휘감고 있는 리오의 왼손은 아무런 대미지를 입지 않았다. 물론 잘못 다루게 되면 상처를 입을 위험은 있지만, 일반적인 투기보다는 훨씬 안전하게 몸을 감쌀 수 있었다.

‘다른 거라면, 물도 비교적 안전하게 몸에 두를 수 있으니까 방어벽으로 만들 수 있겠어. 얼굴까지 덮으면 질식할 수 있으니까 그 부분은 주의해야겠지만……. 흙을 다루는 정령술도 모래나 조약돌을 조종해 온몸을 보호하면 좋은 방어벽이 될 것 같아. 이쪽은 시야가 가려지겠지만…….'

리오는 투기를 응용한 속성별 방어 방법을 고민하기 시작했다.

'불과 번개와 얼음은 제외겠지. 일반적인 투기와 마찬가지로 몸에 감싸기만 해도 대미지를 입을 테니까. 그만큼 공격력은 뛰어나겠지만.'

한편으로는 방어에는 적합하지 않은 속성도 있었다.

'아니, 일반적인 투기를 보호막으로 사용하고 그 위에 이중으로 덮는다면 쓸 수 있을까? 하지만 평범하게 불이나 번개의 정령술을 사용하면 충분할 테니까…….'

일반적인 투기로 한 번 더 몸을 보호해야 하니 그만큼 연비도 나빠질 것이다. 그렇게 리오가 양손에 술식을 두른 채 이런저런 고민을 하고 있자, 소라가 의아한 얼굴로 리오의 얼굴을 올려다보았다.

"……용왕님?"

"각 속성의 정령술도 투기처럼 몸에 감쌀 수 있을 것 같아서. 하지만 역시 특성이 없어서 가장 다루기 쉬운 건 일반적인 투기일까."

리오는 양손에 두르고 있던 기술을 풀고 잠정적인 결론을 내렸다.

"맞습니다! 심플하게 투기를 감싸고 때리는 게 가장 쉬워요. 쉭! 쉭!"

소라는 앙증맞게 양 주먹을 앞에 모으더니 섀도 복싱처럼 좌우 주먹을 번갈아 내밀었다.

"오빠! 소라도!"

그때, 라티파의 목소리가 정원에 울려 퍼졌다. 빠르게 달려온 그녀가 그대로 리오에게 안겼다.

"웃차……. 좋은 아침."

리오는 부드럽게 라티파의 몸을 받아주었다.

"에헤헤, 좋은 아침이야."

라티파는 행복한 얼굴로 리오의 가슴팍에 얼굴을 비볐다.

"아침부터 기운이 넘치네."

"당연하지, 오빠가 있으니까!"

라티파는 마치 쓰다듬어달라는 듯 머리 각도를 바꿔 리오의 얼굴을 올려다보았다. 이전의 일상이 돌아왔다는 것을 실감한 것일까.

"그러게."

리오는 기쁘고 수줍은 표정을 지으며 라티파의 머리를 쓰다듬었다.

"이, 이봐, 스즈네! 언제까지 요…… 하루토 님께 안겨있을 셈이에요?!"

뒤늦게 정신을 차린 소라가 라티파에게 달려들었다.

"계속 이렇게 있고 싶어."

라티파는 리오를 끌어안은 채 행복에 젖은 표정을 짓고 있었다.

　"그렇게는 안 돼요! 하루토 님은 이른 아침부터 훈련을 하고 계셨다고요! 방해하지 마세요! 당장 떨어져요!"

　소라는 불만스럽게 볼을 부풀리며 라티파의 몸을 뒤에서 흔들었다. 소라의 힘이라면 마음만 먹으면 손쉽게 라티파를 떼어낼 수 있을 것이다. 하지만 그러지 않는 것은 배려하고 있거나, 정말로 싫어하는 것은 아니기 때문이겠지.

　"아침부터 소란스럽네."

　정원에 새로 온 것은 라티파뿐만이 아니었다. 사츠키를 선두로 사라, 오피아, 아르마, 고우키와 코모모도 다가왔다. 저마다 훈련용의 나무 무기를 들고 있었다. 때마침 아침 해가 떠오르는 타이밍이었다.

　"다들, 좋은 아침입니다."

　눈이 부신지 눈을 가늘게 뜬 리오가 웃는 얼굴로 인사를 전했다.

　"안녕하세요. 아침 공기가 무척 좋군요."

　"네, 훈련하기 좋은 날씨예요!"

　고우키와 코모모가 기분 좋은 얼굴로 아침 햇살을 바라보았다.

　"다들! 나도 아침 훈련 할래!"

　마사토도 뒤늦게 저택에서 달려 나왔다.

　"오늘은 일찍 일어났네요, 마사토."

아르마가 후후 미소 지으며 말했다.

"헤헤, 오랜만에 하루토 형한테 가르침을 받고 싶어서."

마사토가 멋쩍은 얼굴로 코를 쓱쓱 비볐다.

"우리도 오랜만에 하루토 씨와 대련해 보고 싶네."

"네, 오늘은 순서를 기다려야 할 것 같네요."

오피아와 사라도 리오와의 훈련을 고대했던 모양이다. 조금 전까지만 해도 고요했던 저택의 정원이 정신을 차리고 보니 단숨에 시끌벅적해졌다.

"역시 좋네. 하루토 군이 있으면."

사츠키가 모두에게 둘러싸인 리오를 보며 미소 지었다.

"으윽……."

소라는 리오의 뒤에 숨은 채로 낯을 가리고 있었다.

"그렇게 됐으니 본론으로 들어가서, 바로 시작하자. 나와 대련해줘, 하루토 형."

계속 기대하고 있었던 것일까. 마사토가 잔뜩 흥분한 얼굴로 리오에게 부탁했다.

"좋아, 해 볼까?"

리오도 오랜만에 마사토와 대련하게 된 것이 기쁜지 두말없이 승낙했다.

"좋았어! 용사가 돼서 신장을 손에 넣은 것까진 좋은데, 양손검 사용법은 배우지 않았으니까. 하루토 형한테 싸우는 법을 배우고 싶었어."

예전에 마사토가 리오에게 배웠던 것은 한손검과 방패

를 조합한 검술이었다. 마사토가 획득한 신장인 양손검은 성장 과정에 있다는 것을 제외한다고 해도 길었기 때문에 전투 스타일을 아직 정하지 못한 듯했다.

"그렇구나. 그럼 일단 실제로 싸우는 모습을 보여줄까? 기본적인 움직임을 보여주고 싶으니까 신체 강화는 빼고, 나는 한손검과 방패를 사용할게."

"좋아!"

그리하여 리오와 마사토의 대련이 시작되었다. 리오는 훈련용 한손검과 방패를 준비했고 마사토는 신장 검과 아르마가 사이즈에 맞춰 만들어준 특제 훈련용 양손검을 장비했다. 그리고 모두에게서 조금 떨어진 장소에서 대치했다.

"시작할까? 언제든 와도 좋아."

"응!"

편안하게 서 있는 리오에 반해 마사토는 다소 긴장한 것처럼 보였다.

"긴장할 필요 없어. 싸우는 방법은 앞으로 배워가면 되니까. 익숙하지 않은 무기로 얼마나 싸울 수 있는지, 지금의 마사토를 보여줘."

"······응!"

마사토는 작게 심호흡을 하더니 리오를 향해 달려가기 시작했다. 리오와 마사토는 체격 차가 있었지만, 간격만 보면 양손검을 가진 마사토가 리오보다 더 우위에 있었다. 마사토는 리오가 공격 범위 안에 들어온 순간을 정확하게 포착하여, 크지만 빠르게 양손검을 휘둘렀다.

하지만 리오는 그 검의 궤적을 간파하고 미세한 발의 움직임만으로 공격을 피했다.

"하앗!"

마사토는 기죽지 않고 몇 번이고 과감하게 리오에게 칼을 휘둘렀다. 리오는 한손검과 방패를 휘두르며 최소한만의 움직임으로 마사토의 양손검을 처리해 나갔다.

"양손으로 휘두르는 검은 아무래도 동작이 커지기 쉬워. 인체 구조상 공격의 궤도도 한손검보다 더 제한되지. 상대방이 볼 땐 움직임을 예상하기 쉬우니까 실력 차가 없는한 이렇게 공격도 쉽게 막힐 수 있어. 여기까진 알겠어?"

"맞아! 간격만 보면 이쪽이 더 우세한데……!"

마사토는 검을 휘두르며 리오의 조언에 동의했다.

"상대와 자신의 간격을 이해하고 있는 건 좋아. 하지만그것만으로는 부족해. 양손검은 가까이 접근하면 약해져. 당연히 상대방도 자신에게 가장 유리한 간격에서 싸우고싶을 테니까……."

지금까지는 마사토의 공격을 막고만 있던 리오가, 여기서 반격에 나섰다. 마사토가 가로 베기를 날린 타이밍에자세를 낮춰 간격을 좁힌 것이다. 그대로 방패를 사용해마사토의 검을 아래에서 위로 튕겨냈다.

"윽……."

그 직후, 리오의 손에 든 한손검의 칼끝이 마사토의 목에 닿았다.

"이렇게 쉽게 상대를 간격 안으로 들이면 안 돼. 상대를 간격 밖에 두는 걸 계속 의식해."

"그래야겠다."

마사토는 기쁜 얼굴로 고개를 끄덕였다.

"검을 쥐는 법, 휘두르는 법, 최소한의 기초는 제대로 연습하고 있는 것 같네."

리오가 검을 넣고 후퇴했다.

"리리아나 공주의 호위기사인 힐다 씨한테 배웠어. 하루토 형한테 배운 한손검의 경험도 살리면서."

"그랬구나. 그럼 어떻게 검을 휘두르면 간격에 더 파고들기 쉬운지 철저하게 연습해 보자. 이제부터는 점점 반격도 해 나갈 거야."

그렇게 하다 보면 상대를 간격 안으로 들이지 않는 전투 방법도 알게 될 것이다.

"헤헤, 그렇게 나와줘야지."

마사토는 기쁜 듯이 웃었고, 시합은 곧 재개되었다.

그리고 10분 후──.

"아, 피곤해! 후련하다."

리오와의 대련을 마친 마사토는 정원 구석으로 가서 대

자로 뻗어버렸다. 검을 휘두르며 계속 움직인 탓에 땀을 흘리며 숨을 헐떡이고 있다. 반면 리오는 여전히 멀쩡한 얼굴을 하고 모두가 있는 장소로 돌아갔다.

"자! 그럼 다음은 내 상대를 해 줄 수 있을까?"

그러자 사츠키가 마사토와 교대하듯 리오와의 대련을 요청했다. 리오와 마사토가 대련하는 동안 가위바위보로 순서를 정해 둔 덕분이었다.

"물론 괜찮지만, 괜찮을까요? 상처가 아물었다고는 하지만, 어제는 크게 다쳤는데…….."

리오가 사츠키의 몸 상태를 걱정했다. 치유 마법이나 정령술로 상처가 나았다고는 해도, 한동안 통증이 남는 경우도 있었기에 하루 정도는 상태를 지켜보는 것이 좋았다.

"응. 모두의 치유 실력이 좋아서 그런 거 아닐까? 뭔가 굉장히 상태가 좋아. 몸이 가볍다고 해야 하나? 기운이 넘친다고 해야 하나?"

사츠키는 활기찬 모습으로 훈련용 단창을 붕붕 흔들었다.

'어제의 치명상으로 고위 정령과의 동화가 진행됐겠지만…….'

리오는 사츠키를 물끄러미 바라보며 그녀를 걱정했다.

"그렇다면 괜찮지만…… 힘들다고 느끼면 무리하지 말아 주세요."

"그렇게 말하는 하루토 군이야말로 너무 무리하지 마. 어제의 싸움은 꽤 힘들었을 거 아냐."

"아하하, 뭐 전 일찍 푹 잤으니까요……."

"나도 잘 잤어. 그러니까 문제없어."

"그럼 일단 해 볼까요?"

리오는 한손검과 방패를 내려두고, 그 대신 한손 반검 크기의 목검을 집어들었다.

"응, 가자."

사츠키는 씩씩하게 고개를 끄덕이고, 대련하기 좋은 곳으로 걸어가기 시작했다. 리오도 곧 그 뒤를 따랐다.

"그럼 신체 강화도 같이 할까요? 술식도 위력이 낮은 거라면 쓸 수 있는 걸로 해서요."

'동화의 영향이 얼마나 있는지도 보고 싶고.'

그런 생각을 한 리오가 제안했다.

"좋아."

"그럼 고우키 씨, 심판을 부탁드릴 수 있을까요?"

격렬한 경기가 될 것이라는 생각에 리오가 몸을 돌려 고우키에게 심판을 의뢰했다.

"물론입니다."

고우키도 사츠키와 리오의 뒤를 따랐다. 그리고 다른 사람들과 충분히 거리를 벌리고 서로 무기를 들고 대치한 상황에——.

"그럼, 시작!"

리오와 사츠키의 대련이 시작되었다.

"핫!"

사츠키는 신호와 동시에 땅을 박차고 리오에게 돌진했다. 간격은 순식간에 좁혀졌다. 다만 예상했던 것보다 속도가 더 빨랐는지 그 표정에는 놀라움이 배어 있었다.

　"이런……!"

　사츠키는 그대로 리오와 부딪히지 않고, 이동 루트를 옆으로 틀어 리오를 스쳐 지나가며 창을 휘둘렀다. 옆으로 몸을 비튼 것은 순간적인 판단인 듯했지만, 타이밍에 맞춰 공격한 것은 훌륭했다. 그리고 운 좋게도 리오를 향한 페인트도 되어주었다.

　하지만 리오도 검을 휘둘러서 스치듯이 지나가는 사츠키와 격돌했다. 목제 무기가 서로 부딪치는 날카로운 소리가 울려 퍼졌다. 그 직후, 리오는 위력이 약한 광탄 하나를 사츠키의 등을 향해 발사했다.

　"윽……?!"

　완전히 사각지대에서 날아온 공격이었지만, 사츠키는 놀란 얼굴로 몸을 돌리더니 창을 휘둘러 광탄을 베어냈다. 감각이 잘 연마되어 있다는 증거였다.

　"호오……."

　심판인 고우키가 감탄하여 신음했다.

　"뭐야, 시작부터 가차 없네."

　사츠키가 기쁜 얼굴로 씨익 웃으며 리오에게 항의했다.

　"말씀하신 대로 상태가 좋으신 것 같아서요."

　물론 직격하더라도 고무공에 맞은 것 같은 느낌이 들 정도로 속도도 위력도 줄여놓기는 했다.

"그러게. 스스로도 놀라울, 정도야!"

사츠키가 힘있게 고개를 끄덕이고는 다시 한번 주저하지 않고 리오를 향해 달려들었다. 이번에는 정면에서 단창으로 공격해 온다.

'역시 신체 강화 수준이 이전보다 높아졌어.'

리오는 일부러 그 자리에 멈춰 서서 정면으로 사츠키의 일격을 받아냈다. 충격의 순간 가볍게 뒤로 날아가 위력을 줄였다.

'근력도 올라갔어, 틀림없는 것 같네.'

그렇게 짐작하며 착지하는 리오.

"후훗, 오늘이야말로 내가 이길지도 모르겠네!"

사츠키는 들뜬 얼굴로 미소 지으며 고속으로 다가갔다.

그리고 2시간 정도 경과했다. 그 사이 리오와 사츠키뿐만 아니라 다양한 조합으로 모두가 여러 번 대련을 진행했다.

슬슬 훈련도 마무리되어가던 차, 사츠키가 말했다.

"오늘도 하루토 군을 이기지 못했어. 그렇다기보다는, 고우키 씨나 다른 사람들에게도…….'

결국 사츠키는 리오에게 한 번도 반격하지 못했다. 고우키와도 대련을 진행했지만 이기지는 못했다.

"하하하, 아직 져줄 수는 없지요."

고우키는 유쾌한 얼굴로 크게 웃었다.

"오늘은 한 판 정도는 이길 수 있을 줄 알았는데."

"신체 강화는 강력했지만, 강화된 육체의 움직임을 자기 자신이 따라가지 못하더군요."

"윽, 맞아요."

고우키의 조언에 사츠키가 신음하며 목을 기울였다.

"하지만 오늘 사츠키 씨는 정말 굉장했어요. 저와의 싸움은 어느 쪽이 이겨도 이상하지 않았어요."

사라가 사츠키의 성장을 칭찬했다. 마을의 전사로서 어릴 때부터 일상적으로 전투 훈련을 받아온 덕분인지, 사츠키와의 관계에서는 사라 일행이 조금 더 앞서 있었다. 신체 능력 면에서도 수인인 사라가 더 뛰어난 탓에 사츠키는 좀처럼 이기지 못하고 있었는데, 사츠키의 신체 강화 수준이 강해지면서 좋은 승부가 펼쳐졌다.

"신체 강화 능력이 상당히 강해졌어요."

"뭔가 요령이라도 잡은 건가요?"

오피아와 아르마가 사츠키에게 물었다.

"요령을 잡았다기보단……. 음, 그런가?"

사츠키는 자신에게 일어난 변화의 이유를 알지 못해 의아한 얼굴로 고개를 갸우뚱했다.

'역시 위화감을 느끼고 있구나.'

용사와 고위 정령의 관계에 대해 알게 된 이상 언제까지나 정보를 숨기고 있을 수는 없다. 역시 빠른 시일 내에 설명해 두는 편이 좋을 것 같았다. 리오는 사츠키의 옆모습을 바라보며 그렇게 생각했다.

"그건 그렇고 소라는 정말 강하구나. 놀랐어."

라티파가 자신보다 작은 소라를 칭찬했다. 라티파의 권유로 소라와 대련을 벌인 것이다. 소라는 귀찮으니 싫다며 거절했지만, 리오의 부탁으로 결국 수락했다. 그 결과, 라티파는 손가락 하나만으로 소라에게 제압당하고 말았다.

"당연하죠. 소라는 이 세상에서 하루토 님 다음으로 강해요."

"하지만, 아이시아 언니도 오빠만큼 강한데?"

"뭐라고요? 아이시아 따위보다 소라가 더 강해요."

"그래?"

"맞아요. 한번 대련도 해 봤지만, 소라 쪽이 더 우세했어요."

소라는 새침한 얼굴로 자신만만하게 승리를 자랑했다.

"아이시아 누나보다도? 하지만 확실히 어제의 싸움은 굉장했지."

"다음에는 저도 꼭 끼워주세요!"

마사토와 코모모도 이야기에 가세했다.

한편, 조금 떨어진 곳에서 사라가 리오에게 다가가 물었다.

"실제로 저 아이는 얼마나 강한가요?"

"저도 저력을 알 수 없을 정도예요. 아이시아와 호각으로 싸울 수 있다는 말도 사실이고요."

어제 있었던 골렘과의 전투에서도 진심을 다해 싸웠겠지만, 그렇다고 해서 가진 힘을 전부 발휘한 것 같지는 않았다. 도시에 미칠 피해를 감안해 전력을 다해 싸우지는 못했기 때문이다.

"든든한 아이가 동료가 되어주었네요."

오피아가 소라를 보며 흐뭇하게 미소 지었다.

"나 참, 한 명 한 명씩 상대하는 건 귀찮으니까 그냥 셋이 한꺼번에 덤비세요."

소라는 라티파, 마사토, 코모모에게 대련을 요청받고 있었다. 낯을 가려서 쉽게 솔직해지지 못하는 성격이지만, 그렇게 싫지 않다는 얼굴로 응하고 있었다. 리오는 그런 소라를 지켜보며, 기쁘게 고개를 끄덕였다.

"맞아요."

아침 훈련을 마친 리오 일행은 저택의 목욕탕에서 땀을 씻어내고 저택의 식당으로 향했다.

"아, 배고프다!"

마사토가 쿵쿵거리며 식당으로 들어갔다. 때마침 미하루와 사요, 다른 사람들이 배식을 하고 있는 중이었다. 고우키의 아내 카요코와 그 종자들도 있었다.

"잠깐, 마사토! 식당 안에서 뛰지 마. 부딪치면 위험하잖아."

배식을 돕던 아키가 입술을 쭉 내밀며 주의를 주었다.

"이런. 미안, 미안."

마사토가 볼을 긁적이며 사과했다.

"샤를 님, 왜 그렇게 오빠한테 몸을 기대고 계신 거예요?"

"제가 아침부터 좀 어지러워서요, 하루토 님이 에스코트해 주고 계신 거랍니다."

그때, 리오도 라티파와 샤를로트 사이에서 양팔을 붙잡힌 채 식당으로 들어왔다.

"몸 상태가 좋지 않다면 무리하지 마시고 방에서 쉬시는 편이 좋지 않을까요?"

"아니요, 아침을 먹고 영양을 잘 챙겨야죠. 게다가, 그러는 스즈네 님이야말로 하루토 님께 너무 달라붙어 계신 거 아닌가요?"

"저는 오빠의 여동생이니까요."

볼을 부풀린 라티파와 그것을 유쾌한 얼굴로 즐기고 있는 샤를로트라는 익숙한 구도였다. 리오는 쓴웃음을 지으며 이도 저도 하지 못하고 있었다.

"됐으니까 너희 둘 다 떨어지세요!"

그리고 이번에는 거기에 소라까지 끼어 있었다. 리오에게 달라붙는 것은 차마 하지 못하겠는지, 결국 라티파와 샤를로트에게 선수를 빼앗긴 모습이었다.

"하루토, 저기 테이블에 앉자."

거기에 더해 아이시아도 다가와 리오의 오른손을 잡아당기기 시작했다.

"아, 아이시아……! 하루토 님의 손을……! 크윽, 하루토 님을 안내하는 건 소라의 역할이라고요. 자, 이쪽으로 오세요!"

소라가 아이시아에게 질세라 리오의 왼손을 잡고 잡아당기려 했다.

"아, 알았어. 알았으니까, 다 같이 같은 테이블에 앉자."

마침내 수습하기 어려운 상황에 이르러서야 리오가 방향을 잡아주었다.

"저, 저기, 저도 같이 앉아도 될까요?"

사요가 허둥지둥 다가와 용기를 내 리오 일행의 틈 안에 들어가려 했다.

"네, 물론이죠."

리오가 온화한 미소를 지으며 고개를 끄덕였다.

"좋은 아침이에요, 사요 씨."

그리고 그녀의 이름을 부르며 아침 인사를 건넸다.

"네! 좋은 아침이에요, 하루토 님."

사요는 기쁜 얼굴로 웃으며 눈을 반짝였다.

"그럼 다 같이 저기 앉자. 이리 와, 오빠."

그리하여 리오는 라티파, 샤를로트, 아이시아, 소라, 사요와 함께 여섯 명이서 한 테이블에 앉게 되었다.

'오빠라……'

한편 아키는 그런 리오 일행을 멀리서 바라보고는, 리오가 라티파에게 '오빠'라고 불리는 것을 듣고 복잡한 얼굴로 표정을 흐렸다. 여러 가지 일이, 정말 여러 가지 일들이 머릿속을 스친 탓이었다.

과거 가르아크 왕국에서 연회가 열렸을 때, 리오에게 아마카와 하루토의 기억이 있다는 사실을 아키는 다른 누구도 아닌 리오에게서 직접 들었다.

그래서 아키는 미하루를 강제로 데려가려는 타카히사의 허술한 계획에 협력했다. 잘못한 것은 자신이다. 지금의 아키는 그것을 알고 있었다.

다만 아키가 리오와 얼굴을 맞대는 것은 그날 연회 때 이후로 처음이었다. 물론 골렘과의 싸움이 끝나고 어제 얼굴을 볼 기회는 있었지만, 어색함 때문에 가벼운 인사밖에 하지 못했다.

과거 오빠였던 인물의 기억을 가진 사람과 어떤 얼굴로 대화를 나눠야 하는지 알 수 없었다. 그런 이유로 아키는 리오에게 가까이 다가가 대화의 기회가 생기는 것을 최대한 피하고 있었다.

하지만 이렇게 같은 공간에 있으면, 자기도 모르게 시선으로 쫓아버리는 자신이 있었다.

"……"

리오랑 라티파를 보고 있으면 그것을 알 수 있었다.

아니, 이해하게 된다.

강하게 와 닿는다.

'……지금 저 사람에게 있어서 여동생은, 라티파야.'

그래, 리오의 여동생은 라티파였다.

아마카와 하루토의 여동생이었던 자신이 아니다.

자신이 끝끝내 아마카와 하루토와 쌓지 못했던 남매 관계를, 라티파는 아마카와 하루토의 기억을 가진 리오와 쌓고 있었다.

'……영문을 모르겠어.'

아키는 입술을 꽉 깨물었다.

본래 아키는 아마카와 하루토를 증오했다.

부모가 이혼한 진짜 이유는 알 수 없지만, 이혼하고 괴로워하는 어머니의 모습을 보고 반감을 품게 되었기 때문이다. 당시의 아키는 아직 네 살 무렵이었다.

물론 성장하면서 부당한 감정이라는 것을 이해하게 되었다.

하지만, 그래도 싫었다.

지금도 아마카와 하루토를 싫어한다.

그러나 아마카와 하루토의 기억을 가진 리오는 자신의 목숨을 구해준 은인이다. 라티파는 이런 자신에게도 예전과 다름없이 대해 주는 소중한 친구였다. 아키는 지금의 리오를 도저히 싫어한다고는 말할 수 없었다. 리오와 라티파가 남매로서 다정하게 지내는 모습을 보고 있으면 알 수

없는 복잡한 감정이 치밀어 오르지만……

'내 오빠는…… 아직 돌아오지 않은 건가?'

아키는 리오와 라티파를 외면하며 지금 자신의 오빠인 센도 타카히사를 생각했다.

사라의 후각에 도움을 받아 성의 수색대가 타카히사가 머물고 있는 숙소를 특정한 것이 그저께 밤의 일이었다. 보고에 의하면 타카히사가 숙소에 돌아오는 대로 성으로 동행을 요청할 예정이라고 했다.

그런데 타카히사에 관한 보고는 어제 하루 종일 아무것도 들어오지 않았다. 아무리 늦어도 어제 중에는 돌아와야 하지 않았을까? 골렘의 습격 때문에 그럴 경황이 아니었을지도 모르지만, 그렇다고 해도 그 후의 보고가 너무 늦는 것 같았다.

'……무슨 일이라도 생긴 걸까?'

예를 들어 타카히사의 몸에 위험이 닥쳤다면? 그런 막연한 불안감이 아키의 머릿속을 스치고 지나갔다. 하지만 무슨 일이 있었다면 그런 보고라도 있어야 하는데 아무런 보고가 없는 것도 이상했다.

'……오빠도 하루토 씨를 떠올렸겠지. 그래서 그런 걸까?'

안 그래도 타카히사는 미하루의 일로 상처를 받아 성을 나간 사람이다. 리오에 관한 기억을 되찾는다면 더더욱 고통받을 것은 안 봐도 뻔했다.

'……하지만 이미 성으로 돌아왔을지도 몰라. 나중에 물

정령환상기

정령환상기 #26 초판 한정 쇼트스토리
《저택의 잠자는 공주》

어보자.'

오늘도 리리아나가 저택에 올 예정이었다. 아키가 직접 묻지 않아도 정보를 전해 줄지도 모른다. 아키는 그렇게 생각하고 기분을 전환하기 위해 애썼다.

"……."

아키는 또 한 사람, 멀리서 리오를 보고 있는 인물이 가까이 있다는 것을 깨달았다. 미하루였다. 미하루는 부러운 것도 같고 답답한 것도 같은 그런 얼굴로 리오를 보고 있었다.

'……미하루 언니도 같이 먹으면 좋을 텐데.'

도대체 뭘 주저하고 있는 것일까? 애초에 리오를 좋아해서 연회 이후에도 곁에 있기로 결심했던 것이 아닐까. 모처럼 리오에 관한 기억도 되찾았는데…… 그렇게 생각한 아키는 조금 못마땅한 얼굴로 입술을 삐죽 내밀었다.

'하루토 씨한테 키스한 일을 아직도 신경 쓰는 건가?'

실제로도 어제 미하루는 계속 수줍음을 감추지 못하는 모습이었다. 하지만 지금의 미하루는 어제와는 조금 분위기가 달라 보였다. 부끄러워한다기보단 우울함이랄까, 뭔가 깊은 생각에 잠긴 것처럼 보였다.

'미하루 언니한테는 리나라고 하는 이 세계의 신이었던 사람의 영혼이 깃들어 있다고 들었는데…….'

그 사실이 신경 쓰이는 건가? 아키는 미하루를 쳐다보고는 다시 한번 리오에게 시선을 돌렸다.

하지만 잠깐 눈을 뗀 사이에 리오는 자리를 벗어나 있었다. 모습이 보이지 않았다.

'어?'

아키가 식당을 둘러보았을 때였다.

"좋은 아침이야, 아키."

리오가 아키에게 말을 걸어왔다.

"조, 좋은 아침이에요……."

아무래도 배식을 돕고 있었던 모양이다. 리오는 쟁반을 손에 들고 있었다. 라티파도 함께 있다. 아키는 흠칫 놀라며 어색하게 고개를 숙였다.

"저기 있지, 아키도 같은 테이블에서 밥 먹지 않을래?"

라티파가 아키를 초대했다.

"……아, 미안. 나는 미하루 언니네랑 같이 먹기로 약속했어."

아키는 잠깐 얼어붙었다가, 곧 어색하게 미소를 지으며 거절했다.

"그렇구나……."

라티파는 아쉬운지 얼굴을 흐리며 옆에 선 리오의 안색을 힐끔 살폈다. 리오는 아키를 배려하는 것인지 두 사람의 대화를 조용히 지켜보았다.

"그럼 점심은 같이 먹자."

라티파는 한 걸음 더 나아가 이번에는 점심 식사에 초대했다. 그러자 아키도 리오의 얼굴을 힐끔 바라보았고, 둘의 시선이 겹쳤다.

"……괜찮을까, 아키?"

리오가 배려가 담긴 미소를 지어 보이며 아키를 초대했다.

"……네. 그럼 다 같이……."

고개를 끄덕이는 아키의 표정에 그늘이 드리워졌다. '다 같이'라는 조건을 덧붙인 이유는 셋이서만 식사하게 되는 상황을 피하고 싶어서일까. 어쨌든 아키가 어색함을 느끼고 있다는 것은 확실해 보였다.

"아싸! 약속이다?"

하지만 라티파는 사람 좋은 미소를 지으며 다정한 목소리로 기뻐했다.

"……응. 그럼 나중에 봐."

아키는 불편한 기색으로 라티파에게 인사를 건네고, 리오에게도 꾸벅 고개를 숙였다. 그리고 함께 아침을 먹자고 초대하기 위해 미하루의 곁으로 향했다.

오전 중. 리오와 샤를로트의 안내를 받아 저택을 방문한 사람이 있었다. 센트스텔라 왕국의 제1 왕녀, 리리아나였다.

저택의 입구에서, 미하루, 아키, 마사토, 사츠키가 그녀를 맞이했다.

"타카히사 님의 일로 보고드릴 것이 있습니다."

그러자 리리아나는 곧바로 용건을 털어놓았다. 약간 굳어 있는 그 표정이 좋은 보고가 아님을 암시하고 있었다. 이를 눈치채고 아키와 다른 사람들의 표정도 굳어졌다.

"동생이신 두 분과 친구분들은 응접실로 가주세요. 사라 님도 괜찮으실까요?"

샤를로트가 사라에게도 동석을 요구했다.

"네, 상관없습니다."

그리고 리오는 미하루, 아키, 마사토, 사츠키, 리리아나, 샤를로트, 그리고 사라와 함께 저택의 응접실로 이동했다. 일동이 모두 착석하자 샤를로트가 간결하게 상황을 보고했다.

"다름이 아니라, 타카히사 님의 수색의 이후 상황에 대해서입니다만…… 결론부터 말씀드리면 행방이 묘연해졌습니다."

"……."

희미하게 예상하고 있었는지 미하루와 다른 이들은 별로 놀라지 않았다. 잠시 무거운 침묵이 실내에 내려앉았다.

"어, 어째서요? 묵고 있는 숙소를 알아낸 거 아닌가요……?"

이어서 아키가 갈라진 목소리로 의문을 꺼냈다.

"그저께도 어제도 숙소에는 돌아오지 않았다고 합니다."

"그게 무슨……."

"숙소 주인에게 물어보니, 아무래도 타카히사 님과 창관

거리의 어느 조직과 다툼이 있었던 것 같습니다……."

말하기 힘든 얼굴로 말을 덧붙이는 샤를로트. 그 표정에는 사실을 있는 그대로 전해도 되는 것인가에 대한 망설임이 엿보였다.

"그 설명은 제가……. 타카히사 님은 창관을 경영하는 남성을 살해하고 창부 소녀와 함께 도망치셨다고 합니다."

그러자 리리아나가 보고를 인계했다.

"……."

방 안에는 조금 전 이상으로 무거운 침묵이 찾아왔다. 당연히 사람을 죽였다는 사실까지 예상하지는 못했기에 미하루와 다른 이들의 표정도 얼음장처럼 파랗게 질려 질렸다.

"……어째서……?"

아키가 갈라진 목소리로 물었다. 보고를 현실로 받아들이고 싶지 않은 것인지, 아니면 이해가 되지 않는 것인지, 그녀의 눈은 초점이 맞지 않았다.

"현장을 목격한 사람이 발견되지 않아 확실하지는 않지만, 동기는 아마도 소녀를 지키기 위함이 아니었을까 생각합니다."

"……."

이성을 잃은 상태였거나 이기적인 동기로 사람을 죽이지 않았다는 점이 그나마 다행일지도 모르지만, 그 누구도 입을 열지 못했다.

'그 창관을 방문했을 때 맡았던 피 냄새는…….'

사라는 수색에 동행했을 때 창관 옆 골목에서 맡았던 새로운 피 냄새를 떠올리며 씁쓸하게 얼굴을 찌푸렸다.

"창관을 운영하는 조직은 보복을 위해 혈안이 되어 추적을 개시했습니다. 타카히사 님은 소녀와 함께 그 숙소에 숨어 계셨던 것 같습니다만, 성의 수색대가 숙소에 도착한 시점에는 이미 조직에 붙잡히셨던 것으로 보입니다."

샤를로트가 보고를 재개했다.

"……붙잡혔다니, 그럼 형은……?"

마사토가 바싹 마른 입술을 움직여 물었다.

"살아 있다고, 생각됩니다."

"……."

샤를로트가 결론을 알리자 마사토와 다른 사람들은 살짝 가슴을 쓸어내렸다.

"하지만 행방이 묘연합니다."

"어디에 잡혀 있는지 모른다는 건가?"

사츠키가 물었다.

"잡혀 있던 장소는 알고 있습니다. 창관 지하에 있는 숨겨진 시설입니다. 아무래도 암거래가 벌어지던 장소였던 것 같습니다만……."

"……더는 거기에 없다는 건가?"

"네. 아무래도 시설 안에서 큰 소동이 벌어진 것 같습니다……. 현재 창관은 지하실과 함께 불타서 소실된 상태입니다.”

“불에 탔다니…….”

사츠키의 다른 사람들의 얼굴이 심하게 일그러졌다.

“그 불기둥…….”

마사토가 중얼거렸다.

“네, 어제 새벽 골렘이라는 전투 마도구가 성을 습격하기 직전 거대한 불기둥이 솟아올랐습니다. 그것을 일으킨 것이 타카히사 님이라는 것은 거의 확실합니다. 불기둥이 솟아오르기 직전에 타카히사 님으로 보이는 인물이 소녀를 데리고 창관에서 나오는 모습도 목격한 자가 있습니다.”

샤를로트가 창관에서 일어난 일을 설명했다.

“창관을…… 건물을 불태운 건가요? 형이?”

“네.”

마사토의 물음에 리리아나는 망설임 없이 고개를 끄덕였다.

“그럼, 그…… 형이, 사람을…… 사람을 많이 죽인 걸까요?”

마사토는 충치의 통증이라도 참는 것처럼 괴롭게 얼굴을 일그러뜨리며 물었다.

“……희생자가 많이 나왔다고 합니다.”

리리아나도 흐린 얼굴로 고개를 끄덕였다.

“……사람을 죽이는 건 안 된다고 그렇게 입이 닳도록 말했으면서…….”

마사토는 아랫입술을 깨물며 주먹을 꽉 쥐었다. 아키, 미하루, 사츠키는 생각에 잠긴 얼굴로 침묵했다. 그러자 그런 일동의 고뇌를 조금이라도 덜어주고 싶었던 것일까.

"죽은 사람들은 모두 창관에서 암거래를 하고 있던 불법 조직의 구성원들이었다고 합니다. 그리고 창관에 근무하던 소녀들은 건물을 불태우기 전에 모두 풀려난 것을 확인했습니다."

샤를로트가 말을 덧붙였다.

"그래도…… 윽…… 아아, 진짜!"

형이 사람을 죽였다는 소식을 들었으니 혼란스러운 것도 무리는 아니었다. 여러 가지 생각이 교차한 것인지 마사토는 거칠게 머리를 헝클어뜨렸다. 그 얼굴에는 '뭐가 뭔지 모르겠다'라는 마음속의 생각이 고스란히 드러나 있었다.

"……그래서, 그 후에는 타카히사 군의 행방을 알 수 없게 됐다는 뜻?"

그러자 사츠키는 깊은 한숨을 내쉬며 마음을 진정시키고 이야기의 다음을 재촉했다.

"네. 이후의 목격 증언이 끊겨 수사에 난항을 겪고 있습니다. 그래서 사라 님의 힘을 다시 빌릴 수 없을까 해서요."

샤를로트는 짧게 고개를 끄덕이고 사라를 바라보았다.

"현지에 가서 냄새를 추적하면 되는 거죠?"

맡겨주세요, 하고 사라는 솔선수범해서 수사 협력을 받

아들였다.

"감사합니다. 부탁드리겠습니다."

샤를로트가 감사의 말을 전하자 다른 사람들도 속속 사라에게 고개를 숙이기 시작했다.

"딱히 감사를 들을 만한 일도 아닌걸요."

당연한 일을 할 뿐이니까요── 하고, 사라는 약간 난처한 표정으로 고개를 저었다.

"그리고 하루토 님께서도 타카히사 님 일로 보고가 있다고 들었습니다. 저도 아직 듣지는 못했습니다만…….."

샤를로트가 이번에는 리오에게 말을 건넸다.

"이야기의 내용은 좀 겹치지만, 타카히사 씨의 안위를 뒷받침할 만한 정보를 얻었습니다. 정보의 출처는 현신 리나입니다."

"어? 리나는 미하루 안에 있는 거 아니었어……?"

사츠키가 미하루를 바라보았다.

"혹시 어제……?"

미하루는 어제 리나에게 몸을 조종당해 리오의 침실을 방문했던 일을 떠올린 것 같았다.

"네, 많지는 않지만 전갈을 받았습니다. 미래를 아는 힘을 가지고 있으니 확실한 정보라고 생각합니다."

"……그 여신님이 뭐라고 하셨는데?"

"장소는 알려주지 않았지만 건강하긴 하답니다. 여자아이와 사랑의 도피를 해서 잘 지내고 있다고요."

"……."

사츠키의 표정에 약간의 황당함이 스쳐 지나간 것은 기분 탓이 아닐 것이다.

"왜, 왜 알려주지 않는 거죠?! 어디에 있는지, 미래를 알고 있는데."

하지만 아키 입장에서 보면 자신의 사활이 걸린 문제나 마찬가지였다. 미래를 알고 있다면 지금 있는 곳도 알고 있지 않느냐며 간절함을 담아 물어온다.

"……미래가 바뀔 만한 일은 말할 수 없다, 라고 합니다."

리오가 미안하다는 얼굴로 말했다.

"그런 게……."

아키는 참을 수 없는 답답함에 입을 다물었다. 실제로 실종된 가족의 행방을 아는 사람이 있다면 어디에 있는지 캐묻고 싶은 것은 당연한 감정이었다. 오히려 억누르라는 것이 무리였다. 그런데도 아키가 입을 다물 수 있었던 것은, 상대가 자신이 어려워하는 리오이기 때문일까, 아니면 제보자인 리나가 이 자리에 없기 때문일까.

"리나는 '시간이 지나면 다시 만날 수도 있을 거다'라고도 했습니다. 지금은 그것만으로 이해해 달라고……."

리오는 위로의 뜻을 담아 리나의 말을 덧붙였다.

"……난 됐어."

그러자 갑자기 마사토가 그런 말을 꺼냈다.

"……마사토?"

아키가 눈을 크게 뜨고 마사토를 바라보았다.

"살아 있다잖아. 머지않아 다시 만날 수 있다고. 그걸 알았으니까 나는 그걸로 족해. 지금은."

마사토는 자기 나름대로 감정을 정리하고 타협을 내린 것 같았다. 그렇게 말하며 큰 한숨을 내쉬더니 팔짱을 끼고 의자에 몸을 깊숙이 파묻었다.

"……."

아키는 마사토를 보고 무어라 말하고 싶다는 표정을 지었지만, 가슴속의 감정을 억누르듯 입술을 꾹 다물었다.

【 제 3 장 】 ❈ 일상의 뒤에서

스튜어드 유그노는 벨트람 왕국 3대 공작가 중 한 자리를 차지하고 있는 유그노 공작가의 장남이었다. 그리고 과거에는 가문을 이을 예정인 적남이었다.

하지만 아망드의 레스토랑에서 술에 취해 리오를 상대로 사건을 일으킨 것이 계기가 되어 아버지인 유그노 공작을 화나게 했고, 행실 불량을 이유로 폐적당했다. 그 결과, 이제는 적남의 지위를 동생에게 물려주고 레스토라시온 소속 평기사로 신분이 추락한 상태였다.

장소는 가르아크 왕국성.

낮 시간.

"……하아."

스튜어드는 순찰 임무를 위해 성의 부지를 돌아보고 있었다. 맑게 갠 하늘과는 달리 무겁고 흐린 한숨이 새어나왔다.

도무지 마음이 내키지 않았다. 순찰 중 가르아크 왕국 소속의 기사들과 스쳐지나갈 때마다, 우울한 마음이 더욱 커졌다. 그 이유는…….

스튜어드가 가르아크 왕국의 기사들에게 피해망상이나 다름없는 열등감과 굴욕감을 품고 있었기 때문이었다.

"큭……."

기사임에도 함락된 로다니아에서 도망쳐 온 비겁한 놈. 가르아크 왕국 소속 기사들에게 그런 모멸적인 시선을 받고 있다는 기분이 들어 견딜 수가 없었다. 그래서 가르아크 왕국 소속 기사들을 발견할 때마다 절로 보폭이 빨라졌다.

'굴욕적이군. 왜 공작가인 내가 이런 수모를…….'

레스토라시온 소속의 기사복을 입고 있다는 사실조차 부끄럽게 느껴졌다. 그렇게 느끼는 이유는 아마도, 입장이 반대가 되었을 때 스튜어드라면 확실히 그런 눈빛으로 타인을 볼 것이기 때문이었다.

'이럴 줄 알았으면 로다니아에 남아서 명예롭게 포로가 되는 편이 더 낫지 않았을까.'

그런 생각이 뇌리를 스쳤다.

'아니, 남아 있었다고 해도 살았을지 어떨지는 알 수 없어.'

하지만 실제로 그 전쟁터의 현장을 떠올리고, 곧바로 있을 수 없는 일이라며 생각을 다시 고쳐먹었다. 스튜어드는 그때 도시 경비 임무를 맡고 있었다. 하지만 렌지가 날린 일격에 백 명가 넘는 공전기사가 얼어붙은 모습을 보고 완전히 전의를 상실해 버렸다. 그래서 마도선으로 피난하기로 결심한 것이다. 지금 다시 그때로 돌아간다고 해도 역시 피난을 선택했을 것이다.

'게다가 나는 유그노 공작가의 장남이다. 아르보 공작파 일당에게 붙잡혔다면 어떻게 됐을지…….'

스튜어드가 피난을 결정한 대의명분은 자신의 집안 때

문이었다. 유그노 공작가의 적남인 자신이 포로가 될 수는 없다는, 자기 보호 본능에서 비롯된 믿음 때문이었다.

그러나 그 결단이 지금은 스튜어드의 죄책감에 더욱 큰 기름을 붓고 있었다. 그리고 스튜어드는 그때마다 자신의 판단은 틀리지 않았다며 스스로를 끊임없이 타일렀다.

"형님."

그러던 중, 순찰하는 스튜어드에게 말을 거는 자가 나타났다.

상대를 깔보는 듯한 경박한 목소리였다.

"⋯⋯피에르."

스튜어드는 대놓고 불쾌한 표정으로 돌아서며 두 살 아래 동생의 이름을 불렀다. 피에르 유그노. 폐적당한 스튜어드를 대신하여 유그노 공작의 가문을 이을 권리를 얻은 소년이었다.

"참으로 무능하군요. 유그노 공작가의 일원이라는 자가 가슴을 펴고 걷지도 못하다니, 상당히 위축되어 보이십니다."

괜히 형제가 아닌 것인지, 피에르는 스튜어드가 안고 있는 열등감을 정확히 꿰뚫어 보는 듯한 말을 던졌다.

"뭐라고⋯⋯?"

"적어도 로다니아에서 전사하셨더라면 추락했던 형님의 명예도 일부는 회복할 수 있었을 텐데 말이죠."

피에르는 보란 듯이 한숨을 내쉬며 스튜어드를 조롱했다.

'젠장! 나오는 대로 지껄이기는⋯⋯!'

스튜어드는 입을 다무는 대신 속으로 악담을 퍼부었다.

옛날에는 좋았다. 적어도 문제를 일으켜 적남의 지위를 동생에게 빼앗기기 전까지는 그나마 좋았다. 가문이 파벌 싸움에 밀려나 왕도에 있지 못하게 된다 해도, 유그노 공작가의 적남이라는 자부심이 스튜어드의 존엄성을 지켜주고 있었다.

하지만 지금은 폐적을 당해 타국의 귀족과 얼굴을 맞대는 상황에서도 주눅이 들고 말았다. 입고 있는 제복에도 아무런 자부심을 가질 수 없었다. 동생에게 무시를 당하고도 아무런 반박조차 할 수 없었다. 이래서는 단순한 패배자에 지나지 않았다. 동생과 대화를 나누면 그 사실을 더욱 뼈저리게 깨닫게 된다. 그래서 스튜어드는 피에르와 마주치는 것조차 꺼렸다.

하지만 피에르는 피에르대로, 과거 적남이었던 스튜어드에게 시달려왔던 울분을 이자까지 붙여서 갚고 있을 뿐이었다.

"아버님은 알고 계십니다. 피난민의 호위라는 명목을 붙였지만, 형님이 자신의 안위만을 위해 마도선으로 도망쳐 왔다는 사실을요."

"뭐, 뭐라고?! 멍청한 소리 마라! 나는 그런 적 없어!"

피에르에게 직격을 맞자 스튜어드가 동요했다.

"뭐, 형님께 명예로운 전사로서 죽을 배짱이 없다는 것도 알고 있습니다. 썩어도 공작가라는 이름을 등에 업고 있으니, 어설프게 포로가 되는 것보다는 나았을지도 모르 겠군요."

"큭……! 날 비꼬기 위해 굳이 말을 걸어온 거냐?"

이대로 이야기를 이어간다 해도 자신만 스트레스를 받 을 것이라 판단했는지, 스튜어드는 화를 꾹 참으며 용건을 물었다.

"아뇨, 아버님이 부르십니다."

"뭐? 아버님이, 나를……?"

아망드에서 폐적을 선고받은 뒤, 스튜어드가 아버지인 유그노 공작의 호출을 받는 일은 한 번도 없었다. 그래서 의아한 얼굴로 고개를 갸우뚱하면서도, 그 목소리에는 기 쁨이 배어 있었다.

가르아크 왕국성 부지 내에 있는 영빈관. 스튜어드는 피 에르와 함께 유그노 공작의 집무실을 방문했다.

"아버님, 형님을 모시고 왔습니다."

피에르가 스튜어드를 데리고 입실했다.

"수고했다, 피에르, 너는 네 일로 돌아가라."

"……예, 아버님."

유그노 공작에게 퇴실 지시를 받은 피에르는 순순히 고 개를 끄덕였다. 하지만 폐적당한 형이 아버지와 단둘이 남는 상황이 마음에 들지 않는지, 떠나면서도 스튜어드를 노려보며 견제했다.

"훗."

스튜어드는 마치 승리한 것처럼 피식 웃었다.

"뭘 웃는 게냐?"

"아, 아닙니다. 오늘은 무슨 용건으로 부르셨습니까?"

찬물을 끼얹듯이 묻는 유그노 공작의 말에 스튜어드는 황급히 진지한 얼굴로 표정을 고쳤다. 하지만 아버지의 안색을 살피는 그 눈동자에는 뭔가 좋은 용건으로 자신을 불러낸 것이 아닐까 하는 옅은 기대감이 스며들어 있었다.

"지금으로부터 4년 전 일이었지. 네가 학원에서 참가했던 야외연습을 기억하고 있느냐?"

유그노 공작은 아들의 눈동자에 맺힌 빛을 단호하게 차단하듯 느닷없이 본론으로 들어갔다.

"……네? 야외연습? 4년 전이라고 하면…….."

예상치 못한 질문이었는지 스튜어드의 눈이 흔들렸다.

"네가 문제를 일으켰던 그 훈련 말이다. 잊었다고는 하지 않겠지?"

"예, 예에, 물론 기억하고 있습니다만…….."

잊을 수 있을 리가 없다. 돌이켜 보면 스튜어드가 아버지에게 실망을 안긴 계기가 된 것이 바로 그 야외훈련이었으니까.

하지만 자신이 문제를 일으켰다는 말을 듣는 것은 억울

했다. 물론 플로라가 스튜어드와 부딪쳐서 절벽에서 떨어질 뻔하긴 했지만, 애초에 스튜어드도 밀려나서 플로라에게 부딪쳤던 것이다.

'나는 피해자였다고.'

책임을 져야 할 이유는 없었다. 적어도 스튜어드는 마음속으로 그렇게 생각했고, 대외적인 처리도 그렇게 된 것으로 알고 있었다. 그런데 왜——.

"왜, 이제 와서 그런 옛날 일을……?"

스튜어드는 조심스럽게 물었다.

"그 야외연습에서 소란을 일으켰던 자, 이름이 뭐였지?"

유그노 공작은 아들의 질문을 무시하고 자신의 질문을 던졌다.

"분명…… 리오였습니다."

그 이름도 잊을 수 있을 리가 없었다. 잊는 것은 고사하고, 떠올리는 것만으로도 불쾌했다. 천한 고아 주제에 유난히 눈에 띄고 오만한 얼굴을 하고 있는, 마치 역병이나 다름없는 사내. 그렇게 생각한 스튜어드는 얼굴을 찡그리며 대답했다.

'그래, 그 녀석만 없었어도…….'

플로라가 절벽에서 떨어질 일도 없었다.

실제로 스튜어드를 밀친 것은 다른 남학생들이었다. 마물의 기습으로 부상을 당한 스튜어드가 패닉을 일으켜, 전투 중임에도 불구하고 남학생들에게 매달리려 한 것이 발단이 된 것이다. 결과적으로 스튜어드는 플로라와 부딪히며 그녀를 절벽 밖으로 떠밀어 버렸다. 그것이 있는 그대로의 사실이었다.

'그 녀석이 날 밀치고 플로라 님을 끌어들였다. 잘못한 건 내가 아냐.'

하지만 스튜어드는 부모의 권력마저 사용해 사실을 왜곡했다. 그리하여 모든 죄를 리오에게 뒤집어씌웠다. 지금에 와서는 자신의 기억이나 인식조차 왜곡된 상태였다. 오랜만에 리오를 떠올린 것만으로도 짜증이 치밀었다.

"⋯⋯그렇군."

유그노 공작은 충분한 시간을 두고 조용히 고개를 끄덕였다.

"윽⋯⋯."

일순 스튜어드의 몸이 부들부들 떨렸다. 살의마저 느껴질 정도로 차가운 눈빛을 유그노 공작에게서 본 기분이 들었기 때문이었다. 그러나 그다음 순간, 유그노 공작은 무슨 생각이라도 하는 것처럼 눈을 감아버렸다.

'⋯⋯기분 탓인가?'

스튜어드가 어리둥절한 얼굴로 고개를 갸우뚱했다.

"그건 그렇고 넌 어제 습격 당시 옥상 정원에는 없었던 모양이구나."

그때, 유그노 공작은 갑자기 화제를 돌렸다.

"네, 야근으로 순찰 경비를 서고 있느라⋯⋯."

"그런 건 아무래도 상관없다. 아마카와 경의 전투는 지켜봤느냐?"

유그노 공작의 목소리에는 어차피 성 안에 숨어 있었겠지, 하는 약간의 실망감이 배어 있었다. 그것이 당사자에게 전해졌는지 어떤지는 알 수 없었다.

"……아니요, 야근이 끝나고 상당히 피곤한 탓에 그대로 잠들어서…… 보지 못했습니다."

"그런 큰 소란이 벌어졌는데도 말이냐."

유그노 공작은 어이없다는 얼굴로 아들을 바라보았다.

"죄, 죄송합니다."

"뭐, 됐다. 난 이제 크리스티나 님을 만날 거다. 네놈도 동행해라."

유그노 공작은 스튜어드에게 지시를 내린 뒤 의자에서 몸을 일으켰다.

"……네?"

스튜어드는 상황을 이해할 수 없었다. 아버지가 자신을 데리고 어디론가 가는 일은 현재는 거의 없는 일이었기 때문이다.

"따라오라고 했지 않느냐."

"저도……. 네, 네!"

스튜어드는 기쁨에 차 큰 목소리로 대답했다. 크리스티나와의 대담에 동석시킨다는 것은, 어쩌면 자신에게 다시 기회를 주시려는 것이 아닐까? 그런 기대가 눈동자에 강하게 배어 있었다.

◇ ◇ ◇

영빈관의 같은 층에서. 스튜어드는 유그노 공작의 호위로 크리스티나의 집무실을 찾았다.

크리스티나와 유그노 공작이 의자에 앉아 마주하자 스튜어드는 아버지의 등 뒤에 섰다. 또한 크리스티나의 곁에는 호위로 바네사가 서 있었다.

'아름답네, 변함없이…….'

벨트람 왕국이 자랑하는 크리스티나의 미모를 가까이서 본 스튜어드는 저도 모르게 넋을 잃을 뻔했다.

폐적당해 일개 평기사로 전락한 스튜어드에게 있어 이제 크리스티나는 구름 위의 존재나 다름없었다. 과거에는 왕립학원 야외연습에서 같은 반의 일원으로 함께 행동한 적도 있었지만, 현재는 이렇게 동석하는 것은 고사하고 얼굴을 볼 기회조차 거의 없었다.

이 정도로 크리스티나와 가까이 있었던 것이 얼마 만일까?

'역시 돈으로 살 수 있는 저급한 여자와는…… 아니, 어지간한 귀족 여자와도 비교가 되지 않는군. 기품이, 매력이, 본질 자체가 다르다.'

스튜어드는 크리스티나의 덧없고 고귀한 분위기에 사로잡혔다. 이 정도로 최고의 여인을 본 것이 얼마 만이던가?

당장 이대로 넘어뜨려서 자신만의 것으로 삼고 싶은 충동에 빠질 것 같아 스튜어드는 꿀꺽 침을 삼켰다.

"……별일이군. 당신이 아들을 데리고 나오다니."

크리스티나는 스튜어드를 한 번 쳐다보고 난 후, 떠보는 듯한 눈빛으로 유그노 공작을 바라보았다.

"인원이 부족해서 호위로 동행시킨 것뿐입니다."

반면 유그노 공작은 천연덕스럽게 대꾸했다.

'……역시 아버님은 다시 한번 내게 기회를 주실 생각인 거야.'

정작 스튜어드는 내심 기대에 부풀어 있었다.

크리스티나가 말한 대로 유그노 공작이 아들을 데리고 다니는 일은 흔치 않았기 때문이었다. 특히나 이런 중요 인사와의 일대일 회담장에 누군가를 동석시키는 일은 거의 없었다.

이는 유그노 공작의 신중함, 즉 중요한 일을 진행하는 데 있어서 섣불리 정보를 아는 자를 늘리고 싶지 않아 하는 그의 성향과 관련되어 있었다.

지금은 공작의 비서 견습생으로 경험을 쌓고 있는 동생 피에르조차 주요 인사들과 만날 일이 거의 없을 정도다. 그런 유그노 공작이 이렇게 크리스티나와의 대담 장소에 스튜어드를 동석시킨 것이다.

"훗……."

스튜어드가 특별 대우를 받았다고 느끼는 것도 무리는

아니었다. 평소 그늘로 쫓겨나 비참한 처지에 놓여 있었던 만큼 더욱더 기분이 좋아질 수밖에 없었다. 크리스티나에게 주목을 받는 것이 기쁜지 스튜어드는 자랑스러운 얼굴로 가슴을 폈다.

'이거다. 이게 바로 공작가의 귀족다운 모습이지.'

고위 귀족 중에서도 한정된 유력자만이 들어갈 수 있는 구름 위의 무대. 그 무대로 돌아왔다는 실감이 스튜어드의 자부심을 강하게 자극하고 있었다.

"……그래. 뭐, 상관없지. 그래서 무슨 일인가? 이후에 프랑수아 국왕과 대담이 예정되어 있으니 간략하게 끝내 줬으면 하는데."

다만 크리스티나는 곧바로 스튜어드에 대한 관심을 잃었다. 유그노 공작이 평소에 하지 않는 행동을 한 이유는 궁금했겠지만, 생각해 봤자 시간 낭비라고 판단한 것 같았다. 어느 쪽이든 스튜어드가 들으면 곤란할 만한 이야기를 하지는 않을 것이다. 그렇게 생각하며 면회를 신청한 용건을 물었다.

"급한 이야기는 아니지만, 미리 해 두고 싶은 이야기가 있습니다. 레스토라시온의 앞날과도 관련된 이야기입니다."

"들어보지."

"우선은 하루토 군…… 아니, 아마카와 경을 둘러싼 이해할 수 없는 사건에 대해서입니다. 이상하게도 저희는 어제까지만 해도 그에 대한 기억을 잊고 있었습니다만……."

"레스토라시온의 앞날에 관한 이야기라 하지 않았나?"

아무 관련이 없어 보이는 뜬금없는 화제에 크리스티나는 황당함과 경계가 섞인 시선을 유그노 공작에게 보냈다.

"네, 그에 관한 이야기이기도 합니다. 그 전제로, 그에게 무슨 일이 일어났는지 알아 두고 싶다는 생각이 들었습니다. 크리스티나 님은 뭔가 들은 것이 있으십니까?"

"……귀찮은 고대 마도구에 의한 저주라고 알고 있다. 우리가 그에 대한 기억을 되찾은 것은 그것을 중화하는 결계를 발동시킨 덕분이라고 하더군."

리오의 몸에 무슨 일이 일어났는지에 대해서는 어제 크리스티나도 국왕 프랑수아를 통해 전해 들은 상태였다. 리오의 저택에 사는 거주자들 이외에는 프랑수아, 크리스티나, 플로라, 리리아나, 리제롯테, 아리아만 알고 있는 정보였다.

다만 초월자들 중에서도 현신은 슈트랄 지방에서 신성시되고 있는 존재였기 때문에, 정보의 공유에는 한 가지 조건이 제시되었다. 즉 리오의 승낙을 받지 않는 한 그 어떤 제삼자에게도 진실을 발설해서는 안 된다는 것. '어긴다면 가르아크 왕국의 신용을 잃는다고 생각하라'라는 위협이 딸려 있었다.

그래서 크리스티나는 무표정한 얼굴을 가장하고 거짓말을 했다. 이는 프랑수아, 리리아나와 협의해 결정한 대외적인 설명이었다. 실제로 이 세상에는 파악할 수 없을 만큼 방대한 수의 마도구가 존재한다. 미지의 고대 마도구 탓으로 돌려버리면 대부분의 부자연스러운 사건에 대해서는 설명을 둘러댈 수 있었다.

"마도구에 의한 저주, 말입니까. 확실히 사람의 인식이나 기억에 영향을 미친다는 유물이 존재한다는 이야기를 들은 적은 있습니다만……."

"믿을 수 없나?"

"……믿을 수 없는 것은 아니지만, 아무리 생각해도 효과 범위가 너무 넓고 터무니없다는 생각이 들어서 말입니다……."

마도구의 효과라는 말을 들어도, 쉽게 납득이 가지 않는 것은 당연하다. 그렇지만 진실은 더더욱 터무니없는 것이었다. 사람들의 기억을 조종하는 것이 사실은 마도구가 아니라 신의 규칙이라는 말을 전한다 한들, 쉽게 믿기 어려운 이야기임에는 변함이 없을 것이다.

"무리도 아니야. 나도 당황스러우니까."

크리스티나는 진심에서 우러나온 쓴웃음을 지으며 유그노 공작에게 공감했다.

"하지만 실제로 일어난 일이야. 아마카와 경을 의심할 이유는 없어."

그리고 진지한 얼굴로 덧붙였다. 이것만으로도 크리스티나가 리오에게 절대적인 신뢰를 보내고 있다는 사실은 분명했다.

"물론입니다. 그를 의심하는 것은 아닙니다."

"그럼 뭐지?"

"주위의 반응에 대해 저도 가볍게 조사를 해 보았습니다. 그러자 의외로 기억을 잃었다는 의식이나 위화감을 거의 느끼지 못한 사람들도 많았습니다."

"……그런 것 같더군."

리오에 대한 성 안 사람들의 반응에 대해서는 크리스티나도 이미 들었다. 본래 리오에게 큰 관심이 없었거나 리오와의 관계가 희박했던 사람들은 기억을 잃었다는 사실 자체를 거의 실감하지 못했다고 한다.

처음부터 리오에게 별다른 의식을 갖고 있지 않았기 때문에 기억을 잃은 공백 기간이 있더라도 큰 영향을 받지 않은 것이다. '그러고 보니 그런 녀석도 있었지' 정도로만 생각하고 있는 것 같았다.

반대로 본래 리오와의 관계가 깊었던 자들이나 기억을 되찾은 순간 리오를 강하게 인식하고 있던 자들일수록 기억을 잃었던 공백 기간에 대한 여파가 더 컸다. 저택에서 리오와 함께 살던 사람들이나 전투 중에 옥상 정원에 모여 리오를 보고 있던 사람들이 그 좋은 예였다.

"알고 계셨습니까? 예를 들면 이 스튜어드가 그렇습니다. 이자는 어제 아마카와 경이 싸우고 있는 것을 목격하지 못했습니다."

유그노 공작은 등 너머에 있는 스튜어드를 쳐다보았다.

'……그래서 아들을 동석시킨 건가.'

크리스티나의 시선도 스튜어드에게 향했다.

"스튜어드. 넌 아마카와 경을 기억하고 있겠지?"

"네, 기억하고 있습니다만…….."

쓸쓸한 얼굴로 고개를 끄덕이는 스튜어드. 잊고 싶어도 잊을 수가 없었다. 하루토 아마카와라고 하는 남자에게는, 일찍이 아망드에서 호되게 당한 전적이 있었다. 스튜어드가 폐적당하는 원흉이 된 남자라고 해도 좋았다. 하지만 그렇다고 해서 온종일 리오를 생각한 것도 아니었다.

"네놈도 그에 관한 기억을 잃었을 텐데, 그 실감이나 위화감은 있었느냐?"

"아니요. 그 녀, 그를 일상적으로 떠올리고 있었던 것도 아니라서 특별히 눈치채지 못했습니다…….."

그 녀석이라고 할 뻔한 것을 순간적으로 다른 말로 바꾸며, 스튜어드는 못마땅한 표정으로 대답했다.

"보시다시피 기억을 잃었다는 사실을 깨닫지 못하는 사람도 있을 정도입니다."

유그노 공작은 등 뒤에 선 스튜어드에게서 시선을 거두고 맞은편에 앉은 크리스티나에게 시선을 돌렸다.

"그건 알겠는데, 여전히 요점을 모르겠군. 이 주제가 레스토라시온의 앞날 이야기와는 도저히 이어질 것 같지 않은데."

크리스티나도 유그노 공작에게 시선을 돌리며 대화 의

도에 의문을 던졌다.

"연결점은 있습니다. 그를 레스토라시온에 불러들인다고 했을 때 어떤 폐해가 발생하는가에 대한 이야기입니다."

본론이 리오의 영입이라는 사실은 확실해졌다.

"……그 이야기는 이전에 그만두는 걸로 결론이 났을 텐데."

유그노 공작이 리오에 관한 이야기를 꺼낸 시점에서 이런 이야기가 나올 것이라는 예상은 어렴풋이 하고 있었는지, 크리스티나가 못마땅한 표정을 지었다.

"하지만 저희가 지금 처한 상황은 크리스티나 님도 잘 알고 계실 겁니다."

유그노 공작의 말에는 간절함과 초조함이 짙게 배어 있었다. 쉽게 물러서지 않겠다는 강한 각오도 엿보였다.

'아버님…….'

스튜어드는 아버지가 생각했던 것 이상으로 중대한 이야기를 꺼내려는 것을 짐작하고 그 등을 보며 눈을 크게 떴다.

"물론 이해는 하고 있어."

"인력 부족, 재정난뿐만이 아닙니다. 희망이 없습니다. 미래가 보이지 않습니다. 로다니아를 잃고 가족과 이별하고 피난 온 사람들은 모두 불안을 안고 있습니다. 생각하고 싶지는 않지만, 이 상황이 길어진다면 반란을 일으키는 자가 나온다고 해도 이상하지 않은 상태입니다. 조직의 존

속마저 위태로운 상태라고 해도 좋습니다."

"……알고 있다. 구성원들의 불안감을 해소하기 위해 나도 예정보다 일찍 즉위를 선언하기로 결정한 거니까."

실제로도 크리스티나가 여왕 즉위를 선언한 것은, 레스토라시온 조직 내에서 좋은 반향을 일으켰다.

"확실히 크리스티나 님이 즉위를 선언하시면서 구성원들의 불안감은 누그러졌을지도 모릅니다. 하지만 그것도 결국 시간벌기에 지나지 않습니다. 이대로 대관식을 맞이한다 해도 즉위의 정당성을 부정당할 것이 뻔하니까요. 그렇게 되면 기어이 제가 우려하고 있던 문제가 표면화될 수도 있습니다."

애초에 레갈리아를 이용한 크리스티나의 여왕 즉위 선언은 이런 임시방편의 방어 수단으로 사용할 카드가 아니었다.

효과적인 타이밍을 노려 아르보 공작파를 타도하기 위한 기사회생의 한 수로서 아껴두고 있던 카드였다.

"상황을 개선할 방법이…… 희망이 필요하다는 것도 알고 있네."

크리스티나는 그렇게 말했지만, 그 표정은 어두웠다. 아껴둬야 할 카드를 이미 사용해 버렸다는 것은 더는 유효한 카드가 남아 있지 않다는 것을 의미했기 때문이었다.

"맞습니다. 희망입니다. 지금 저희에게는 가시적인 형태의 희망이 필요합니다. 완전히 먹구름이 낀 저희의 미래를 열어줄 정도로 강한 희망이."

"그 희망이 아마카와 경이라고 말하고 싶은 건가."

"이제 더는 그의 무용담을 모르는 자가 없습니다. 옥상 정원에 있지 않았더라도, 어제의 싸움을 멀리서 본 사람도 많습니다. 그런 괴물을 쓰러뜨린 자가 아마카와 경이라는 사실은 성 안에서도 널리 퍼져 있습니다. 왕의 검인 알프레드를 쓰러뜨렸다는 명성도 저희에게는 의미가 큽니다. 그런 그가 레스토라시온에 도움을 준다면?"

당연히 구성원들은 희망을 품을 수 있을 것이다. 리오에게 기대를 걸 테니까.

"……."

유그노 공작이 리오에게 매달리고 싶어 하는 마음도 이해할 수 있었다. 설득력도 있다. 하지만 크리스티나는 침묵을 고수했다. 리오를 끌어들이는 것에 대해 크리스티나가 소극적, 아니 부정적이라는 명확한 표시였다.

"조직의 사람들은 희망을 품을 겁니다. 그러면 단독으로도 로다니아를 탈환해 주지 않을까, 우리를 이끌어 주지 않을까, 라고 말이죠."

하지만, 그럼에도 유그노 공작은 기죽지 않고 열변을 토했다.

"……우리와 무관한 그에게 우리의 미래를 맡기겠다는 건가?"

"그렇다면 저희와 관계를 맺으면 될 일입니다."

"또 혼담인가? 그가 그럴 생각이 없다는 건 알고 있을 텐데."

벌써 몇 번째인지도 모를 주제에 크리스티나가 지긋지긋하다는 얼굴로 말했다.

그렇지 않아도 리오의 주위에는 매력적인 이성이 많았다. 레스토라시온의 영애들이 끼어들 자리는 없었다. 유일하게, 아니 어쩌면 가장 가능성이 높은 사람도 있긴 하지만.

"세리아 군이 있지 않습니까."

"……그렇다 하더라도 외부인이 이래라저래라 할 문제가 아니야."

크리스티나는 역시나 떨떠름한 표정을 지으며 소극적인 태도를 유지했다.

"그렇게 느긋한 말씀을 하고 계실 때가 아니지 않습니까. 애초에 세리아 군도 레스토라시온의 일원입니다. 혼담은 그렇다 치더라도 아마카와 경께 도움을 받을 수 있도록 노력해야 하는 입장이지요. 세리아 군이 그것을 하지 않는 것이 가장 문제인데, 크리스티나 님께서 그렇게 하라는 명령을 내리지 않으시는 것도 이상하지 않습니까?"

이쯤 오니 유그노 공작도 드디어 초조해진 모양이었다. 결국 감정에 호소했다.

"그런 짓을 할 수는 없지 않나."

크리스티나도 노골적으로 눈살을 찌푸리며 감정을 드러냈다.

"어째서입니까?"

"우리에게 도움을 준 대가로, 아마카와 경은 무엇을 얻을 수 있다는 거지? 그것도 제시하지 못하고 무작정 도와 달라고만 하다니, 뻔뻔함에도 정도가 있어."

"그것을 알기 위해서라도 어떤 대가를 원하는지 물어볼 수는 있겠지요. 왜 그것을 하지 않는 겁니까?"

"……탐색이라면 지금까지의 교류를 통해 이미 해 봤다. 그리고 이쪽에서 줄 수 있는 대가는 없다고 생각했지. 그가 원하는 건 그렇게 많지 않아. 그건 자네도 잘 알고 있지 않나?"

"그렇지만, 조직으로서 정식으로 그와 교섭의 장을 마련한 적은 없는 것으로 알고 있습니다. 밑져야 본전이라도 상관없습니다. 저도 동석하여 그에게 협력을 요청하고 싶습니다."

그 후에도 두 사람은 목소리를 높여 열띤 토론을 이어갔다. 아무리 상대가 상급자인 크리스티나라 해도, 오늘만큼은 유그노 공작도 물러날 수 없었다.

'아버님이 이 정도로 열정적으로 나서시다니…….'

스튜어드는 아버지와 크리스티나의 논쟁을 지켜보며 남몰래 숨을 삼켰다.

'역시 우리의 앞날이 그 정도로 안 좋은 건가?'

레스토라시온이 처한 상황이 막연하게 나쁘다는 것은 알고 있었지만, 조직의 실질적 2인자라 할 수 있는 아버지가 이렇게 열을 내는 모습을 보니 상황이 꽤 심각하다는 실감이 밀려왔다.

"……."

크리스티나는 리오에게 협조를 요청하는 것에 대해 소극적인 입장이었지만, 고민스러운 얼굴로 침묵했다. 만약 리오가 도와준다면 상황이 개선될 것이라는 사실은 분명하게 예상이 가능했기 때문이었다. 다른 유력한 대안도 떠오르지 않는 것도 사실이었다.

"크리스티나 님, 다른 좋은 대안이 있다면 저도 이렇게 서두르지는 않았을 겁니다. 지금의 우리 처지에서는 이것 저것 가릴 여유가 없습니다. 시간적 유예도 없고요. 이런 상황에서 아마카와 경에게 도움을 청하지 않을 만한 합리적인 이유가 있습니까?"

유그노 공작은 크리스티나의 침묵에 답답함을 느끼고 물었다.

"……만약 조력을 얻을 수 있다고 해도, 아마카와 경을 괴롭히는 저주의 효과는 지금도 존속하고 있네. 결계 밖으로 나가면 우리는 다시 아마카와 경을 잊고 말아."

크리스티나는 씁쓸하게 반론했다.

"그렇다고 해도, 그에게 도움을 받는 것에 그리 큰 장애가 되지는 않을 겁니다. 결계로 돌아오면 기억을 되찾을 수도 있지 않습니까?"

밖에서 무력을 행사해 와도 아군과 연계를 할 수 없어

작전에 포함시킬 수 없다는 것은 단점이었지만, 리오에게 바라는 것은 당연하지만 집단과의 연계가 아니었다. 그 자신의 뛰어난 개인의 힘이었다. 우리 군사를 위해 그 힘을 발휘해 준다면, 작전 행동 중에 연계가 되지 않더라도 별 문제는 없을 것이다.

"이유는 또 있어. 아마카와 경이 가면을 쓰고 싸웠던 것은 봤겠지?"

"네."

"그 가면을 쓰지 않으면 아마카와 경은 결계 밖에서 싸울 수 없어."

"……그것도 저주의 효과입니까?"

"그래. 가면을 쓰지 않고 결계 밖에서 싸우면 아마카와 경 본인이 기억을 잃는다더군."

크리스티나는 리오에게 협력을 요청하는 것을 주저하는 이유를 꺼냈다.

"그건 확실히 문제이긴 하지만……."

하지만 도저히 납득이 가지 않는지 유그노 공작은 떨떠름한 얼굴로 신음했다.

"아마카와 경이 싸우는 동안 가면은 저주의 효과로 부서져 간다고 들었네. 게다가 가면의 개수에도 한계가 있고."

"소비하는 가면에 상응하는 대가를 지불할 수 있다면 그의 도움을 받을 수 있다는 말로 들립니다만?"

"……논리상으로는 그렇겠지."

"이 이야기에 논리 외에 다른 무언가가 개입할 여지가 있습니까?"

유그노 공작이 추궁의 손길을 늦추지 않았다. 조직의 미래가 달린 만큼 던지는 말에는 거침이 없었다.

"……."

크리스티나가 즉답하지 못하고 고민스러운 얼굴로 침묵했다.

"아무래도 뭔가 덮어두시려는 것 같은 기분이 강하게 듭니다. 예전부터 느끼고 있었습니다. 아마카와 경에 관한 화제만 나오면 크리스티나 님은 감정이 먼저 앞서 결론을 내리시고, 그 뒤에 이치를 쥐어짜 말하고 계신 것처럼 보입니다."

그러자 유그노 공작은 회피를 차단하듯 더욱 깊이 파고들었다.

"……폐를 끼치고 싶지 않은 것뿐이야."

리오에 대한 죄책감 때문인지 크리스티나의 눈에 그늘이 졌다.

"……정말로, 이유가 그것뿐입니까?"

여기서 유그노 공작은 주저하는 기색을 보이며 조심스럽게 물었다. 이 대담 중 처음으로 망설임을 내비친 것처럼 보이기도 했다.

"무슨 뜻이지?"

크리스티나가 의아한 얼굴로 고개를 기울였다.

"······폐를 끼치고 싶지 않다. 그렇죠, 이해는 갑니다. 하지만 아무래도 이유가 그것뿐만이 아닌 것 같다는 느낌을 지울 수가 없습니다."

"그럼 대체 뭐라는 건가?"

"저야말로 그걸 알고 싶습니다······."

유그노 공작은 고개를 숙이고 마치 혼잣말이라도 중얼거리듯 씁쓸하게 내뱉었다. 뒤에 선 스튜어드를 신경 쓰는 것인지 순간 뒤를 살피는 기색도 보였다.

'······아버님?'

스튜어드는 의아한 얼굴로 물음표를 띄웠다.

그 후, 정각을 알리는 성의 종소리가 울려 퍼졌다.

"크리스티나 님, 이제 프랑수아 국왕과의 대담 시간입니다."

바네사가 크리스티나의 귓가에 속삭였다.

"미안하지만, 처음에 말했듯이 프랑수아 국왕과의 대담이 예정되어 있어. 히로아키 님도 동석하실 예정이니 이 이야기는 나중에 다시 하도록 하지."

크리스티나는 한숨을 내쉬며 말을 마쳤다.

"조만간 다시 찾아뵙겠습니다."

유그노 공작은 무거운 얼굴로 한숨을 쉬고 방을 떠났다.

퇴실 직후.

"⋯⋯스튜어드."

유그노 공작이 갑자기 걸음을 멈추더니 등 뒤를 걷고 있던 아들의 이름을 불렀다. 하지만 뒤를 돌아보지는 않았다.

"네, 네."

아버지가 어떤 표정을 짓고 있는지 스튜어드는 알 수 없었다. 하지만 크리스티나와 뜨겁게 논쟁하던 모습을 목격한 직후였기에 최대한 조심스러운 목소리로 대답했다.

"방에서 있었던 대화는 잊어라."

유그노 공작은 앞을 바라본 채 감정을 억누른 듯한 목소리로 명령했다.

"⋯⋯예?"

갑작스러운 지시에 스튜어드의 이해가 따라가질 못했다.

"대답은?"

"예, 예!"

초조한 목소리로 재촉하자 스튜어드는 황급히 고개를 끄덕였다.

"⋯⋯네놈은 이제 아무것도 하지 마라."

이어서 유그노 공작은 역시나 감정을 억누른 듯한 목소리로, 하지만 불쾌함이 밴 어조로 덧붙였다.

"네⋯⋯?"

스튜어드는 영문을 알 수 없었다. 그러나 유그노 공작은 더 이상 아무 말도 하지 않고 같은 층에 있는 자신의 집무실로 걸어가기 시작했다. 스튜어드는 뒤늦게 정신을 차리고 아버지의 등을 쫓았다. 그리고 곧바로 공작의 집무실에 도착하자, 내방자가 있었다.

"오오, 마침 타이밍이 좋았군요. 안 계신 것 같아서 막 돌아가려던 참이었습니다."

풍채 좋은 중년의 남성 귀족이었다. 바로 옆에는 동행한 호위도 있었다.

"이거 그레고리 공작 아니십니까……."

유그노 공작은 예상치 못한 조우에 눈을 크게 떴다.

상대는 가르아크 왕국의 대귀족, 클레망 그레고리였다. 리오가 초월자가 되기 전 성녀 에리카에게 자신의 영도를 점령당한 그레고리 공작가의 당주였다.

"사전 통보도 없이 이렇게 찾아뵙게 되어 정말 죄송합니다만, 조금 복잡하게 얽힌 이야기가 있어서요. 그쪽 소년은 분명……."

그레고리 공작의 눈빛이 스튜어드를 향했다.

"우리 아들 녀석인 스튜어드입니다."

"안녕하세요. 처음 뵙겠습니다."

스튜어드는 가슴팍에 오른손을 얹고 기사식으로 경례했다.

"참 듬직하군요."

"가문의 수치입니다. 장남임에도 가독의 상속권조차 갖지 못한 반푼이입니다."

"윽……."

아버지에게 모욕을 당한 스튜어드는 수치심에 몸을 부들부들 떨었다. 그레고리 공작은 그런 스튜어드를 보고 피식 웃었다.

"설마요, 참으로 훌륭하시지 않습니까."

"송구스럽군요. 그나저나 뭔가 할 이야기라도 있으신 겁니까?"

"네, 가능하면 비밀리에."

"알겠습니다. 자, 어서 안으로 들어오시지요."

유그노 공작은 그레고리 공작을 자신의 집무실로 초대했다.

"스튜어드, 네놈은 원래의 직무로 돌아가거라."

그리고 아들에게는 그런 지시를 내렸다.

"……예!"

스튜어드는 경직된 자세로 그렇게 대답하고 순찰 임무로 돌아가게 되었다.

유그노 공작의 비서에게 차를 준비시킨 뒤 내보내고 단둘이 남게 되자, 그레고리 공작이 잡담이라도 하듯 가벼운 주제를 꺼냈다.

"크리스티나 왕녀는 지금부터 우리 나라의 폐하와 회담이 있겠군요."

"예, 잘 알고 계시는군요."

"우리 나라의 용사 사츠키 님과 새롭게 용사가 되신 마사토 님도 참석하신다고 하니 말입니다. 그리고 우리 나라의 샤를로트 왕녀님이나 센트스텔라 왕국의 리리아나 왕녀님도 참석하신다고. 거기에 여러모로 말이 많은 아마카와까지도……."

참석하는 인물들, 특히 리오에 대해서는 다른 감정이라도 있는 것인지 그레고리 공작의 눈이 살짝 가늘어졌다.

"호오……."

유그노 공작은 눈을 크게 뜨며 놀랐다.

"이런, 모르셨습니까?"

그 반응을 보고 그레고리 공작이 지적했다.

"자세한 참석자까지는……. 생각했던 것보다 더 거창한 회의였던 모양이군요."

"네, 용사님들을 모아놓고 대체 무슨 말씀을 하실런지."

"저도 들은 것은 없습니다만……."

확실히 궁금하긴 했다.

유그노 공작은 흠, 하고 신음했다.

"좋지 않군요. 아무래도 비밀이 너무 많습니다. 대단한 이야기를 하는 것은 아니라고 하셨지만, 절대 그렇지도 않을 거고요."

그레고리 공작은 안타까운 얼굴로 고개를 저었다.

"확실히, 처음부터 정보를 숨길 거라면 더 제대로 처신

했으면 하는 바람은 있습니다. 신용을 받지 못하는 것 같아 기분이 좋지 않을 때도 있으니까요."

일시적으로 동기를 잃는 정도라면 그나마 괜찮지만, 지속적인 협력 관계란 서로의 신용 없이는 성립될 수 없는 법이었다. 불만이 쌓이며 최소한의 신용조차 잃고 '더는 이 사람과는 함께 일하고 싶지 않다'라는 상황이라도 벌어지면 정말 수습하기 곤란한 상황이 될 것이다.

"제 말이 그 말입니다. 정보 공유는 신용의 증거니까요. 어설프게 얼버무리려 하면 무슨 문제라도 있는 것일까, 받아들이는 쪽도 의심스러울 수밖에 없습니다. 우리 같은 위치에 있는 중신을 좀 더 신용해 주셨으면 좋겠는데 말입니다."

경험에 기반한 발언이라 그런지, 그레고리 공작의 말에는 공감뿐만 아니라 불만도 담겨 있었다.

'물론 모든 걸 다 알려달라는 건 아니다. 나와 상관없는 정보를 알려달라고 고집을 피울 생각도 없고, 덮어두는 편이 나은 정보가 있다는 것도 알고는 있다. 나도 주위에 정보를 숨기는 일이 있으니까.'

중요한 것은 정보를 공유할 수 없다면 그럴 수 없다고, 괜히 둘러대지 말고 그 취지를 분명하게 전하는 것이다. 정보를 공유하지 않는 것도 때로는 신용의 증거가 된다. 적어도 유그노 공작 개인은 그렇게 생각하고 있고, 그것을 실천하기 위해 노력하고 있었다.

"자신과 관계된 일이라면 더더욱 그렇습니다. 질문에 직접 대답하지 않고 논점을 흐려 덮어버리는 것은 정말이지…… 캐물었다가 귀찮은 소릴 듣는 건 더더욱 당치도 않고요."

적절히 끼어들며 말하는 유그노 공작. 후반부는 역시 그의 실제 경험에 근거한 것인지 씁쓸한 얼굴을 하고 있다.

"흐하핫, 저도 그런 경험이 있습니다. 서로 고생이 많군요."

그레고리 공작은 유쾌한 얼굴로 웃음을 터뜨렸다.

"그런 것 같습니다."

유그노 공작도 가볍게 미소 지으며 동의했다. 그리고 인사를 대신한 비즈니스 토크로 가벼운 푸념을 주고받으며 일종의 동료 의식을 형성한 상황에서.

"이대로 술이나 천천히 마시면서 밤을 지새우고 싶은데, 그건 또 다른 기회에 하도록 하죠. 오늘은 좀 진지한 이야기를 하러 왔습니다."

"복잡하게 얽힌 이야기가 있으시다고……."

"예, 이건 어디까지나 이 자리에서만 하는 이야기입니다."

"……알겠습니다. 그래서 어떤 말씀을?"

두 공작은 얼굴을 굳히고 경계하며 서로를 바라보았다.

"사실은 이런 역할을 맡는 것은 부담스럽긴 합니다만. 국경을 초월한 귀족의 교제, 라는 것도 있지 않겠습니까?"

그레고리 공작은 묘하게 에두른 서론을 꺼냈다.

"……벨트람 왕국 본국의 귀족과 관련된 이야기입니까?"

"역시 감이 좋으시군요. 제 친척 중에 귀국의 귀족과 결혼한 사람이 있습니다. 그 인맥으로 어떤 분께 한 전갈을 부탁받았습니다."

"호오……."

그레고리 공작의 말에 유그노 공작의 눈빛이 한층 날카로워졌다. 그 어떤 분이 누구인지는 차치하고, 도대체 어떤 부탁을 해 왔을지…….

"공작님과 은밀히 만나 대화를 나누고 싶다고 말하는 사람이 있습니다."

"……바람직하진 않군요. 적대하는 진영에 소속된 저와, 이 상황에서 밀회하여 이야기를 하고 싶다니."

만약 밀회 사실이 밝혀지면, 아니, 이제부터 밀회를 한다는 소문이 나기만 해도 상당히 곤란했다. 배신자로 낙인 찍혀도 이상하지 않을 상황이었다.

"나라의 미래를 걱정하는 같은 왕국의 귀족임에는 변함이 없지 않습니까?"

"말하기 나름이지요. 이런 이야기를 꺼내시다니, 자칫 잘못해 소문이라도 나면 각하의 입장도 위험해질 수 있을 텐데요?"

"그래서 이렇게 일대일로 말씀을 드리는 겁니다. 각하께서만 발설하지 않으면 퍼질 염려도 없지 않겠습니까?"

"……짐이 너무 과하군요."

유그노 공작은 나무라듯 그레고리 공작을 바라보았다.

"죄송합니다. 그 친척에게 간곡히 부탁을 받은 터라 최소한의 의리는 다할 필요가 있었습니다. 부디 용서해 주시길. 오해하지 않으셨으면 좋겠지만, 저 개인은 어디까지나 중립입니다. 상대방이 어떤 이야기를 꺼낼지도 전혀 모르고, 각하께서 밀회에 응하신다고 해도 저와는 완전 무관한 일입니다."

그레고리 공작은 재차 못을 박으며 중립을 선언했다.

"……."

유그노 공작은 명백히 경계하고 있었다.

'함정인가, 이탈 공작인가. 어쨌든 흔들어대고 있다는 것만은 확실하다. 그렇다고 해도 설마 나한테 이런 이야기를 꺼낼 줄이야…….'

레스토라시온의 분단을 노리고 공작을 벌일 거라는 예상은 했지만, 막상 자신이 그 대상이 되니 놀라지 않을 수 없었다. 만일 함정이 아니라면 용건은 십중팔구, 크리스티나를 배신하고 아르보 공작파로 돌아가라는 권유일 것이다.

'다른 귀족들을 향한 회유도 이미 시작되었을 가능성이 높다. 이래서 하루 빨리 손을 써야 한다고 말했거늘…….'

이런 사태를 막기 위해서라도 하루토 아마카와의 조력과 네임밸류가 필요한 것인데, 크리스티나는 이 시기에 이르러서도 주저하고 있었다. 유그노 공작은 답답한 얼굴로 입술을 깨물었다.

이렇게 장래가 불투명한 상태에서는 배반하는 자가 나타난다 해도 이상할 것이 없었다. 조직의 간부인 유그노 공작조차 이렇게 흔들리고 있는 상황이니 말단 구성원들은 더욱 동요할 것이다.

"……."

밀회에 응하는 귀족들이 앞으로 계속 나오는 것은 아닐까? 자신도 밀회에 응해 상대의 목적을 파악해 봐야 하는 것은 아닐까?

'아니, 말도 안 된다. 밀회에 응하다니…….'

자신도 모르는 사이 돌이킬 수 없는 경계선을 넘어설 뻔한 기분이 들어, 유그노 공작은 뒤늦게 정신을 차리고 숨을 들이켰다.

"생각할 시간은 필요하시겠죠. 답장은 향후 벨트람 본국 정부에서 열리는 회합 때…… 늦어도 대관식 전까지는 원한다고 합니다."

그레고리 공작이 답변 기한을 전했다. 유그노 공작의 고뇌를 즐기기라도 하듯 경박한 미소를 짓고 있다.

"대답이고 뭐고, 애초에 상대 귀족이 누구인지도 모르는데…… 아니, 됐습니다. 이 이야기는 못 들은 걸로 하겠습니다."

유그노 공작은 감정을 드러내며 분명한 거절 의사를 밝혔다. 두통을 참듯이, 동시에 망설임의 안개에 휘둘리지 않으려는 듯 오른손으로 눈가를 감췄다.

"그러시군요."

그레고리 공작은 특별히 불쾌해하는 기색도 없이 선뜻

고개를 끄덕였다. 그렇게 두 공작의 밀담은 끝을 맞이하게 되었다.

유그노 공작이 그레고리 공작과의 밀담을 끝낸 한편, 가르아크 왕국성에 있는 국왕 프랑수아의 응접실에는 용사와 왕족들을 주축으로 한 멤버들이 모여 있었다.

사츠키, 마사토, 히로아키, 샤를로트, 리리아나, 크리스티나, 프랑수아. 그리고 리오와 아이시아의 모습도 있었다. 애초에 리오가 일동을 모이게 한 것이기도 했다. 목적은 용사와 고위 정령에 대한 여러 설명을 하기 위해서였다. 정령과의 관계가 깊은 사라, 오피아, 아르마도 동석한 상태였다.

리오와 아이시아만 선 채로 설명을 진행했다. 어제 골렘을 쓰러뜨린 후 저택의 거주자들에게 전한 설명에서는 의도적으로 용사와 고위 정령에 대한 정보를 덮어두었다. 용사인 당사자들에게 설명하기에 앞서 각국 왕족들에게 설명을 했을 뿐이다.

먼저 용사의 몸에 고위 정령이 깃들어 있고 항상 동화된 상태에 놓여 있다는 사실을 털어놓았다.

오랫동안 행방이 묘연했던 고위 정령들이 가까이 있었다는 사실을 알고 정령의 주민인 사라 일행은 놀라움을 감추지 못했다. 하지만 이 자리는 사츠키 일행에게 설명하기 위해 마련된 자리라는 것을 알고 있기 때문인지 침묵을 지켰다.

"고위 정령들과 동화……."

한편 사츠키는 앉은 채로 신기한 얼굴을 하고 자신의 몸을 내려다보고 있었다.

"육주(六柱) 고위 정령들은 과거 용왕, 칠현신과 함께 초월자라 불리며 이 세계를 지켜보는 존재였습니다. 사츠키 씨는 바람의 고위 정령, 히로아키 씨는 물의 고위 정령, 마사토는 흙의 고위 정령과 각각 계약을 맺고 있을 겁니다."

"계약은 서로의 의사를 확인하고 맺는 건데, 임의로 맺어졌다고 하니 뭔가 좀 꺼림칙한 구석이 있네."

사츠키는 조금 못마땅한 얼굴로 입술을 내밀었다.

"뭐, 그런 거지. 판타지 작품에서는 흔히 있는 전개잖아."

"그렇지."

히로아키와 마사토는 순순히 수긍하는 모습이었다.

"그 말로 납득할 수 있다니, 남자애들답네."

사츠키는 살짝 어이없다는 얼굴로 한숨을 내쉬었다.

"하하. 뭐, 가까이서 계약한 사람들도 있으니까. 하루토 형도 아이시아 누나와 계약을 맺고 있는 거 아냐? 사라 누나네도 그렇고."

마사토가 리오, 아이시아, 사라, 오피아, 아르마를 보며 말했다.

"맞아. 다만 정령과의 계약에는 두 종류가 있다는 걸 알았어. 정령과의 유대가 얕은 일반적인 정령계약과 보다 견고한 정령계약. 사라 씨 일행이 맺은 건 일반적인 정령계약. 나나 용사 모두가 맺은 건 정령영약이야."

"뭐가 다른 거야?"

마사토가 이어서 물었다.

"앞서 말한 대로 정령들과 동화를 할 수 있게 돼. 나머지는 영장…… 용사로 말하면 신장을 만들어 낼 수 있게 되지. 아이시아."

"응."

리오의 눈짓을 받은 아이시아가 영체화하여 자취를 감췄다. 그 직후 동화를 진행했고, 리오는 영장 검을 실체화했다.

"……."

히로아키는 눈을 크게 떴다. 골렘과의 전투 때 영체화한 것은 보았지만, 아이시아가 정령이라는 사실을 알게 된 지도 얼마 안 돼 놀라움이 더 큰 것 같았다.

"끝내준다……."

마사토는 리오가 손에 든 검을 보고 순수하게 눈을 빛냈다.

"이로써 저와 아이시아는 동화 상태가 되었습니다. 이 상태라면 육체는 강인해지고, 술식을 조종하는 능력도 높아집니다. 치유 능력도 올라가기 때문에 상처를 입어도 쉽

게 죽지 않게 됩니다. 동화 레벨을 강화하면 강화할수록 효과도 높아진다고 생각하시면 됩니다. 용사가 강력한 힘을 다룰 수 있는 것도 동화가 이유입니다."

리오는 모두를 둘러보며 동화의 장점을 이야기했다.

"그 말만 들으면 우리들이랑 하루토 군의 차이는 없어 보이는데……. 그렇다기보단 하루토 군도 용사지?"

사츠키가 고민하다가 물었다.

"아뇨, 영장을 만들어낼 수 있다고 해서 용사가 되는 건 아닙니다. 용사가 용사라고 불리는 이유는 다른 곳에 있으니까요."

리오의 얼굴에 약간의 그늘이 드리워졌다.

"동화가 가능하고 신장도 만들 수 있는데, 우리랑 하루토 군 사이에 무슨 차이가 있다는 거야?"

"있습니다. 제가 아이시아와 맺은 정령영약과 여러분이 고위 정령과 맺은 정령영약에는 차이가 있으니까요. 그 차이가 바로 여러분들을 용사로 만들고 있는 겁니다."

그 차이가 별로 좋지 않은 차이라는 것은 리오의 표정만으로도 어렴풋이 알 수 있었다.

"……구체적으로 어떤 차이가 있는데?"

히로아키가 리오를 빤히 보며 물었다.

"정령들의 의사에 반하는 계약인지 여부입니다."

"……!"

흘려들을 수 없는 리오의 대답에 왕족을 제외한 모두가

숨을 삼켰다.

"고위 정령들은 모두 자신의 의사에 반해 용사와의 계약을 강요당한 상태입니다."

"……어째서?"

사츠키가 머뭇거리며 물었다.

"신마전쟁 시대, 육현신은 마족에 대항하기 위해 고위 정령에게 협조를 구했습니다. 그러나 교섭은 결렬되었죠. 자세한 내용은 저도 잘 모르지만, 아무래도 속인 것 같습니다. 육현신은 고위 정령의 힘을 일방적으로 이용하기 위해 정령영약을 핵으로 한 예속적인 마술 기구를 만들었습니다. 그것이 바로 용사입니다."

"……."

마침내 리오가 용사 탄생의 비밀을 말하자, 현대의 세 명의 용사는 모두 미묘한 얼굴을 했다.

"뭐랄까……. 좀 너무한 거 아냐? 육현신들."

사츠키가 솔직한 감상을 털어놓았다.

"괜찮은 거야, 이런 얘길 해도? 슈트랄 지방에서 추앙하는 신이라며?"

상당히 위험한 이야기를 하고 있는 것이 아니냐며, 히로아키가 실내에 있는 왕족들의 반응을 살폈다.

"공개적으로 할 수는 없다. 짐은 미리 이야기를 들었지만, 용사들 본인의 문제일 뿐만 아니라, 다른 누구도 아닌 하루토의 부탁이 있었기에 이 자리를 마련했다. 그러니 이

자리에서 나눈 이야기를 함부로 발설하지 않겠다고 맹세해 주었으면 좋겠군."

프랑수아가 태연하게 말했다.

"……알았어. 종교랑 엮인 문제는 위험할 것 같으니까."

히로아키는 리오의 얼굴을 바라보더니, 머리를 긁적이며 고개를 끄덕였다.

"다시 본론으로 돌아올까요? 제가 용사냐 아니냐에 대한 대답을 하자면, 대답은 아니오입니다. 육주의 고위 정령들과 정령영약을 맺은 자만이 용사가 될 수 있습니다."

리오는 용사의 정의를 밝혔다.

"하지만 하루토 군과 우리들이 할 수 있는 일에는 차이가 없잖아?"

"할 수 있는 것만 보면, 그렇게 되겠죠."

"뭔가 함축적인 말투네……."

사츠키는 리오의 얼굴을 빤히 바라보았다.

"앞서 말한 대로 고위 정령들의 의사에 반한다는 것이 문제입니다. 지금 이 순간도 고위 정령들은 영약의 속박에서 벗어나고 싶어합니다. 그렇게 말하면 정확할까요?"

"……."

신체 안쪽에서 고위 정령들이 잠든 모습을 떠올린 것일까. 용사들이 고개를 갸우뚱하며 자연스럽게 자신의 몸통 쪽을 내려다보았다.

"고위 정령들은 용사와의 정령영약을 파기하고 자유로

위지길 원합니다. 하지만 그럴 수가 없죠. 고위 정령들이 밖으로 나올 수 없도록 육현신이 강력한 봉인을 걸어두었으니까요."

"우리가 원해도 계약 해지는 안 되는 거야?"

사츠키가 물었다.

"……네. 정령영약은 사람과 정령의 영혼을 융합에 가까운 수준으로 결합하는 기법입니다. 한번 맺어지면 끝이고, 해제할 방법은 없습니다. 계약자가 죽지 않는 한……."

리오는 말하기 어려운 얼굴을 하면서도 확실하게 전했다.

"……그렇구나."

"저와 아이시아는 자유롭게 동화를 해제할 수 있지만, 용사이신 여러분들은 그것도 할 수 없습니다. 항상 고위 정령과 강제적으로 동화되어 있는 셈입니다."

"그게 하루토 군은 할 수 있고 우리는 할 수 없는 일인 건가."

"……네. 여러분들과 깊이 관련된 사항이니 동화의 단점에 대해서도 설명해 두겠습니다."

리오는 그런 전제를 덧붙인 뒤 동화의 단점을 설명했다.

"정령과 동화하고 있는 동안에는 인간이지만 동시에 인간이 아닌 존재에 가까워진다고 생각해 주세요. 동화 레벨을 지나치게 높이면 정말 인간이 아닌 존재가 될 수도 있습니다. 어떤 부작용이 생기는지도 확실하지 않고요. 최악의 경우 더는 인간으로 돌아갈 수 없게 될 위험도 있습니다."

"……리스크가 딸린 능력 향상이라는 건가."

히로아키는 좀 멋지다는 생각이 들었는지 마냥 싫지만 은 않다는 얼굴로 미소 지었다.

"강력한 동화의 반동으로 저는 머리와 눈동자색이 변해 서 원래대로 돌아가지 않게 되었습니다. 해제한 후에는 동 화 레벨에 따라 육체에 미치는 부담도 있습니다."

"……"

다만 리오의 몸에 일어난 실제의 변화를 듣자, 히로아키 도 약간 얼굴이 굳었다.

"앞으로도 강력한 동화를 반복한다면 어떻게 될지 알 수 없고, 이 정도로 끝난 것은 운이 좋은 편일지도 모릅니다. 특히나 여러분은 항상 동화된 상태에 놓여 있으니 동화 레 벨을 섣불리 높이려고 하시면 안 됩니다. 약한 동화라면 육체에 미치는 영향도 거의 없다고 하니까요."

"……한번 동화가 진행돼 버리면 원래대로 되돌릴 수도 없는 거야?"

사츠키가 불안한 얼굴로 물었다.

"동화 레벨이 너무 올라가지 않도록 리미터가 포함되어 있겠지만, 임의로 조절할 수 있는 한계가 어디까지인지는 알 수 없습니다. 저와 아이시아는 의사소통을 할 수 있으 니 동화 레벨을 변경할 수 있습니다만, 용사 여러분들은 그것도 할 수 없으니……."

"하지만 로다니아에서 싸운 렌지인지 뭔지 하는 그 얼음

용사. 그 녀석은 우리들보다 더 강하게 동화하고 있었던 거 아냐?"

여기서 히로아키가 찌푸린 얼굴로 질문했다. 로다니아에서 있었던 철수전에서 히로아키는 키쿠치 렌지에게 호된 꼴을 당했다. 그때의 일을 떠올린 것 같았다.

"그 말인가요? 가능성은 높습니다. 예전에 봤을 때보다 전투에 더 익숙해지기도 했지만, 술식 자체의 기량도 상당했으니까요."

"칫……."

히로아키는 분한 얼굴로 혀를 찼다.

"그럼 있는 거지? 동화 레벨을 높이는 방법이."

그리고 리오에게 질문을 던졌다.

"자, 잠깐만! 방금 하루토 군의 이야기를 들었잖아요? 동화 레벨을 높이면 위험하다고……."

사츠키가 황급히 히로아키를 만류했다.

"당연히 다 들었어. 하지만 만일의 상황이 생겼을 때, 또 그 녀석과 싸워서 지는 건 사양이야."

"그건……."

만일의 상황이 생겼을 때 아무것도 하지 못하는 것의 무력함은 사츠키도 몸소 경험해 알고 있었다. 그래서 그런지 답답한 얼굴로 입을 다물었다.

"용사만이 가진 성가신 동화의 위험이 하나 더 있습니다."

리오가 탄식하며 말을 이었다.

"……뭐라고?"

히로아키가 물었다.

"동화 레벨이 너무 높아지면 육체의 주도권을 고위 정령에게 빼앗길 우려가 있다는 점입니다."

"……!"

용사들이 흠칫 놀라 숨을 삼켰다.

"성녀 에리카. 그녀가 바로 그 좋은 예입니다. 극한까지 동화 레벨을 높인 폐해로 땅의 고위 정령에게 육체를 빼앗기고 말았습니다. 그 결과가 어떻게 되었는지는, 사츠키 씨는 잘 알고 계실 겁니다."

"……."

사츠키의 표정이 험악하게 굳었다.

"……어떻게 됐는데?"

히로아키가 물었다.

"……천재지변이 일어났어요. 땅이, 아니, 대지가 뒤집히며 해일처럼 시야를 가득 채울 정도의 높이로 밀려와서……."

사츠키는 그때의 광경을 떠올리며 씁쓸하게 말했다.

"말도 안 돼……."

히로아키가 멍하니 중얼거렸다.

"리미터가 작동할 테니 육체를 빼앗겼다고 해도 일시적인 선에서 그칠 겁니다. 하지만 육체를 빼앗은 고위 정령이 일시적으로나마 무슨 짓을 할지 모릅니다. 인간의 몸으로 견딜 수 없는 힘을 행사해 버리면 아무리 동화된 용사라도 쇠약해져 죽음에 이를 수 있습니다. 그럼에도 동화 레벨을 높이고 싶으신가요?"

"……."

히로아키는 씁쓸한 얼굴로 침묵했다.

"동화 레벨만 너무 높아지지 않으면 일반적인 사람과 다를 바 없습니다. 힘을 기르고 싶다면 제대로 된 수련을 해서 실력을 쌓는 것을 추천합니다. 그렇게 하면 동화의 수준도 안전하게 컨트롤할 수 있게 될지도 모르니까요."

"……잠깐. 그 말은 안전하지 않은 방법도 있다는 거야?"

리오의 조언에, 히로아키가 의아한 얼굴로 물었다.

"……있습니다. 아주 위험하고, 아마도 급격하게 높일 수 있는 방법이. 성녀 에리카가 사용한 방법입니다. 얼음의 용사도 그 방법을 사용했을지도 모릅니다. 하지만 그 방법은…… 아니, 그런 사태에 빠지는 것만큼은 절대로 피했으면 합니다. 그래서 말씀드리려는 겁니다."

어떻게 보면 여기서부터가 본론이었다.

"용사는 치명상을 입게 되면 동화 레벨을 강제로 높일 수 있습니다."

"……."

이 회담에서 몇 번째인지 모를 무거운 침묵이 내려앉았다.

"용사는 치명상을 입어도 쉽게는 죽지 않습니다. 동화에 의해 얻는 재생력에 의해 상처가 복구되기 때문입니다. 다만 치명상을 재생하기 위해서는 강력한 동화가 필요합니다. 그러니 강력한 동화가 필요해질 정도의 깊은 상처를 입게 되면 동화 레벨을 강제로 올릴 수 있습니다."

"……."

무언가를 눈치챘는지 사츠키가 흠칫 놀라며 창백한 얼굴을 했다.

"……사츠키 씨는 어제 골렘과의 싸움에서 치명상을 입었습니다. 그때 죽지 않은 것은 동화로 얻은 재생력 덕분입니다."

리오가 걱정이 담긴 시선으로 사츠키를 바라보며 지적했다.

"……이상하다고 생각했어. 난 그때 분명 가슴을 관통당했거든. 오늘 아침 훈련도 이상하게 컨디션이 좋았고……."

사츠키가 괴로운 미소를 지었다.

"괜찮아? 사츠키 누나."

몸에 이상은 없느냐며, 마사토가 걱정스럽게 물었다.

"……응, 말했지? 상태는 아주 좋아."

사츠키는 불안함을 주지 않기 위해 애써 미소를 지어 보였다.

"한 번으로…… 두 번이 있어서는 안 되겠지만, 한 번 만에 리미터로도 억제할 수 없을 정도로 동화 레벨이 올라가지는 않았을 겁니다. 성녀 에리카처럼 단시간에 수차례 치명상을 입고 초재생을 반복하지 않는 한……."

"……응."

"평범하게 생활할 때는 낮은 상태를 유지하고 있을지도 모르지만, 뭔가 이상함이 느껴지면 바로 말씀해 주세요."

"고마워."

사츠키는 덧없는 미소를 지으며 감사 인사를 전했다.

"……치명상을 입어서 동화를 강화하면 안 된다는 건 알았어. 하지만 동화 레벨을 조절하는 능력은 반드시 필요해. 아닌가?"

히로아키가 진지한 얼굴로 그렇게 말했다.

"잠깐, 히로아키 형……."

지금 할 이야기는 아니지 않냐, 라며 마사토가 미묘한 표정을 지었다.

"무슨 일이 생겼을 때 치명상을 입지 않을 정도의 힘은 필요하다는 뜻이야. 어제도 우리한테 더 힘이 있었다면…… 용사들의 힘을 더 잘 쓸 수 있었다면 사츠키가 큰 상처를 입을 일도 없었을지도 모르잖아."

히로아키가 핵심을 찔렀다.

"……그렇긴 하지."

마사토는 씁쓸한 얼굴로 동의했다.

"어제의 습격에 관해 말하자면, 제가 성을 떠나지 말아야 했습니다. 그런 괴물이 나타날 거라고는 예상하지 못해서 대응이 늦어졌습니다."

리나가 없었다면 돌이킬 수 없는 사태가 되었을 것이다.

리오는 미안한 얼굴로 자책했다.

"그건 아니지."

하지만 사츠키가 발끈하며 지적했다.

"조금 마음에 들진 않지만, 나도 히로아키 씨의 말이 맞다고 생각해. 하루토 군이 지켜주는 건 든든하지만, 언제까지나 하루토 군에게 의지만 하는 건 바람직하지 않아. 그러니까 강해지고 싶다는 마음은 나도 히로아키 씨와 똑같아. 나뿐만 아니라, 모두를 지킬 수 있도록 말야."

그리고 리오에게 그렇게 호소했다.

"흥."

히로아키는 쑥스러운 얼굴로 콧방귀를 뀌었다.

"애초에, 섣불리 강한 동화를 하지 않는 편이 좋은 건 하루토 군도 마찬가지잖아. 그런데도 본인이 가장 정면에 나서면 된다, 그렇게 생각하는 거 아냐?"

사츠키는 의자에서 일어나 달려들 듯한 기세로 리오에게 따졌다.

"네? 그게……."

"게다가 하루토 군의 경우는 동화뿐만이 아니잖아."

초월자의 제약에 묶여 가면이 없으면 싸울 수조차 없었다. 사람들에게 잊혀질 뿐만 아니라 자신의 기억조차 잃어버릴 수 있는 상황인 것이다. 그런데 지금 남의 걱정을 할 때냐며, 사츠키는 못마땅한 얼굴로 입술을 삐죽 내밀었다.

"오늘은 여러분들께 동화의 위험성에 대해 설명하기 위

해 모인 거니까……."

리오는 난처한 얼굴로 쓴웃음을 지으며 시선을 피했다.

"후후, 어느새 입장이 역전되었네요."

갑자기 사츠키에게 혼이 나기 시작한 리오를 보고 샤를로트가 재미있다는 얼굴로 웃었다. 크리스티나와 리리아나도 키득키득 웃고 있었다.

"뭐, 괜찮지 않나. 당초의 목적은 달성한 것 같으니. 하루토도 본인의 몸을 걱정하는 편이 좋겠군."

프랑수아도 유쾌한 얼굴로 그렇게 말하며 리오와 사츠키를 지켜보았다.

시간은 조금 거슬러 올라간다.

가르아크 왕국성. 스튜어드 유그노는 경비 임무로 돌아갔다. 영빈관 주변을 둘러보던 와중, 그레고리 공작과 조우했다.

"이런."

그레고리 공작은 유그노 공작과의 대담을 마치고 동행인 호위와 함께 영빈관을 나오는 참이었다.

"이거, 그레고리 공작이시군요."

"금세 또 보는군요."

스튜어드가 다가와 인사하자 그레고리 공작은 사람 좋

은 미소를 지어 보였다.

"벌써 가시는 겁니까?"

그레고리 공작이 아버지의 집무실에 들어간 지 그렇게 긴 시간이 지나지 않았다.

"네, 용건은 끝났습니다."

"그렇군요. 그럼 이만."

스튜어드는 공손히 인사하고 공작을 배웅하려 했다.

"음. 아아, 그러고 보니……."

그레고리 공작은 그대로 떠나는 것처럼 보였으나, 도중에 무언가 생각난 듯 걸음을 멈췄다.

"스튜어드 님은 마침 크리스티나 왕녀님과 같은 나이시지요?"

그리고 그런 화제를 던졌다.

"제가 한 살 아래입니다. 왕립학원에서는 같은 강의를 듣기도 했습니다만."

"호오, 그렇군요. 그때부터 필시 아름다웠겠죠."

"하하, 저희 학년에도 좋아하는 학생들은 많았습니다. 뭐, 가까이 가지도 못했지만요."

"그럴 만도 하군요. 너무 아름다워서 그런 거겠지만, 지금도 가까이 가기 어려운 분위기가 있으니까요."

그레고리가 공작가의 당주인 반면 스튜어드는 공작가의 아들에 지나지 않았다. 게다가 폐적당한 상태였다. 그럼에도 그레고리는 스튜어드에 대해 정중한 말투를 쓰며 친근하게 말을 건네고 있었다.

"우수하신 분, 이라는 이유도 크겠지요. 학원에 있을 때에도 학업은 언제나 수석이셨으니 남자로서 열등감을 느꼈을지도 모릅니다."

다른 나라 공작가의 당주에게 정중한 대우를 받으니 스튜어드로서도 나쁜 기분은 아니었다. 편안한 미소를 보여주며 소탈한 이야기를 나누었다.

"흐하하, 확실히 자신보다 우수하다면 남자로서 설 자리가 없겠군요. 하지만 그렇기 때문에 크리스티나 왕녀의 반려가 될 남자는 더할 나위 없이 행복하겠지요."

절벽 위의 꽃을 딴다는 만족감이나 우월감은 남자의 본능일 것이라며, 그레고리 공작은 두툼한 턱을 문지르며 말했다.

"맞는 말씀입니다."

"그렇다면 레스토라시온에 소속된 기사들이 마음 쓸 일이 생기지 않는다면 좋겠는데……."

그레고리 공작은 묘하게 함축성이 담긴 말을 건넸다.

"무슨 말씀이신지?"

"우리 나라의 아마카와는 알고계십니까?"

"네, 그야 뭐……. 유명한 분이시니까요."

눈을 크게 뜨며 고개를 끄덕이는 스튜어드의 얼굴에 그림자가 드리워졌다. 갑자기 나온 하루토라는 이름에 당황스러움만 있지 않음을 짐작할 수 있는 반응이었다.

'호오, 이건······.'

그레고리 공작은 눈을 가늘게 뜨고 스튜어드의 표정을 주의 깊게 살폈다. 참고로 그레고리 공작은 리오의 기억이 빠져있던 것에 강한 위화감을 품은 자였다. 리오와의 관계는 희박했지만, 그만큼 경계심이나 반감이 강했다는 반증이었다. 그래서 어쩌면 뭔가 재미있는 이야기라도 들을 수 있지 않을까 생각한 것이다.

"크리스티나 왕녀는 이전부터 아마카와 녀석의 저택에 몇 번이나 방문하셨다고 하니까요. 그래서 전하를 지키는 분들이 불쾌함을 느끼지 않았을까 걱정하고 있었습니다. 그 녀석, 감히 왕녀님을 자신의 저택에 드나들게 하다니 이 무슨 괘씸한 짓인지."

그래서 일부러 더 안타까움을 담아 그렇게 말하며, 스튜어드가 내비친 그림자를 덮고 있던 마음의 장막을 흔들어 보았다.

"그렇, 겠죠. 불만을 가질 수도 있다는 건 확실합니다. 하지만 뭐, 크리스티나 님도 생각하시는 바가 있어서 그런 걸 테니까요······."

"호오, 어떤 생각 말입니까?"

"······이건, 여기서만 드리는 말씀이지만······."

스튜어드는 약간 주저하는 기색을 보였지만, 이야기하기로 결심했다. 다른 나라의 대귀족이나 다름없는 귀족과의 사담이 즐거웠는지도 모른다. 어쨌든 이런 기회는 오랜만이었다.

"물론이지요."

"레스토라시온을 위해 아마카와 경의 힘을 빌리고 싶으신 건지도 모릅니다. 거절당하지 않을까 염려하셔서 조심하고 계신 것 같습니다만⋯⋯."

"과연 그렇군요. 확실히 녀석의 무용담은 여러 사람들의 눈길을 사로잡을 정도니까요. 하지만 굳이 조심할 필요는 없을 텐데요. 우리 나라와 레스토라시온은 우호적인 관계입니다. 하물며 그 지도자인 왕녀님께 협력을 요청받는다면 기꺼이 이야기를 들어주는 것이 도리입니다. 귀족사회의 일원으로서 마땅히 지켜야 할 사회적 약속이라고 해도 좋을 정도지요."

그레고리 공작이 달변으로 구슬린 덕분인지, 스튜어드 안에 잠든 리오를 향한 부정적인 감정은 성공적으로 자극된 듯했다.

"⋯⋯뭐, 아마카와 경은 애초에 평민 출신이라고 하니까요."

스튜어드는 리오의 태생에 뿌리 깊은 차별의 감정을 내비치며 조소를 지었다.

"훗, 근본이 평민이라는 거겠죠."

그레고리 공작도 냉소를 내비치며 동의하는 분위기를 풍겼다.

'뭐, 녀석이 정말 평민이었는지는 의심스럽지만. 녀석의 능력은 진짜였다. 그것만큼은 인정하지 않을 수도 없고 얕볼 수도 없다. 내키지는 않지만 녀석은 가르아크 왕국에 필요한 인재다. 폐하께서 특별 대우를 하시는 것도 이해는 가. 태생이 불분명한 존재라는 점에는 변함이 없지만…….'

하지만 속으로는 리오를 높이 평가하고 있었기에 착잡한 마음도 품고 있었다. 그렇지만 지금 굳이 그런 말을 할 이유는 없었다. 지금은 스튜어드의 어둠을 자극해 이야기를 끌어내려 하는 중이니까.

크게 기대하는 것은 아니지만, 그레고리 공작이 모르는 리오의 정보를 스튜어드가 쥐고 있을 가능성도 있었다. 유익한 정보는 어디 숨어 있을지 모르는 법이다.

"이거 참, 자네하고는 대화가 제법 통할 것 같군. 분명 이름이……."

그러기 위해, 그레고리 공작은 친근감을 드러내며 스튜어드와의 거리를 좁혀갔다.

"스튜어드입니다."

자신을 인정받은 것 같아 기뻤는지, 스튜어드는 그레고리 공작이 자신의 이름을 기억해 줄지도 모른다고 생각하며 자발적으로 이름을 밝혔다.

"그래, 스튜어드 군이었군. 모처럼 이렇게 된 거 잠시 산책이라도 하면서 대화라도 나누지 않겠나?"

친근감의 표시인지 그레고리 공작의 어조가 조금 가벼워졌다.

"네, 기꺼이."

스튜어드는 미소 지으며 권유에 응했다. 그리고 딸린 시종을 뒤로하고 단둘이 어깨를 나란히 하고 걸어가기 시작했다.

"그건 그렇고 아마카와 말야. 아무리 봐도 정체가 수상쩍다는 생각이 들지 않나? 부모님은 이민자라고 했던 것 같은데, 이름을 떨치기 전의 경력은 일체 알려져 있지 않아. 녀석에 관한 기억을 잃는 이상한 일도 일어났었고, 더욱더 불길한 기분이 드는군."

그레고리 공작은 다시 한번 리오에 대한 화제를 던졌다. 사실 그것은 그레고리 공작이 리오에게 품고 있는 거짓 없는 진심이었다. 능력은 인정하고 있지만, 그렇게 쉽게 믿어도 되는 사내인지에 대해서는 아직 불신감을 갖고 있었다.

"확실히 수수께끼가 많군요. 처음 모습을 드러냈던 건 아망드 근처였던 것으로 기억합니다만……."

"마물의 습격을 받은 크레티아의 영애 리제롯테를 구한 일 말이지. 나이에 걸맞지 않은 강함으로 마물 떼를 해치웠다고."

"네, 저도 그 자리에 있었거든요. 뭐, 소문대로 확실히 강한 힘을 갖고 있다고 생각했습니다. 마검의 효과에 기대는 부분이 크겠지만……."

리오의 강함을 솔직히 인정하지 못하고, 스튜어드는 약

간 떨떠름한 얼굴로 말했다.

"흠. 하지만 생각해 보면 이상하다는 생각이 들지 않나? 그 정도의 강한 힘을 가진 남자가 그 나이가 될 때까지 어디서도 이름을 날리지 않았다는 것이. 마검이라는 것도 평민이 쉽게 손에 넣을 수 있는 물건이 아닌데 말이야."

"확실히 부자연스럽긴 합니다. 의도적으로 과거의 경력을 숨기고 신분을 위장한 게 아닐까 생각한 적도 있긴 하지만……."

"오오, 날카롭군. 역시 유그노 공작의 아들이야. 참으로 우수해."

"아, 아뇨, 제가 무슨. 이전에 그런 소문이 나기도 했으니까요……."

그레고리 공작이 치켜세우듯이 과장스럽게 칭찬하자, 스튜어드는 기쁨을 숨기지 못하는 얼굴로 수줍어했다.

"사실 나도 같은 생각을 했거든. 그 녀석은 정체를 숨기고 있는 게 아닌가 하고."

"하지만 그런 힘을 가진 남자가 정체를 속일 이유가 없지 않습니까?"

"아니, 뭔가 어두운 과거라도 숨기고 싶은 걸지도 모르지."

"그렇군요……. 그렇게 생각하면 확실히 납득은 가지만…… 정말 그렇다면 귀족으로서의 자격 미달입니다. 너무 비열한 짓입니다."

"최근에는 모두가 녀석에 관한 기억을 잃어버리는 이상

한 사태가 일어나기도 했고 말이야. 마도구의 저주로 다른 사람들에게 인식되지 못하고 있었다고 하는데, 아무래도 수상쩍어. 녀석이 그 마도구를 이용해서 자신에게 불리한 과거를 숨기고 있을 가능성도 있지. 여러모로 의심이 드는 건 나쁜인 건가?"

"……확실히. 이거 정말 날카로운 고찰이군요, 그레고리 공작 각하. 지금 하신 말씀을 듣고 저도 그렇게 생각했습니다."

스튜어드는 그레고리 공작을 칭찬하며 강하게 동의했다.

"오오, 자네도 그렇게 생각하나?"

"네. 만약 그가 다른 사람의 기억이나 인식을 임의로 조종할 수 있다면, 정체를 속였다고 해도 전혀 이상하지 않습니다. 그 마도구를 자세히 조사해 보면 알 수 있지 않을까요?"

"하지만 그 마도구는 그와 적대한 사용자가 가져갔다는군."

"아니, 그건……."

사실은 숨겨둔 것이 아닐까, 그런 의심이 스튜어드의 얼굴에 드러났다.

"일단 내 염려는 폐하께 전했지만. 바보 같은 소리 하지 말라고 일축당했네."

"그렇다면…… 설마 폐하까지 조종당하고 있는 게 아닐까요?"

"이런, 그런 말은 안 되지. 그렇다면 폐하도 피해자가 되는 셈이지만, 어쨌든 정확한 증거도 없이 폐하의 판단을 의심하는 발언을 하는 건 좋지 않아."

"아, 네. 그렇죠. 실례했습니다."

스튜어드는 흠칫 놀라 얼굴을 굳히고는 황급히 사과했다.

"됐네. 난 알고 있으니까. 다만 이건 여기서만 하는 이야기…… 우리 둘만의 이야기로 끝내는 편이 좋겠군."

그레고리 공작은 빙긋 웃으며 입막음을 했다.

"네……. 그건 그렇고, 본인의 정체를 숨기면서까지 저렇게 출세를 이뤄낸 걸 보면, 출세욕에는 저항할 수 없었던 모양입니다. 인간으로서의 바닥이 짐작이 가는군요."

스튜어드는 확증도 없이 완전히 사실로 간주한 것인지, 아니면 실언으로 인해 생겨난 어색함을 얼버무리려는 것인지, 리오를 조롱하기 시작했다.

"확실히 그렇지. 하지만 현재로서는 그저 억측에 지나지 않네."

그레고리 공작은 고민스러운 얼굴로 한숨을 내쉬었다.

"그 녀석의 어두운 과거를 파헤칠 수 있는 유력한 증거가 있으면 좋을 텐데 말이죠."

"증거 말인가? 한 가지 단서가 될 만한 게 있기는 한데……."

"무슨 일이 있었나요?"

"어제 소동이 있었을 때 말야. 현장에 있던 기사에게 전해 들은 이야기인데, 녀석을 '리오'라고 부른 소녀가 있었다더군. 하루토 아마카와가 가명이라면 '리오'가 본명일 가능성이 높을 것 같긴 한데…….."

이것만으로는 유력한 단서가 될 수 없다며 그레고리 공작은 큰 기대감 없이 정보를 말했다.

"리오……?"

스튜어드의 표정이 굳었다.

그레고리 공작은 그것을 놓치지 않았다.

"……오호, 뭔가 짐작 가는 거라도 있나?"

"아, 아뇨……."

"그 얼굴은 뭔가 있다고 말하는 것처럼 보이는데?"

"아, 아뇨, 하지만 확신할 수도 없고…… 증거도……."

스튜어드는 떨리는 목소리로 더듬더듬 말했다. 그러는 동안에도 머릿속에 온갖 생각들이 떠올랐다.

'리오라고……? 그 자식인가? 아니, 말도 안 된다. 하지만 만약 녀석이라면……?'

상당히 위험한 상황 아닌가? 갑작스러운 상황으로 생각이 잘 정리되지 않았지만, 스튜어드는 그렇게 직감했다.

'……설마. 그래서 아까 아버님이 당시의 이야기를 나에게 물어보신 건가?'

그리고 그 사실을 깨닫는다.

'그래, 아버지는 어제 소동이 있었을 때 옥상 정원에 계셨어. 그때 녀석이 그런 이름으로 불렸던 걸 들었다고 해도 이상하지는 않다…….'

스튜어드의 얼굴이 서서히 얼어붙었다. 점을 점으로도 인식하지 못했던 사실들이 일제히 점으로 떠오르며 연결된 것이다.

'아니, 하지만 정말로 그 녀석인가? 그렇지만 머리색이…… 하지만 이전에 만났을 때와 지금은 또 미묘하게 머리색이 바뀐 것 같기도 하고…….'

불쾌한 땀과 가슴의 두근거림이 점점 심해졌다. 누군가 거짓말이라고 해 줘, 스튜어드가 그렇게 생각하며 초조함을 느끼고 있을 때였다.

"스튜어드 군."

그레고리 공작이 초조한 얼굴로 스튜어드의 이름을 불렀다. 스튜어드는 뒤늦게 정신을 차렸다.

"아, 네."

"자네가 무슨 생각을 하고 있는지 매우 궁금하군. 이야기해 주지 않겠나?"

"아, 아니, 그건 저기……."

말하고 싶지 않았다. 적어도 생각을 제대로 정리조차 할 수 없는 이 상황에서는 말해도 괜찮은지 어떤지 판단조차 서지 않았다. 스튜어드는 실로 어색한 얼굴로 말끝을 흐렸다.

"자네가 알려주지 않는다면 레스토라시온에 소속된 다른 사람들에게 이야기를 들어봐야 할 것 같네만……."

하지만 이렇게 궁금한 반응을 눈앞에서 보여주면 그레고리 공작도 가만히 있을 수는 없었다. 달리 알고 있을 만한 사람이 있지 않은지 짐작하며 스튜어드가 싫어할 만한 말을 덧붙인다.

"자, 잠깐만요! 잠시…… 생각할 시간이 필요합니다! 하루, 적어도 내일까지. 기다려 주시면 안 되겠습니까?"

"……그렇군. 그럼 내일 아침까지는 기다려보기로 하겠네."

"가, 감사합니다."

"내일 아침에 내가 찾아가도록 하지."

"네……."

단단히 못을 박는 그레고리 공작에게 스튜어드는 암담한 얼굴로 고개를 끄덕였다.

"무슨 이야기를 들을지 기대하고 있겠네."

그리고 내일 만날 장소를 정하고 그레고리 공작은 떠났다.

【제 4 장】 ❈ 숙박 모임

용사들을 모아 진행한 설명회가 끝난 뒤의 일이다.

국왕 프랑수아의 응접실.

"이따가 크리스티나 공주님이나 리리아나 공주님이 저택에 놀러 오시기로 했어. 히로아키 형도 와. 레이 형이랑 코우타 형도 데리고. 괜찮지? 하루토 형."

마사토가 히로아키를 초대했다.

"물론이지."

리오는 웃는 얼굴로 허락했다.

"무슨, 왜 내가……."

히로아키는 내키지 않는 반응을 보였다. 하지만 초대받은 것 자체는 기쁜 듯했다. 민망함도 있어 솔직해지지 못하는 것뿐, 썩 싫지 않다는 얼굴이었다.

"오늘 밤은 맛있는 음식들도 이것저것 많이 나온대. 지금부터 돌아가서 부탁하면 히로아키 형이 먹고 싶은 지구 음식도 만들어줄지 몰라."

"진짜……? 크, 크흠, 상관없지. 그 녀석들도 먹고 싶을 테니까. 말해 둘게."

"헤헤, 결정이네."

마사토가 요리로 낚자 히로아키는 별 어려움 없이 쉽게 낚였다.

"……괜찮으신가요? 아마카와 경."

크리스티나가 조심스럽게 물었다.

"네, 좋은 기회이니 괜찮으시다면 로아나 씨도 초대해 주세요. 세리아도 기뻐할 테니까요."

"그런 거라면 기꺼이 가줄게. 고맙다, 하루토."

히로아키는 멋쩍은 얼굴로 리오에게 감사 인사를 전했다.

"뭔가 드시고 싶으신 게 있다면 사양 말고 말씀해 주세요."

"그, 그래? 그렇다면 고기 전골이 먹고 싶은데. 마무리로 우동 같은 것도 있으면 좋을 것 같고."

역시 무리겠지, 하고 히로아키가 은근슬쩍 요청을 전했다.

"고기 전골에 마무리 우동 말이죠. 알겠습니다."

"준비할 수 있어?! 우동은 그냥 해 본 말이었는데……."

리오가 선뜻 승낙하자 히로아키가 눈을 동그랗게 뜨며 기뻐했다.

"우동은 미리 만들어 두고 냉동으로 보존하고 있습니다."

"뭐든 다 있는 거냐고……. 그래도 말해 보길 잘했네."

"된장국과 절임, 신선한 달걀도 준비해 두겠습니다."

"뭘 좀 아네."

히로아키는 만족스러운 얼굴로 미소 지었다.

"오늘은 리제롯테도 자러 오거든요. 이왕 이렇게 된 거 여러분도 자고 가는 게 어떨까요?"

사츠키가 크리스티나나 리리아나 일행도 초대하며 숙박 모임의 개최가 결정되었다.

◇ ◇ ◇

그리고 그날 저녁의 일. 많은 손님들이 리오의 저택에 방문했다. 우선은 리제롯테와 아리아. 그리고 리리아나 순으로 저택을 방문했다. 그리고 마지막으로 크리스티나, 플로라, 로아나, 히로아키, 레이, 코우타 여섯 명이 찾아왔다.

저택 현관에서 리오가 그들을 맞이했다.

"여럿이서 몰려와서 죄송합니다, 아마카와 경."

이어서 크리스티나가 일행을 대표해 인사했다.

"저야말로, 가벼운 마음으로 모두를 초대해서 오히려 폐를 끼친 게 아닌가 죄송스럽네요."

"아뇨, 그렇지 않아요. 플로라도 무척 기뻐했고요."

"네!"

플로라는 방긋 웃으며 고개를 끄덕였다.

"그럼 다행입니다."

리오가 안도하며 미소 지었다.

"잘 오셨습니다. 크리스티나 님, 플로라 님."

그러자 리오의 옆에 서 있던 세리아가 한 발 앞으로 나와 왕녀 두 사람에게 인사했다.

"안녕하세요, 선생님." "오늘은 잘 부탁드려요."

크리스티나와 플로라가 차례로 인사했다.

"로아나 씨도 어서 오세요."

"네. 건강해 보이셔서 다행이에요."

로아나도 고개 숙여 인사했다.

"아마카와 경도…… 초대해 주셔서 감사합니다."

그리고 리오의 눈치를 살피며 살짝 인사를 전했다.

"실례할게."

히로아키가 가볍게 오른손을 들어 리오에게 인사했다.

"네, 환영합니다. 레이 씨와 코우타 씨도."

리오는 로아나와 히로아키에게 미소 지으며 답한 후, 이름을 부른 두 사람을 바라보았다.

"저희들도 기억해 주셔서 감사합니다."

"실례할게요."

이어서 레이와 코우타라는 선후배 콤비도 환한 얼굴로 리오에게 인사했다.

"자, 어서 안으로 들어오세요."

리오가 일행을 저택 안으로 초대했다.

"방으로 안내해 드리겠습니다."

고우키의 아내인 카요코가 안내 역할을 맡았다.

"짐을 옮겨 드릴게요."

사요와 아오이를 비롯해 고우키와 함께 야구모 지방에서 온 종자들이 크리스티나 일행의 짐을 맡았다.

그리고 일동은 우선 각자의 객실로 향하게 되었다.

그 후, 저택 대욕탕에서.

이날 첫 목욕을 즐기고 있는 소녀들이 있었다. 손님으로서 저택을 방문한 왕녀나 고위 귀족 영애들이었다. 호스트인 샤를로트와 세리아도 함께 목욕을 했다.

"하아……."

크리스티나는 넓은 탕에 몸을 담그며 행복한 얼굴로 한숨을 내쉬었다.

"기분 좋네요……."

플로라도 언니 옆에 앉아 만족스러운 표정을 짓고 있다.

"넓은 욕조에 몸을 담그는 게 이 정도로 행복한 일이었다니……. 히로아키 님이 몸을 담그는 목욕에 집착하는 이유를 알겠네요."

로아나도 함께 뜨거운 물에 몸을 담그며 황홀하다는 표정을 지었다.

"로아나는 하루토 님 댁에서 목욕하는 건 처음인가요?"

"네. 매일 들어가고 싶을 정도예요."

"이해해요. 이 행복을 알게 되면……."

플로라와 로아나가 편안한 얼굴로 그런 대화를 나누었다.

"후후, 부디 사양하지 마시고 매일 사용하러 오셔도 괜찮아요."

그러자 샤를로트가 옆에서 끼어들었다.

"아, 아뇨, 아무리 그래도 그럴 순 없죠……."

로아나가 곧바로 사양했다.

"집주인인 하루토 님도 거절하지 않으실 거고요. 그렇죠? 세리아 님."

샤를로트는 그렇게 말하며 옆에서 뜨거운 물에 몸을 담근 세리아에게 질문을 돌렸다.

"맞아요."

세리아는 키득키득 웃으며 동의했다.

"리리아나 님도, 물 온도는 좀 어떠세요?"

샤를로트는 그 밖에도 함께 목욕하고 있던 리리아나에게 이야기를 던졌다.

"네, 마음이 씻겨 내려가는 것 같아서 정말 개운해요. 센트스텔라에도 널리 알리고 싶은 문화네요."

리리아나도 저택의 목욕탕을 즐기며 감탄의 말을 전했다.

"그렇다면 리리아나 님도 우리 나라에서 지내고 계신 동안에는 사양하지 말고 목욕하러 오세요. 마사토 님도 기뻐하실 거예요."

왜 마사토가 기뻐하는지는 언급하지 않고 샤를로트는 빙긋 웃으며 말했다.

"배려해 주셔서 감사합니다."

리리아나는 조금 난처한 얼굴로 수줍음을 드러내며 감사의 말을 했다.

"……그는, 아마카와 경은 정말 대단하신 분이군요."

잠시 후, 리리아나가 조용히 중얼거렸다. 탕에 몸을 담근 사람들의 주목이 리리아나에 모였다.

"당연하죠."

샤를로트가 가장 먼저 그에 동의했다.

"네, 하루토 님은 대단한 분이세요."

플로라도 주저하지 않고 고개를 끄덕였다. 리오에 대한 여동생의 신격화에 가까운 태도에 크리스티나는 살짝 쓴웃음을 지었다. 로아나는 그런 크리스티나의 옆모습을 조용히 살폈다.

"타카히사 님 일을 비롯해 여러모로 폐를 끼쳐드린 점에 대해 아마카와 경에게 사과의 뜻을 전했습니다. 하지만 무슨 말이냐며 고개를 갸우뚱하시더군요. 오히려 마사토 님이나 아키 님의 일로 고개를 숙이시며 중요한 정보까지 제공받았고요……."

리리아나는 곤혹스러움과 미안함이 섞인 듯한 표정으로 그렇게 털어놓았다.

"하루토 님의 의도를 이해하기 어려우신가요?"

샤를로트가 피식 웃으며 물었다.

"솔직히 말하자면 진의를 파악하기 어렵습니다. 당신에게는 정보를 알려줄 수 없다며 소외당한다 해도 불평할 수 없을 정도의 상황이었다고 생각하니까요……."

리리아나는 자신의 심정을 솔직하게 털어놓았다. 연회 때는 타카히사가 미하루를 납치하려고 했었고, 가장 최근에도 타카히사가 실종되는 소동을 일으키고 말았다. 폭주하는 타카히사를 막지 못한 리리아나는 같은 죄를 지은 셈이었다. 그러니 리오가 센트스텔라 왕국을 불신할 만한 이유는 충분했다.

그럼에도 리오는 리리아나를 신뢰하고 있는 것처럼, 자신이 처한 복잡한 상황과 용사에 관한 비밀을 공유해 주었다.

"진의는 단순해요. 마사토가 신뢰하는 리리아나 님을 믿고, 하루토도 리리아나 님을 믿고 있는 것뿐이에요."

샤를로트가 자랑스러운 얼굴로 대답했다. 플로라가 맞다며 고개를 끄덕였고 크리스티나와 세리아는 애매한 미소를 지었다.

"……."

한편, 아직 리오와의 교제가 적은 리리아나는 당황하며 숨을 삼켰다.

"……어떻게, 신뢰할 수 있는 거죠?"

"……로아나?"

그러자 로아나가 조용히 입을 열었다. 그것이 꽤 의외였는지 크리스티나가 눈을 동그랗게 뜨며 로아나를 바라보았다.

"죄송합니다. 이치로는 알지만, 말로 하는 것만큼 쉽게 할 수 있는 일이 아니라는 생각이 들어서요……. 리리아나 님의 의문과도 이어질 것 같습니다만, 아마카와 경이 어떤 분인지 저도 아직 잘 모르겠습니다."

"……그래."

로아나는 고개를 숙이며 갑자기 의문을 꺼낸 이유를 말했다. 그 말에 크리스티나도 더 이상은 추궁하지 않았다.

"저도 궁금해요. 아마카와 경이 어떤 분이신지 말씀해 주실 수 있을까요?"

리리아나가 로아나의 질문에 동조했다. 아니, 처음부터 그것을 알고 싶어서 리오에 관한 이야기를 꺼낸 것이리라.

"좋아요. 모처럼 삼국의 공주가 알몸으로 얼굴을 맞대고 있는 상황이니까요. 환대하는 나라의 공주로서 기념이 될 만한 이야기라도 하나 해 드리는 것이 예의겠지요."

샤를로트는 환대의 자세를 발휘하며 인심 좋게 고개를 끄덕였다.

"오랜 목욕이 될 것 같네요. 계속 탕에 몸을 담그고 있으면 어지러울 수도 있으니 힘드시다면 발만 담그고 이야기를 들어 주세요."

그리고 스스로 솔선수범하여 일어나 목욕탕 가장자리에 걸터앉았다.

"다만, 우선은 교제가 적은 리리아나 님과 로아나 님이 보시기에 하루토 님이 어떤 인물로 보이고 있는지, 솔직한 인상을 듣고 싶어요. 오해가 있다면 그 부분을 수정해 드릴 수도 있으니까요."

샤를로트는 호기심 가득한 빛을 그 눈동자에 담고 리리아나와 로아나에게 먼저 말을 걸었다.

"……신기한 분이십니다. 그 정도의 힘을 갖고 있으면서도 전투와는 완전히 무관해 보일 정도로 부드럽고 차분한 분위기를 갖고 계신 것 같아요. 실제로도 굉장히 상냥한 분이신 것 같고요. 하지만 그와 동시에 종잡을 수 없는 분이라는 생각도 듭니다. 무슨 생각을 하는지 읽기 힘들다고 할까요…….”

리리아나가 리오에 대한 인상을 말했다.

“말이 많지 않은 분이니까요.”

샤를로트가 즐거운 얼굴로 맞장구를 쳤다.

“그러니까 마음속에서 무슨 마음을 품고, 무슨 생각을 하고 있는지, 속마음이 보이지 않습니다. 보통은 이렇게 하고 싶다, 저렇게 하고 싶다, 그런 생각이 행동으로도 나타나기 마련인데, 자아가 잘 보이지 않는다고 할까요…….”

“역시나 통찰력이 대단하시네요. 그럼 다음으로는 로아나 씨의 이야기도 들어볼까요?”

샤를로트는 만족스럽게 박수를 치더니 로아나에게 질문을 돌렸다.

“…….”

말해도 괜찮겠냐는 뜻을 담아 로아나가 조심스럽게 크리스티나의 의중을 확인했다.

“말해 봐. 나도 듣고 싶어.”

크리스티나는 고개를 끄덕이고 일어나 목욕탕 가장자리에 걸터앉았다. 긴 이야기를 나눌 준비가 되었다는 뜻이었다. 이에 플로라와 세리아도 일어나 가장자리에 앉아 끝까지 이야기에 동참할 자세를 보였다.

"그렇지만, 제가 느끼고 있던 애매한 인상을 리리아나 님이 정확하게 말로 표현해 주셔서……. 속마음이 보이지 않는다는 말을 듣고 정말 맞는 말이라고 생각했어요. 굳이 덧붙인다면, 저 정도의 영향력을 갖고 있는데도 속마음을 거의 내보이지 않으시니 주위에서 오해받거나 경계를 받는 일도 많지 않을까 생각했습니다."

로아나도 일어나 목욕탕의 가장자리에 앉아 리오에 대한 인상을 말했다.

"맞는 말씀입니다. 오해를 두려워하지 않고 말씀드리자면, 경계하고 있다고도 할 수 있습니다. 지금의 아마카와 경은 가르아크 왕국에서 요직을 맡고 있는 고위 귀족과 동등하거나 그 이상의 영향력을 갖고 계신 것으로 보이니까요. 아마카와 경의 의사에 따라서는 우리 나라가 마사토 님이나 아키 님과의 관계성을 지속해 나가는 것이 어려울 수도 있다는 생각도 들었습니다……."

스스로 이야기를 꺼낸 이상은 속마음을 털어놓을 필요가 있다고 생각한 것인지, 리리아나도 꽤 깊이 있는 발언을 했다.

"그렇군요. 그런 상대에게 무상으로 정보를 제공받고 환대까지 받아 버리면, 의도를 파악하기 어려운 것도 무리는 아닐지도 모르겠네요."

샤를로트는 입꼬리를 올리며 동의했다.

"차라리 명확하게 정보 제공의 대가를 요구해 주셨다면 저희가 어떻게 움직여야 할지 확실하게 알 수 있으니 마음이 더 편했을 텐데⋯⋯."

"그 아이는 남에게 뭔가를 베풀고도 아무런 보답을 요구하지 않으니까요⋯⋯."

세리아는 동정 어린 얼굴로 쓴웃음을 지었다.

"공짜만큼 비싼 것은 없다. 이전에 스즈네 님이 그렇게 말씀하신 적이 있습니다만, 바로 이런 상황을 가리키는 말이었네요."

고뇌하는 리리아나의 모습이 즐거운 것인지, 샤를로트가 장난스럽게 미소 지었다.

'결코 남의 일이 아니네.'

한편 크리스티나는 자신들에게도 공통점이 많은 이야기라고 생각했는지, 한숨과 함께 표정을 굳혔다.

"⋯⋯대가를 요구하지 않는 이유가 무엇일까요? 노블레스 오블리주와도 좀 달라보이는데⋯⋯."

로아나가 크리스티나의 옆모습을 들여다보면서 그런 의문을 꺼냈자.

"단순해요. 대가로 무엇인가를 해 주길 바라거나, 이렇게 행동해 주길 바란다거나, 그런 게 아무것도 없을 뿐이에요. 무슨 일이 있으면 요구하겠지만, 그뿐인 이야기에요."

그러자 샤를로트가 태연하게 대답했다.

"⋯⋯하지만 귀족 간의 교제에서 아무 빚도 만들지 않는다는 건 아깝지 않나요? 상대에 따라서는 아래로 보일 우려도 있을 것 같은데…….."

또다시 로아나가 물었다.

"그런 무례한 상대라면 인연도 딱 거기까지라는 거겠죠. 다만 뭐, 그 부분이 하루토 님의 흥미로운 부분이기도 해요. 싸움을 좋아하지 않고 무척 다정하신 분이니, 착각하여 하루토 님을 아래로 보는 사람도 주기적으로 발생하죠. 결코 적으로 돌려선 안 되는 분을 적으로 삼는다는 걸 깨닫지 못하고."

그렇게 말하는 샤를로트의 입가에 기쁨이 스며들었다.

"그, 그렇군요……."

로아나는 오싹한 한기를 느꼈는지 탕에 다시 몸을 담갔다.

"본인에게 그럴 마음이 없을 뿐, 사실상 사람을 마음대로 다룰 수 있을 정도의 힘과 영향력을 갖고 계신 분입니다. 그것을 모르는 바보에게 상냥한 하루토 님을 대신해서 예의를 가르쳐주는 것이 저의 취미…… 아니, 역할이랄까요?"

샤를로트는 생글생글 기분 좋은 미소를 지으며 말했다. 목욕으로 뺨이 붉어져서 그런지 더욱 화려하게 느껴지는 웃음이었다.

"모처럼이니 하루토 님과 교제가 긴 세리아 님의 의견도 듣고 싶어요."

그러자 샤를로트는 세리아에게도 말을 돌렸다.

"리리아나 님과 로아나 님의 말씀대로라고 생각해요. 속마음을 잘 드러내지 않는 아이인 건 확실하니까요."

세리아는 쓴웃음을 지으며 리오의 기질에 대해 이야기
했다.

"하지만 그게 하루토 님의 매력이기도 하지요."

"네."

샤를로트가 자랑스럽게 말하자 세리아는 망설이지 않고
고개를 끄덕였다.

"다만 하루토도 저렇게 하고 싶다, 이렇게 하고 싶다라
는 속마음은 분명히 있어요. 필요하다고 생각하면 그것을
전하기도 하고요. 하지만 그건 상대가 어떻게 움직여주길
바라고 말하는 것과는 조금 달라요."

세리아는 적절한 말을 찾기 위해 잠시 말을 멈췄다.

"그 아이는 자신보다는 남의 의사를 더 존중하니까요.
위험한 방향으로 나아가려고 하면 주의를 주죠. 보지 못하
는 것이 있으면, 설령 하루토에게 불리한 것이라고 해도
알려주려 해요. 우리가 판단을 잘못하지 않도록, 필요한
정보라면 아끼지 않고 제공해 주는 거죠. 그걸 위한 속마
음인 거예요. 뭐, 그게 아니라면 속마음을 거의 알려주지
않지만요……."

그 부분이 곤란하다고 생각한 것인지 세리아는 살짝 입
술을 삐죽였다.

"어머, 세리아 님은 그게 불만이신가요?"

샤를로트가 놀리듯 물었다.

"불만까지는 아니지만…… 그 아이는 늘 본인 일은 뒷전이니까요. 자신에 대해서는 아무래도 상관없고, 남을 위해서만 노력해요. 그러니까 좀 더, 자신을 소중히 여겨줬으면 좋겠다고 할까요……."

세리아는 그렇게 대답하고, 마지막으로 조금 쓸쓸한 표정을 내비쳤다.

"하루토 님의 행동은 항상 그렇죠. 본인은 부정하시겠지만요."

실제로 고개를 젓는 리오를 상상했는지 샤를로트는 재미있다는 얼굴로 미소 지었다.

"그래서 옆에서 지탱해 주고 싶어지는 것 같아요. 본인의 능력이 너무 높아서 딱히 지탱해 줄 필요가 없다는 것도 고민이지만요……."

"도중부터는 세리아 님의 자랑 이야기가 돼 버린 느낌이긴 합니다만, 어떠신가요? 하루토 님을 좀 이해하셨을까요?"

샤를로트가 장난스럽게 이야기를 요약하며 리리아나에게 물었다.

"따, 딱히 자랑한 건 아닌데요?!"

그러자 세리아가 크게 당황하며 항의했다.

"후후."

귀엽다고 생각하며 크리스티나와 플로라는 키득키득 웃었다.

"……리리아나 님은 폐를 끼친 일을 걱정하고 계신 것

같은데, 그 아이는 그렇게 생각하고 있지 않을 거예요. 마사토를 위해서 필요하다고 생각한 행동을 했을 뿐이라고 생각할 테니까요."

세리아는 부끄러움을 감추려는 듯 리리아나에게 말했다.

"감사합니다. 그분에 대해 조금 더 깊이 이해할 수 있게 된 것 같아요."

리리아나는 부드럽게 미소 지으며 인사를 건넸다.

'……타카히사 님이 당해낼 수 없는 이유가 있었네요.'

타카히사는 오로지 자기중심적이며 자신의 안위만을 생각하는 남자였다. 그래서 자신만을 위해 사람을 자기 뜻대로 움직이려 한다. 뜻대로 되지 않으면 폭주한다. 한편, 리오는 자신을 희생해서라도 사람을 소중히 하는 남자였다. 두 사람을 비교했을 때 어느 쪽이 더 많은 이들에게 사랑받을지는 짐작하기 어렵지 않았다.

리리아나는 그렇게 생각하며, 눈동자에 슬픈 그림자를 드리웠다.

◇ ◇ ◇

크리스티나 일행이 목욕을 마친 타이밍에 목욕을 하러 간 소녀가 두 명 있었다. 라티파와 리제롯테였다.

"아키가 하루토 씨를 피하고 있다고?"

욕실에 리제롯테의 목소리가 울려 퍼졌다.

"응. 아침 식사도 점심 식사도 오빠랑 같이 먹자고 권유해 봤는데, 계속 거절했어. 싫어하는 건 아닌 것 같은데……."

라티파는 목욕탕 가장자리에서 두 팔로 턱을 괸 채 한숨을 내쉬었다.

"미안해. 오빠랑 아키 일, 리제롯테 언니라면 좋은 아이디어를 줄 수 있지 않을까 해서."

그리고 사과와 함께 상담을 꺼낸 이유를 밝혔다.

"무슨 소리야. 스즈네…… 아니, 라티파가 날 의지해 줘서 기뻐. 얼마든지 상의해도 돼."

리제롯테는 굳이 라티파라고 부르며 부드럽게 미소 지었다.

"고마워. 리제롯테 언니."

라티파는 기쁜 얼굴로 수줍게 웃더니 바로 옆에서 탕에 몸을 담그고 있던 리제롯테를 끌어안았다.

"가, 간지러워, 라티파."

간지러운지 리제롯테 얼굴에 보조개가 들어갔다.

"에헤헤."

"들려줄래? 하루토 씨…… 아니, 아마카와 선배와 아키가 남매였다는 건 알고 있지만, 자세한 사정은 잘 모르니까."

리제롯테는 목욕탕 가장자리에 걸터앉더니 톡톡 옆 공간을 두드렸다.

"응!"

라티파는 기쁜 얼굴로 리제롯테의 옆에 앉았다. 그리고

라티파는 아마카와 하루토와 센도 아키의 관계에 대해 이야기했다.

아마카와 하루토가 일곱 살, 아키가 네 살이 되던 해에 부모님이 이혼하고 두 사람이 헤어져 버렸다는 것. 어린 아키는 괴로워하는 어머니의 모습을 보고 아버지와 오빠를 싫어하게 되었다는 것.

"그래서 아키는 다시 태어난 지금의 오빠를 보고 복잡한 마음을 품고 있는 것 같아. 오빠도 아마카와 하루토 씨가 미움을 받았다는 사실을 알고 있으니까, 그 이유 때문에 일부러 더 멀리하는 것 같고…… 나도 제대로 두 사람의 마음을 들어본 건 아니지만."

그렇게 라티파가 이야기를 마무리 지었다.

"라티파는 어떻게 하고 싶어?"

"나는 두 사람이 지금 이대로 있는 건 싫어. 나는 아마카와 하루토 씨의 여동생은 아니었지만, 아키를 보면 어쩐지 자매처럼 느껴진달까……"

"그러니까 두 사람이 거리를 좁힐 수 있도록…… 단둘이 대화할 수 있는 기회를 마련해 주고 싶다는 거야?"

"맞아! 한번 제대로 이야기해 줬으면 좋겠는데, 내가 할 수 있는 일은 식사에 초대하는 것 말고는 없으니까……"

"그렇구나. 하지만 그렇다면 동석하는 사람은 적은 편이 좋지 않을까? 민감한 이야기가 될 수도 있으니까……"

"응, 하지만 그런 이야기를 하자는 이유로 내가 초대하는 것도 뭔가 좀 아닌 것 같고, 식사 때는 오빠와 함께하지 않으려고 계속 경계하고 있는 것 같아. 그러니까 그런 기회를 다른 식으로 만들 수 있으면 좋겠는데……."

대가족이 함께 살다 보면 은밀한 이야기를 하는 것이 여간 어려운 것이 아니었다. 한쪽이 상대방을 피하려 한다면 더더욱 그랬다.

"그렇다면 자연스러운 구실을 만들어서 아키를 초대하는 게 좋겠네."

"응, 뭔가 좋은 방법 없을까?"

라티파는 리제롯테의 옆모습을 살짝 살폈다. 리제롯테도 시선을 받고 있다는 것을 깨닫고 라티파에게 시선을 돌렸다.

"그럼 내가 초대해 볼까?"

리제롯테는 자신을 잘 따르고 의지해 주는 소녀의 기대에 응해 주었다.

"어?!"

"잘 될지는 모르겠지만, 조금 좋은 구실이 떠올랐거든. 최소한의 사전 조율은 좀 필요하겠지만."

"정말?! 고마워, 리제롯테 언니!"

라티파는 감격한 얼굴로 또다시 리제롯테를 끌어안았다.

"조, 좋아하긴 아직 일러. 제대로 불러낼 수 있을지 어떨지도 모르고. 내 생각도 아직 안 들었잖아."

서로 알몸으로 안기는 것이 부끄러운지 리제롯테가 몸

을 움직였다.

"아냐, 리제롯테 언니가 협력해 주는 거니까. 잘될 거야!"

"그렇게 되면 좋겠지만…… 그래도 다른 사람이었어도 잘 상담해 줬을 거야. 하루토 씨와 아키에 관한 일이라면 미하루 씨가 더 잘 알고 있을 거고, 다른 사람들이었더라도 기꺼이 협력해 줬을 거라고 생각해."

리제롯테는 낯간지러운 얼굴로 말했다.

"그럴지도 모르지만…… 나는 리제롯테 언니한테 제일 먼저 상담하고 싶었어."

"……왜?"

리제롯테는 의아한 얼굴로 고개를 갸웃했다.

"이유는…… 으음. 왜냐하면 리제롯테 언니는 특별하다고 할까……."

라티파 스스로도 이유를 잘 모르겠는지 의아한 얼굴로 고개를 갸우뚱했다.

"어떻게 특별한데?"

"리제롯테 언니는 진짜 언니라고 생각하고 있으니까. 음, 하지만 그건 다른 언니들도 마찬가지인가? 리카 언니와의 관계가 있기 때문일까? 같은 버스에 자주 탔을 뿐 특별히 친했던 건 아닐지도 모르지만, 나한테는 특별했으니까……."

라티파는 해맑은 미소를 지으며 말했다.

그 말이 마음에 와 닿은 것일까.

"……아아, 정말 귀여워!"

이번에는 리제롯테가 먼저 라티파를 꼭 끌어안았다.

"어?"

반대로 안길 거라고는 생각하지 못했는지, 눈을 동그랗게 뜨는 라티파.

"나도 라티파를 진짜 여동생처럼 소중하게 아끼고 있으니까, 언제든지 사양하지 말고 의지해 줘."

리제롯테는 포옹한 채로 상냥하게 말했다.

"응, 언니!"

라티파는 행복한 얼굴로 미소 지으며 그렇게 대답했다.

저녁 식사 시간이 찾아왔다.

"아싸, 고기 전골이다!"

"정말 고기 전골 향기가 나네요."

"이세계에서 이 향기를 맡으니까 뇌가 혼란스러워."

"배고프다~!"

나중에 목욕을 한 히로아키, 레이, 코우타, 마사토, 리오 총 다섯 명의 남자가 저택의 다이닝에 들어오자 단숨에 실내가 시끌벅적해졌다.

"딱 좋은 타이밍에 나왔네요. 다섯 분은 거기 테이블에 앉으세요. 크리스티나 님이 계신 곳 맞은편이에요."

배식을 돕던 사츠키가 히로아키 일행에게 지시했다.

"그래, 그럼 어떻게 앉을까……."

히로아키는 턱을 매만지며 이미 크리스티나 일행이 앉아 있는 테이블의 좌석 배치를 생각했다. 테이블은 직사각형이었고 한쪽에는 로아나, 플로라, 크리스티나, 리리아나, 샤를로트가 차례로 나란히 앉아 있었다.

이어서 사츠키가 샤를로트 옆에 앉았다. 당연하게 그 맞은편에 히로아키 일행도 일렬로 나란히 앉게 되었다.

"소개팅 같다, 코우타."

"조용히 하세요, 선배."

안절부절못하는 레이와 수줍어하는 후배 코우타.

"그럼, 용사 두 분이 가운데 앉으시죠."

자리 배치를 확정하기 위해 리오가 호스트 역할을 하며 히로아키와 마사토를 이끌었다.

"뭐, 그렇게 되려나. 앉자, 마사토."

"응."

히로아키는 크리스티나 앞에, 마사토는 리리아나 앞에 착석했다.

"그럼 게스트 두 분은 이쪽으로 오세요. 하루토 님은 플로라 왕녀님 맞은편에 앉으시고요."

샤를로트가 레이와 코우타를 자신과 사츠키 앞으로 초대했고, 리오에게는 플로라의 맞은편에 앉으라고 권유했다.

"네!"

"시, 실례합니다."

레이가 손을 들고 씩씩하게 고개를 끄덕이자, 코우타는 얼굴을 붉히며 허둥지둥 착석했다.

"후후, 유쾌한 분들이시네요."

샤를로트가 키득키득 웃었다.

"그렇게 긴장하지 않아도 괜찮아."

사츠키도 재밌다는 얼굴로 키득거렸다.

"그럼 전 이쪽 자리에 앉을게요."

리오는 손님들이 착석한 것을 확인하고 나서 플로라 앞에 착석했다. 오른쪽 전방에는 로아나가, 왼쪽 전방에는 크리스티나가 앉아 있었다.

"잘 부탁드려요, 하루토 님."

"저도 잘 부탁드릴게요, 아마카와 경."

리오와 함께 식사를 할 수 있어서 그런지 플로라는 기분 좋게 생글생글 웃고 있었다. 한편 로아나는 리오의 얼굴을 지그시 바라보며 인사했다.

"저야말로."

리오가 부드럽게 미소 지으며 인사를 건넸다.

"그럼 나는 하루토 옆에 앉을게."

세리아가 찾아와 리오의 오른쪽 옆, 로아나의 앞에 앉았다. 남녀비는 무너졌지만, 6대 6으로 마주 보는 형태가 되었다.

"와아, 선생님과도 함께 식사하는 거군요. 동창회 같네요, 로아나."

플로라가 두 손을 모으며 사랑스럽게 기뻐했다.

"……네, 그러게요."

나란히 앉은 리오와 세리아의 얼굴을 마주 보며 다정하게 고개를 끄덕이는 로아나.

그리고 거기에 사요와 아오이가 식사가 담긴 접시를 날라왔다.

"오래 기다리셨죠."

"오오……!"

히로아키가 눈을 빛내며 환호했다. 접시에는 냄비받침에 놓인 빈 철 냄비와 고기 전골 재료가 담긴 별도의 접시가 올려져 있었다. 고기 전골의 재료는 메인인 소고기에, 두부, 버섯, 나물, 실곤약, 대파, 양파 등 전통적인 구성이었다.

"호오. 육수를 사용하는 간토풍* 고기 전골인가. 파와 양파도 먼저 잘 익혀놨네. 뭘 좀 아는구나."

히로아키는 빈 철 냄비와 재료를 내려다보며 만족스럽게 입을 열었다.

"먹음직스러운 향이 나네요."

크리스티나가 냄새를 맡으며 말했다.

"우지를 이용해서 대파를 구운 향이야. 미리 구워 두면 우지와 대파의 풍미가 냄비에 옮겨가서 풍미가 더해지거든."

_____

*고기에 양념 육수를 부어가며 먹는 방식.

그러자 히로아키가 자랑스러운 얼굴로 설명했다.

"그렇군요."

"참고로 양파도 잘 익지 않으니까 미리 구워두는 게 철칙이야. 그렇게 해 두면 남은 건 육수를 넣고 끓여서 맛을 배게 하는 것뿐이니까."

히로아키는 말을 이어가며, 기세등등한 얼굴로 지식을 선보였다. 고기 전골을 요청한 만큼 만드는 방법에는 일가견이 있는 듯했다.

"말이 많네요. 딱히 히로아키 씨가 준비한 것도 아닌데."

"하하. 뭐, 히로아키 씨니까요."

사츠키가 한숨을 쉬며 말하자 레이가 웃으며 동의했다. 그러는 사이 모두의 앞에 접시가 놓였다.

"됐으니까 빨리 먹자. 이제 육수 넣어도 돼?"

마사토는 더는 배고픔이 한계에 달했는지 육수가 든 항아리를 손에 들었다.

"바보야! 기다려, 마사토! 잘 들어. 고기 전골은 맛있게 먹는 방법이 있다고. 우선은 소량의 고기부터 구워서 고기의 지방을 냄비에 스며들게 한 다음에 말이지······!"

"에엥? 전부 넣고 한꺼번에 끓이면 되잖아."

히로아키가 어느새 고기 전골 지휘자가 되어 마사토를 제지했다.

"히로아키 씨가 요청하신 고기 전골은 모처럼이니 직접 만들어 먹을 수 있도록 제공해 봤어요. 직접 만든다고 해도

차례대로 재료를 냄비에 넣어 따뜻하게 하는 것뿐이지만
요. 불안하다면 만들어드릴 수도 있는데, 어떻게 할까요?"

한편, 사츠키는 그런 두 사람을 개의치 않고 고기 전골
을 먹어본 적이 없는 사람들을 향해 물었다.

"그럼 좋은 기회이니 직접 만들어 볼까요?"

크리스티나가 플로라와 로아나를 보며 제안했다. 플로
라는 "네" 하고 씩씩하게 고개를 끄덕였다. 로아나 역시 이
의는 없었다.

"재미있는 아이디어네요. 저도 직접 만들어보고 싶어요."

리리아나도 직접 고기 전골을 만드는 것을 선택한다. 그
리하여 드디어 냄비에 재료를 넣게 되었다.

"그럼 내가 고기 전골을 가장 맛있게 먹는 방법을 전수
해 주마. 잘 들어. 일단 고기다. 고기만 굽는 거야. 이렇게
하면 고기의 기름이 배어 나오면서 고기 그 자체의 맛을
즐길 수 있어."

히로아키는 얇게 썬 소고기를 젓가락으로 집어 철 냄비
에 넣었다. 가열이 되는 냄비받침 마도구로 인해 고기를
넣은 순간 경쾌한 소리가 울려 퍼지며 연기가 솟아올랐다.

"와아……."

플로라가 눈을 반짝였다.

"향기가 좋네요."

로아나도 미소를 지었다.

"처음부터 고기와 같이 속재료를 육수에 끓이는 녀석들

도 있지만, 내가 보기엔 완전히 틀렸어. 일단 고기를 구워서 살짝 붉은 기가 남은 타이밍에 육수를 넣는 거야. 하지만 너무 많이 넣어도 안 돼. 고기의 감칠맛이 희석되니까. 진정한 프로는 고기를 소량씩 구워서 그때마다 육수를 조금씩 넣어 나가지. 다른 재료를 끓이는 건 일단 고기의 맛을 어느 정도 즐긴 다음에 해도 늦지 않아.”

히로아키가 고기 전골 만드는 방법을 구구절절 늘어놓는 사이에 고기의 붉은 기도 서서히 줄어들었다. 거기서 사츠키가 귀찮다는 얼굴로 끼어들었다.

“시끄럽네. 알고 있어. 날 누구라고 생각하는 거야?”

히로아키가 짜증 섞인 얼굴로 아직 붉은 기가 남은 고기에 육수를 부었다. 서서히 액체가 증발하는 소리가 울려 퍼지고, 육수의 달콤한 향기가 일대에 진동하기 시작했다. 그리고 고기와 육수가 잘 어우러지자 히로아키는 신경 써서 익힌 고기를 마침내 입으로 가져갔다.

“크으, 맛있다……!”

육수가 배인 고기의 감칠맛이 입안에서 폭발하자 히로아키는 감격하며 신음했다.

“여기서 쌀을 한입 먹는다.”

히로아키는 그릇에 담긴 쌀을 입으로 가져갔다. 마사토는 바로 옆에서 침을 삼키며 히로아키가 고기와 밥을 먹는 모습을 바라보고 있었다.

“……더는 못 참아! 나도 구울래!”

결국 인내심의 한계를 맞이했는지, 마사토도 고기를 굽기 시작했다. 히로아키도 지체하지 않고 두 번째 고기를 굽기 시작했다.

　"저희도 구울까요?"

　사츠키가 제안했다.

　"그러게요." "더는 못 참겠어요."

　그러자 코우타와 레이도 냄비에 고기를 넣기 시작했다.

　"그럼 저희도 먹을까요? 모르는 게 있으면 물어보세요."

　리오가 맞은편에 앉은 플로라 일행에게 말을 걸고는 고기를 굽기 시작했다.

　"뭐, 시끄러운 남자의 해설은 이 정도만 들어도 괜찮겠죠. 재료를 적당히 넣고 육수와 함께 끓여 먹어도 맛있으니까요."

　사츠키는 왕녀님들을 향해 태연하게 말했다.

　"야, 사츠키. 누구더러 시끄러운 남자라는 거야?"

　히로아키가 반박했다.

　"누구라고는 말하지 않았어요, 누구라고는."

　"흥. 뭐 됐어. 오늘은 널 상대하고 있을 틈이 없어. 이 고기를 정성껏 구워야 하니까 말이지."

　히로아키의 시선은 냄비에 넣은 고기에 꽂혀 있었다. 마침 딱 좋게 잘 구워졌는지 육수를 넣어 잘 섞은 뒤 그릇에 담긴 쌀밥 위에 얹는다. 그리고 고기와 쌀을 한데 모아 입에 넣고 우물거린다.

"캬아, 무한이다. 끝도 없이 들어가. 입에서 살살 녹네."

히로아키는 무척 행복한 미소를 지었다.

"여러분의 고기도 슬슬 먹음직스럽게 익어가고 있네요. 이제 육수를 부어도 괜찮을 것 같아요."

리오가 플로라 일행에게 알려주었다.

"네. 이 소스 같은 걸 뿌리면 되는 거죠?"

플로라는 조심스럽게 육수를 철 냄비 안에 든 소고기에 뿌렸다.

소리와 연기가 서서히 피어오른다.

"우, 우와! 굉장해요!"

그러자 플로라는 눈을 동그랗게 뜨고 미소를 지었다. 젓가락은 사용할 수 없었기에, 나이프와 포크로 우아하게 고기를 잘라서 입에 넣는다.

"음~."

그리고 행복한 얼굴로 눈을 감았다.

"맛있다……." "고기가 입안에서 녹네요……."

크리스티나와 리리아나도 옆에서 고기를 입에 넣고 그 맛을 음미했다.

"이 소스, 달콤함도 느껴지네요."

로아나가 눈을 반짝이며 말했다.

"설탕도 들어 있거든요."

"간장하고 다른가요?"

리오의 설명에 플로라가 질문했다. 이 저택에서 몇 번 정도 식사를 하며 간장을 사용한 요리를 먹어본 적이 있었기 때문이었다. 고기 전골에 쓰이는 육수가 비슷한 색감이라 간장이 사용되었다고 생각한 모양이었다.

"간장도 사용되긴 하는데, 그 밖에도 조리용 술과 미림이라는 액체, 그리고 조금 전에 말했던 설탕도 들어가 있습니다."

"그래서 여러 가지 맛이 느껴지는군요."

"맛의 깊이감이 무척 좋네요."

리오의 설명에, 플로라와 로아나는 감탄하며 신음했다.

"신기하네요. 설탕이라고 하면 과자가 연상되는데, 짠맛을 돋워주는 식사의 조미료로도 사용할 수 있다니."

세리아는 옛 제자들이 함께 식사하는 모습을 지켜보며 흐뭇한 얼굴로 그런 말을 건넸다.

저녁 식사 후. 이제는 잠잘 일만 남았지만, 자기에는 이른 시간이었다.

리오, 마사토, 히로아키, 레이, 코우타는 저택의 응접실로 이동하여 남자 모임을 열었다. 테이블에 과자와 음료를 놓고 얼굴을 맞댄 채 다섯 명이 테이블에 둘러앉아 있었다.

"야아, 뭔가 수학여행 하는 느낌이라 좋네요."

레이가 과자를 집어 먹으며 말했다.

"확실히 이 멤버들과 모여 있으니 신선한 기분이네요."

코우타가 맞장구를 치며 차가운 차를 마셨다.

"하루토는 코우타랑 동갑인가?"

"아니요, 제가 한 살 아래입니다."

히로아키가 과자를 집어 먹으며 묻자 리오가 대답했다.

"뭔가 하루토 씨는 연하라는 느낌이 안 든단 말이죠."

코우타가 말했다.

"이해해. 첫 만남도 특별했으니까. 벨트람 왕국을 떠나 레스토라시온에 합류할 때는 아마카와 경에게 보호를 받는 입장이기도 했고."

"세리아 씨의 본가에서 하루토 씨와 처음 만난 것도 벌써 몇 달 전이네요."

당시의 일을 떠올리며 먼 곳을 응시하는 레이와 코우타.

"전에도 말했지만, 제가 나이도 더 어리니 편하게 이름으로 불러도 괜찮습니다."

"일단 전 레스토라시온의 자작이니까요. 백작에 해당하는 명예기사인 아마카와 경의 이름을 막 부르는 것도 좀……."

리오가 수줍게 뺨을 긁적이자 레이도 수줍게 뺨을 긁적였다.

"뭐 어때. 누가 보고 있는 것도 아닌데. 용사가 된 마사토랑은 엄청 편하게 대화하고 있잖아."

히로아키가 옆에서 끼어들었다.

"뭐, 그렇긴 하지만요."

"이제 와서 바꾸는 것도 좀 부끄럽달까……."

레이와 코우타는 수줍어하며 서로의 얼굴을 바라보았다.

"그럼 하루토 군으로 부를게."

그 후, 그들은 멋쩍은 얼굴로 호칭을 바꿨다.

"네."

리오는 기쁜 얼굴로 고개를 끄덕였다.

"그건 그렇고, 레이 씨는 준남작 아니었나요?"

어느 사이에 자작으로? 라며 리오가 레이에게 물었다.

"아아, 얼마 전에 히로아키 씨의 보좌관 대우를 받게 됐거든. 그래서 그런 거야."

"용사와 함께하니까 마땅한 대우를 해달라고 했지."

히로아키가 훗 하고 웃으며 말했다.

"코우타도 지금은 히로아키 씨의 보좌관이 됐어. 작위도 주자는 이야기도 나왔었는데, 코우타가 보류했고. 그렇지?"

레이가 옆에 앉은 코우타의 어깨에 손을 얹었다.

"애초에 전 모험가 같은 걸 할 생각이었으니까요. 근데 이상하게 히로아키 씨가 쓰는 라이트 노벨 제작을 돕게 돼서……."

정신을 차리고 보니 보좌관이 되어 있었다며 코우타가 말했다.

"이 녀석이 그림을 잘 그리거든."

"나도 봤는데, 굉장했어."

레이와 마사토가 코우타를 칭찬했다.

"저도 다음에 꼭 보고 싶네요."

"그럼 다음에 보여줄게."

코우타는 쑥스러운 얼굴로 고개를 끄덕였다.

"그리고 들어봐, 하루토. 이 녀석 드디어 여자친구가 생겼다?"

레이가 히죽히죽 웃으며 코우타의 근황을 폭로했다.

"잠깐, 선배……!"

코우타는 얼굴을 새빨갛게 물들었다. 히로아키는 그런 코우타를 히죽거리며 바라보았다.

"그런가요?"

리오가 눈을 크게 떴다.

"하루토 군은 아직 제대로 만난 적이 없었나? 미카엘라 벨몬드라는 아이거든. 내 약혼녀인 로자는 만난 적 있지? 그 애의 친구야. 로다니아에서는 세리아 씨의 강의를 같이 듣기도 했어."

"그런가요? 그럼 그 두 분도 초대할 걸 그랬네요."

"아니, 하루토 군 저택에 모이는 사람들은 하나 같이 거물이라 부담스러워할 것 같은데. 오늘도 다 왕녀님이나 공작가의 영애들이었고."

레이가 과자를 집어 먹으면서, 으음 하고 고개를 기울였다.

"확실히 둘 다 남작가의 영애이긴 하지만, 왕족은 구름 위의 존재라고들 하니까."

코우타도 쓴웃음을 지으며 말했다.

"기회를 봐서 나한테도 얼른 소개해 달라고 했어. 로자와는 만난 적이 있지만 미카엘라는 아직이니까. 빨리 좀 보여달라고."

히로아키가 코우타를 재촉했다.

"그러게. 이 숙맥 녀석인 코우타랑 어떻게 연인이 된 건지, 미카엘라의 입으로 이야기를 들어보고 싶네."

레이도 열심히 고개를 끄덕였다.

"나도 보고 싶어!"

마사토가 눈을 반짝 빛내며 손을 들었다.

"코우타 씨와 미카엘라 씨가 가까워진 이야기는 히로아키 씨도 레이 씨도 모르는 건가요?"

리오가 두 사람을 보며 물었다.

"그렇지. 로자를 통해서 듣고는 있지만."

"최종적으로는 네가 미카엘라에게 고백한 거지?"

히로아키가 히죽 웃으며 코우타에게 물었다.

"이제 제 이야기는 그만해요!"

코우타는 얼굴을 붉히며 대화를 끝내려 했다.

"아니지, 수학여행이라면 연애 이야기지."

"맞는 말이야. 오늘 밤은 말하기 전까지 안 재울 거다."

코우타와 히로아키는 한 치의 양보 없이 과자가 담긴 접시에 손을 뻗었다.

"그, 그런 것보다 히로아키 씨도 선배도 과자를 너무 많이 먹는 거 아닌가요? 오늘은 더 이상 아무것도 못 먹겠다고 아까 그랬잖아요."

코우타가 억지로 화제를 돌리려고 했다.

"단 음식은 다른 배니까 괜찮아. 그렇지? 히로아키 씨."

"그러게, 맛있다. 이 세계엔 달콤한 과자가 많은데, 이건 일본인의 입맛에 딱 맞아. 우유가 술술 넘어가네."

히로아키는 유리잔에 담긴 우유를 다 마시고 새로 집은 과자를 빤히 바라보았다.

"뭐, 미하루 누나가 만든 과자니까."

일본인 취향에 맞췄으니 당연하지 않겠냐며, 마사토가 태연하게 말했다.

"뭐, 이게 미하루의 수제 과자라고?! 그걸 왜 이제야 말해!"

그러자 레이의 과자를 집어 먹는 속도가 급격히 빨라졌다.

"선배, 약혼자가 있는데……."

레이를 보는 코우타의 시선이 싸늘해졌다.

"멍청아. 그거야말로 다른 배인 거야. 미하루는 완전 귀엽잖아. 만약 우리 고등학교에 있으면 단연 1등…… 아니, 아이돌보다 더 귀엽다고."

레이가 강하게 주장했다.

"……."

"코우타는 그거지? 아카네라는 소꿉친구가 더 귀엽다고 생각하는 쪽이지?"

어이없는 얼굴로 한숨을 쉬는 코우타를 보며, 히로아키가 놀렸다.

"……아카네에게 집착하고 있었다면 다른 누구와도 사귀지 않았겠죠. 미하루 쪽이 더 귀여워요."

코우타는 입을 삐죽이며 대답했다.

"호오, 말 잘했네."

히로아키가 씨익 웃으며 코우타의 어깨에 손을 얹었다.

"어, 어깨에 손 올리지 마세요."

"나는 네가 미카엘라와 사귀게 된 일을 아주 높게 평가하고 있어. 애초에 난 이세계물에 지구 출신 히로인은 필요 없다고 생각하는 파거든."

히로아키는 코우타의 어깨에 손을 두른 채 유쾌하게 말했다.

"난 이세계에 가도 같은 고향 히로인은 있어도 괜찮은 파야."

"안 물었어."

레이가 손을 들며 자신의 의견을 피력했지만, 히로아키가 일축했다.

"그건 그렇고 하루토 군도 마사토도 치사하네. 미하루가 만든 밥도 과자도 매일 먹을 수 있다니."

레이가 리오와 마사토를 가리켰다.

"치사하다니, 여기는 하루토 군의 저택이니까 당연하죠."

"그럼 또 오면 되잖아. 요리하는 건 미하루 누나가 아닐 수도 있지만. 그렇지? 하루토 형."

코우타가 어이없다는 얼굴을 했고, 마사토는 가벼운 어

조로 말했다.

"응."

리오는 피식 웃으며 고개를 끄덕였다.

"그 이전에, 미하루는 그거잖아. 하루토를 좋아하지?"

히로아키가 리오의 얼굴을 뚫어지게 바라보았다.

"……."

갑작스럽게 화제를 넘겨받은 리오는 부정도 긍정도 하지 않고 곤란하다는 표정을 지어 보였다.

"오, 히로아키 씨, 거기서 그걸 물어보나요?"

레이가 씨익 미소를 지으며 앞으로 몸을 기울였다.

"그야 눈앞에서 그런 열정적인 키스를 선보였으니까."

물어보지 않을 수 없지, 하고 히로아키도 완전히 이야기에 몰입했다.

"그래서 그 후엔 어떻게 됐어? 호칭도 편해졌으니까 더는 사양할 필요 없겠지?"

레이는 세속적인 호기심을 숨기지 않고 리오에게 다가갔다.

"어떻게 될 것도 없이, 본인의 의사에 반해 일어난 사고였으니까 무슨 일이 생길 일은 없지 않을까요……."

리오는 쓴웃음을 지으며 대답했다.

"아니, 아니. 그래도 서로 의식은 할 거 아냐?"

"뭐, 좀 어색해 보이긴 했는데……."

"다른 여자애들 반응은 어때? 험악한 분위기는 아닌 것 같던데."

"평소와 같았던 것 같아요."

연이은 레이의 질문에 대답하는 리오.

"정말이야? 실제로 어때, 마사토?"

히로아키가 의심을 담아 물었다.

"음, 딱히 평소랑 다른 느낌은 없었는데. 오늘은 성에 가느라 누나들이랑 그렇게 오래 같이 있었던 것도 아니니까."

마사토도 리오와 같은 말을 했다.

"너희들이 같이 있지 않을 때 진흙탕 싸움이 벌어질지도 모르지?"

"그건 절대로 있을 수 없어요."

리오는 쓴웃음을 지으며 부정했다.

"싸우는 걸 본 적이 없어."

마사토도 동의했다.

"백합 애니의 세계는 실재했던 것인가……."

레이가 감회에 젖어 중얼거리자, 그 옆에서 코우타가 "으엑" 하며 질색한다.

"백합 애니가 아니라 하렘 애니겠지."

히로아키가 지적했다.

"하긴 그러네. 실제로 한 지붕 아래서 젊은 여자애들과 함께 지내고 있는데, 야한 해프닝 같은 건 없어?"

레이가 흥미진진한 얼굴로 리오에게 물었다.

"없습니다."

"없어?! 욕실에서 옷을 갈아입는 모습이나 알몸을 목격한다거나, 화장실 문이 잠겨 있지 않아서 우연히 보게 된다거나, 심야에 방을 착각해 침대에 들어온다거나."

정말 꿈도 희망도 없는 거냐며, 레이가 몸을 최대한 앞으로 내밀었다.

"……없습니다."

리오가 무언가 떠오른 듯 한박자 쉬었다가 부정했다. 아이시아가 가끔 잠이 덜 깬 채 침대에 들어올 때의 일이 떠오른 탓이었다. 바로 어젯밤에도 미하루에게 빙의한 리나가 침실에 몰래 들어왔었다.

"야, 잠깐. 뭐야, 지금 그 공백은?!"

히로아키는 놓치지 않았다.

"아, 아무것도 아니에요."

리오가 말을 더듬으며 고개를 저었다. 두 사람 모두 방을 착각한 것은 아니었으니 거짓말은 하지 않았다며 스스로를 타일렀다.

"뭐야, 역시 뭐가 있네!"

"정말로 없습니다."

레이가 또다시 몸을 내밀자 리오가 흠칫 놀라 부정했다.

"실제로는 어때? 마사토."

히로아키가 마사토에게 질문을 돌렸다.

"으음, 뭐 아이시아 누나가 가끔 잠결에 하루토 형 방에 가는 정도일까."

마사토가 턱에 손을 얹고 생각하며 말했다.

"역시 있었네!"

"하, 하하……."

히로아키가 다그치자 리오가 쓴웃음을 지었다.

"그치만 하루토 군도 마사토도 좋겠다. 한 지붕 아래에서 그렇게 귀여운 아이들한테 매일 둘러싸여 사는 거니까."

레이가 부러워했다.

"저택에 있는 동안에는 고우키 씨나 신 씨와 함께 있는 시간도 많아요."

"그래?"

"여성이 많은 공간에서는 어쩔 수 없이 눈치가 보일 때도 있으니까요. 남자 혼자라면 더더욱 그렇고요."

리오는 쓴웃음을 섞어가며 실상을 알려주었다.

"고우키 나리는 알겠는데, 신은 누구였더라?"

히로아키가 물었다.

"고우키 씨랑 같이 야구모 지방에서 온 사람이야. 아마사요 씨랑 같이 하루토 형과 같은 마을에서 살았던 적도 있었을걸. 코우타 형이랑 동갑이고."

"호오, 그렇구나."

마사토가 알려주자 코우타가 신에게 관심을 가졌다.

"그러고 보니 우리랑 비슷한 또래로 보이는 남자가 있었지. 그럼 그 녀석도 여기로 불러. 하루토에 관한 솔직한 얘기도 듣고 싶고."

히로아키가 즉흥적으로 그런 제안을 했다.

"……그럼, 불러올까요?"

흐름에 따라서는 사요와의 관계에 관해 이런저런 이야기가 나올 것 같다는 생각이 들었지만, 교우의 폭을 넓힐 기회라면 거절할 이유가 없었다. 리오는 좀 민망한 얼굴로 신을 부르러 가게 되었다.

리오 일행이 응접실에서 남자 모임을 개최하고 있는 한편, 저택의 다이닝에서는 대규모의 여자 모임이 개최되고 있었다.

저택의 거주자로는 미하루, 아키, 사츠키, 세리아, 세리아의 어머니인 모니카, 라티파, 샤를로트, 아이시아, 소라, 사라, 오피아, 아르마, 코모모, 사요가 참석했고, 손님으로는 크리스티나, 플로라, 로아나, 리리아나, 리제롯테, 아리아가 초대받았다.

총 20명이 같은 테이블에 둘러앉을 수도 있었지만, 보다 친밀한 교류를 위해 그룹을 4개로 나누기로 했다.

그 결과, 다음과 같이 각 5명으로 이루어진 그룹이 완성되었다.

그룹1. 세리아, 사라, 아르마, 크리스티나, 아리아.

그룹2. 아이시아, 소라, 오피아, 세리아 어머니 모니카,

코모모.

그룹3. 라티파, 사요, 플로라, 로아나, 리제롯테.

그룹4. 사츠키, 미하루, 아키, 샤를로트, 리리아나.

직사각형의 긴 테이블 두 개를 사용하여, 그룹1과 그룹2는 같은 테이블에, 그룹3과 그룹4는 또 하나의 테이블에 모여 앉았다.

먼저 그룹1에서는———.

"그렇군요, 선생님께도 그런 시절이 있었군요."

"네, 지금은 어른스럽게 행동하고 있지만, 초등부 저학년 때는 정말 덜렁거리는 아이였어요. 자주 넘어지기도 하고, 독서에 열중한 나머지 강의에 지각하기도 하고요."

아리아가 학원 학생이었을 때 세리아의 일을 크리스티나에게 알려주고 있었다. 은사의 뜻밖의 과거를 알게 된 크리스티나는 키득키득 웃었다.

"세리아 씨는 지금도 꽤 덜렁대는 구석이 있죠. 찾는 게 있다고 하면서 본인 손에 들고 있다거나."

"네, 지난번에 같이 목욕했을 때는 샴푸랑 바디워시를 착각했었고요."

사라와 아르마 역시 세리아가 일상에서 저지르는 실수 담을 풀어놓았다.

"다들 정말……."

세리아는 얼굴을 붉힌 채 몸을 움츠렸다. 한편, 아이시아, 오피아, 소라, 코모모, 리제롯테가 모인 그룹2에서는———.

"후후, 귀엽네. 세리아가 이 정도 나이였을 땐 왕립학원으로 가게 돼서 서로 떨어져 지냈으니까."

모니카가 소라를 무릎 위에 올려두고 머리를 쓰다듬고 있었다. 소라의 외모상 나이는 초등학교 저학년 정도. 당시 예뻐하지 못한 세리아를 떠올리는 듯했다.

"으……."

소라는 마치 꿰다놓은 보릿자루 같았다. 낯간지러운지 입술을 삐죽 내밀면서도 불평 하나 없이 얌전히 앉아 있었다.

"소라, 의외의 모습이네요."

"우리한테는 머리를 쓰다듬게 해 주지 않는데, 좋겠다."

리오 이외의 상대에게는 기본적으로 쌀쌀맞았기 때문에 코모모와 오피아가 의외라는 얼굴로 소라를 보고 있었다.

"착각하지 마세요. 하루토 님이 너희들과 사이좋게 지내라고 하셔서 사이좋게 지내고 있는 것뿐이에요."

"말도 잘 듣는 착한 아이구나. 자, 과자란다."

"하압."

소라는 작은 입으로 모니카가 내민 과자를 입에 넣었다.

"엄마가 생긴 느낌이라 기쁜 걸지도 몰라."

과자를 우물우물 먹는 모습을 바라보며 아이시아가 그렇게 추측했다.

"아, 아이시아!"

소라가 얼굴을 새빨갛게 물들이며 소리쳤다. 한편, 라티파, 사요, 플로라, 로아나, 리제롯테가 얼굴을 맞대고 있는 그룹3에서는——.

"다시 이야기할 수 있어서 기뻐요, 사요 님."

플로라가 방긋 웃으며 사요에게 말을 건넸다. 플로라와 사요는 약간의 안면이 있었다. 사요가 저택에 살기 시작한 지 얼마 되지 않았을 무렵, 플로라가 저택을 방문했을 때 리오의 친구로 소개받았던 것이다. 다만 제대로 대화를 나누는 것은 그 후로 처음이었다.

"네, 네! 오랜만이에요, 플로라 님. 저를 기억해 주셨다니."

"당연하죠. 친구가 되자고 전에도 말씀드렸잖아요."

혹시 잊으신 건가요, 하고 플로라는 쓸쓸한 표정을 지었다.

"아, 아뇨, 물론 기억하고는 있지만, 감히 저 같은 사람이 왕녀님을 상대하다니 너무 황송하달까요……. 제가 왜 이쪽 자리에 앉아 있는지도 잘……."

리오의 친구라는 입장으로 저택에 살고 있는 사요는 기본적으로 손님이 와 있는 동안에는 철저하게 뒤편에 자리하고 있었다. 대외적인 입장에서는 리오의 사용인에 해당하고 본래도 시골에서 자라서 그런지, 왕녀님을 상대하자 완전히 위축되어 있었다.

"제가 부탁한 거예요. 전에도 말했지만, 제가 왕녀라는 사실은 잊어주셔도 괜찮아요."

사용인이 왕녀의 응대 역할을 맡는다는 것은 본래라면 있을 수 없는 일이었지만, 그 왕녀님이 직접 요청한다면 이야기가 달라질까?

"괜찮을까요……?"

사요는 흔들리는 눈빛으로 구원을 청하듯 라티파를 바라보았다.

"글쎄요……?"

라티파도 자신감이 없어 보였다. 그도 그럴 것이, 아무리 플로라가 괜찮다고 해도, 그녀와 함께 동석한 로아나가 불편하게 여길 가능성도 있기 때문이었다. 리오나 사츠키를 비롯한 거주자들의 의향으로 저택 안에서는 신분 차이에 따른 대우는 최소한으로 하면서 일상생활을 보내고 있었지만, 손님들이 와 있는 동안이라면 어지간히 친한 상대가 아닌 한 이야기는 달라진다.

"상관없죠, 로아나?"

플로라도 로아나가 있다는 것을 눈치챘는지 옆을 보고 확인을 받았다.

"……네. 뭐, 저택 밖이었다면 문제가 됐을지도 모릅니다만. 아마카와 경의 저택 안에서라면."

로아나는 다소 난처한 표정으로 고개를 끄덕였다.

"들으셨죠! 오늘 저녁은 숙박 모임, 그리고 친목을 다지기 위한 여자들의 모임이니까 많이 친해지도록 해요. 스즈네 님과 리제롯테 님과도 대화를 해 보고 싶었거든요. 저녁 식사 때는 자리가 달랐으니까요."

플로라는 두 손을 모으고 햇살처럼 환하게 미소 지었다.

"저도요. 맞다. 로아나 님께는 아직 제대로 인사를 못 드렸죠? 전 오…… 하루토 아마카와의 여동생인 스즈네 아마카와예요."

라티파가 오른쪽 대각선 맞은편에 앉아 있는 로아나에게 자신을 소개했다. 아마카와라는 성을 쓸 수 있는 것이 기쁜지 수줍은 얼굴로 미소 짓고 있다.

"처음 뵙겠습니다. 로아나 폰테인입니다."

로아나는 고개 숙여 인사했다.

"사요라고 합니다. 잘 부탁드립니다. 리제롯테 님도요."

사요도 아직 로아나와 리제롯테에게는 제대로 인사하지 않았다는 것을 깨닫고 황급히 인사했다.

"네, 잘 부탁드려요."

리제롯테는 상냥하게 응했다.

"그렇구나. 사요 언니는 로아나 님뿐만 아니라 리제롯테 언니랑도 아직 제대로 대화를 나눈 적이 없었구나. 다들, 사요 언니를 잘 부탁해요."

"사요 언니라면…… 사요 님도 아마카와 경의 남매이고, 스즈네 님과도 자매 관계가 되시는 건가요?"

로아나가 라티파와 사요의 얼굴을 번갈아 바라보며 물었다.

"아, 아뇨, 제가 하루토 님과 남매라니 감히……!"

사요는 두 손을 흔들며 황급히 부정했다.

"사요 언니는 오빠…… 오라버니의 친구예요."

오빠라고 부르는 버릇이 여전히 남아 있어, 라티파가 수줍게 정정했다.

"친구라고 불리는 것도 황송하지만요……. 전에 하루토 님이 여행을 하셨던 동안에 잠시 인연이 생겨서……."

"그렇군요……. 고우키 님이나 카요코 님을 비롯해 이 저택에는 사요 님처럼 검은 머리를 가지신 분들도 많은 것 같은데, 모두 같은 관계이신가요?"

"네, 모두 하루토 님을 모시고 있습니다."

"그러시군요……."

로아나는 그 말에 납득했지만, 뭔가 생각하는 것처럼 보이기도 했다.

"오빠는 가신이 아니라 친구라고 했는데."

"그렇게만 말할 수는 없어. 저택에 살게 해 주고 계신 데다가, 손님이 오셨을 때 실수하면 안 되니까."

"그렇게 말하자면 내가 더……. 이 자리에서 뭔가 실수하면 알려줘, 리제롯테 언니."

라티파는 오른쪽 옆에 앉아 있던 리제롯테에게 조용히 부탁했다.

"후후, 스즈네라면 괜찮을 거야."

리제롯테가 자신 있게 말했다.

"스즈네 님과 리제롯테 님은 꽤 친하시네요."

그러자 로아나가 둘의 관계에 관심을 보였다.

"네, 진짜 언니 동생처럼 사이가 좋다고, 오늘도 마침 그 얘기를 했었거든요. 그렇지? 리제롯테 언니."

"네, 스즈네와는 처음 만났을 때부터 잘 맞았어요."

라티파가 팔짱을 껴왔고, 리제롯테도 자연스럽게 그것을 받아주었다. 두 사람의 친밀함을 엿볼 수 있는 장면이었다.

"좋겠네요……."

그러자 플로라가 부러운 얼굴로 불쑥 중얼거렸다.

"뭐가요?"

라티파는 어리둥절한 얼굴로 고개를 갸우뚱했다.

"저는 언니가 있는데, 여동생은 없으니까 무심코 환상을 갖게 되더라고요……. 스, 스즈네 님, 괜찮으시다면 저도 언니라고 불러주시면 안 될까요?"

플로라가 용기 내어 라티파에게 부탁했다.

"네? 으음……."

"불러드려도 좋지 않을까? 오늘은 숙박 모임이니까."

리제롯테는 흐뭇한 얼굴로 라티파의 등을 밀어주었다.

"……플로라 언니?"

라티파는 맞은편에 앉는 플로라를 보고 조심스럽게 불렀다.

"프, 플로라 언니, 플로라 언니……. 네, 네……!"

이 얼마나 감미로운 울림인가. 플로라는 행복을 음미하며 대답했다.

"플로라 언니."

라티파는 다시 한번, 이번에는 조금 전보다 더 편안한

말투로 불러 보았다.

"감사합니다, 스즈네 님!"

플로라는 감격에 겨워 감사의 말을 전했다. 그렇게 기뻐하는 여동생의 모습을, 다른 테이블에서 크리스티나가 온화한 표정으로 바라보고 있었다.

"스즈네 님, 로아나도 언니라고 불러주시면 안 될까요?"

플로라가 연이어 부탁했다.

"저, 저도요?"

갑작스럽게 화제가 돌려지자 로아나는 흠칫 놀랐다.

"네, 로아나도 여동생은 없잖아요."

여동생이 없으면 무조건 언니가 되고 싶은 욕심은 있을 것이라는 도식이 플로라 안에 있는 모양이었다. 존경받아 마땅한 왕족의 권유이니 거절할 방법도 없었다.

"그, 그…… 그럼 부탁드려도 될까요?"

로아나는 어색한 얼굴로 부탁했다.

"음, 그럼…… 로아나 언니?"

"……!"

"어때요, 로아나?"

플로라가 설레는 얼굴로 소감을 물었다.

"그, 그러게요. 이건 확실히…… 좋네요."

없다고 생각했던, 언니가 되고 싶은 욕심이 있었단 말인가. 로아나는 볼을 붉히며 쑥스러운 표정을 지었다.

"그렇죠!"

언니가 된 기쁨을 나누며 의기양양한 표정을 짓는 플로라.

"그럼 저도 스즈네 님이라고 부르지 않아 주셨으면 좋겠어요. 뭔가 좀 간지러워서, 에헤헤."

이번에는 라티파가 먼저 호칭을 바꿔달라고 부탁했다.

"하, 하지만, 그럼 뭐라고 불러야……."

"리제롯테 언니처럼 편하게 불러도 되고, 플로라 님께 여동생이 생긴다면 부르고 싶었던 호칭은 어떠신가요? 이름으로 부르셔도 돼요."

"너, 너무 어려운 질문이네요……! 언니는 저를 이름으로 부르는데, 더 줄여서 부르는 것도……. 어, 어떻게 하죠, 로아나?"

"네, 네에? 글쎄요……."

갑작스럽게 던져진 주제에 당황하는 플로라. 로아나도 신음했다.

"스즈네……?"

결국, 플로라는 고민 끝에 라티파의 이름을 불렀다.

"응, 플로라 언니."

라티파는 생긋 웃으며 대답했다. 그렇게 그룹3이 순조롭게 친목을 다지고 있는 사이, 사츠키, 미하루, 아키, 샤를로트, 리리아나가 얼굴을 맞대고 있는 그룹4에서는──.

"저 궁금한 게 있어요."

샤를로트가 온화한 미소를 지으며 이야기를 꺼냈다.

"마사토 님과 리리아나 님은 역시 서로를 의식하고 계시는 걸까요?"

그리고 맞은편에 앉는 리리아나를 보며 궁금했던 것을 물었다.

"확 들어오네, 샤를……."

그걸 묻는 거야? 라는 듯한 표정을 짓고 있지만, 궁금하긴 했을 것이다. 사츠키의 입가가 호기심으로 씰룩였다.

"여자 모임이라고 하면 연애 이야기라고, 이전에 스즈네 님도 말씀하셨잖아요. 아키 님도 누나로서 동생의 사랑길이 궁금하지 않을까요?"

"네? 뭐어……."

관심이 없다고 하면 거짓말일 것이다. 아키는 리리아나의 옆모습을 힐끗 쳐다보았다. 미하루도 신경이 쓰였는지 시선을 돌렸다.

"저어……."

"뭐야, 뭐야? 연애 이야기?!"

리리아나가 주춤거리며 망설이자, 이야기의 내용이 귀에 들어왔는지 라티파가 끼어들었다.

"저희한테도 들려주세요."

플로라도 흥미진진한 얼굴로 이야기에 동참하려 했다. 그 후 사츠키 그룹과 라티파 그룹이 합체된 것은 한순간의 일이었다.

이뿐만이 아니다. 다들 연애 이야기에 굶주려 있었다. 세리아의 어머니 모니카도 사랑의 기운을 포착했는지 다른 테이블에서 몸을 내밀었다. 깨닫고 보니 어느새 세리아 그룹도 가세하여 리리아나와 마사토의 염문에 귀를 기울이는 포위망이 완성되어 있었다.

"그럼 마사토 군도 데려오면 좋지 않을까?"

"잠깐, 스즈네 님?!"

생각난 김에 바로 실행하자며, 리리아나가 말릴 새도 없이 라티파는 다이닝을 뒤로 하고 달려가 버렸다.

한편, 남자 모임.

도중부터 합류한 신이 이미 술을 마신 상태이기도 해서 마사토 이외의 멤버도 하나둘 술을 마시고 있었다.

"그리고 이 녀석은 사요한테 비녀를 선물해 놓고 마을을 휙 떠나버렸지."

신이 리오를 가리키며 예전에 야구모 지방에서 일어났던 일을 늘어놓았다.

"정말? 너무했네, 하루토."

"그러게, 죄 많은 남자구나."

"맞아. 사요는 아직도 그 비녀를 소중히 여기고 있어."

얼굴을 붉힌 레이, 히로아키, 신이 한목소리로 리오를 비난했다.

"그건 그렇고, 근성 있네, 사요. 차이고 나서도 하루토 군

을 따라 먼 길을 걸어 이 슈트랄 지방까지 찾아오다니."

"이제 책임지고 결혼해 주는 수밖에 없겠네."

"맞아, 책임져라, 책임져!"

"세 분 다, 너무 취하신 거 아닌가요……?"

리오는 완전히 밀리고 있었다.

"하하, 완전히 의기투합했네."

"인기 많은 남자는 괴롭겠네."

코우타와 마사토는 안됐다는 얼굴로 리오를 지켜보면서도, 이 상황을 즐기고 있는 듯했다.

"그보다 말야. 하루토 군이 진짜로 마음에 둔 상대는 누구야? 그렇게 귀여운 애들과 함께 살며 애정을 받고 있으면서, 아무와도 사귀지 않는 이유가 뭔데?"

레이가 잔을 한 손에 들고 돌직구로 의문을 던졌다.

"마음에 둔 상대라고 해도, 지금은 아직 그런 걸 생각할 여유가 없다고 할까요……."

"뭐어?! 그러고도 남자냐?! 전원을 신부로 들이는 기개 정도는 보이라고!"

"맞아, 사요를 신부로 맞이해라!"

그렇게 리오가 주정뱅이들에게 시달리고 있는 와중, 문을 노크하는 소리가 들려왔다.

"마사토 군 있어?"

곧바로 문이 열리고, 라티파가 불쑥 나타났다.

"뭐야, 스즈네 누나?"

"얘기 좀 듣고 싶은데, 괜찮아?"

"……어, 나한테?"

마사토는 어리둥절한 얼굴로 자신을 가리켰다.

"응, 괜찮을까?"

라티파는 생글생글 웃고 있었지만, 어쩐지 거절할 수 없는 박력이 느껴졌다.

"아, 으응, 상관은 없는데……."

거부할 이유도 없었기 때문에 마사토는 쭈뼛거리면서도 고개를 끄덕였다.

"좋아. 그럼 가자."

그리하여 마사토는 라티파에게 이끌려 여자 모임 장소로 향하게 되었다.

"마사토 군 데려왔어!"

라티파가 마사토의 손을 이끌고 다이닝으로 돌아왔다. 당연히 그곳에는 여자 모임에 참여한 소녀들이 총출동해 있었다.

압도적인 여성 비율.

"어, 어어……? 뭐야?"

마치 여학교에 들어간 듯한 감각에 사로잡힌 마사토는 압도당해 몸을 움츠렸다.

"자, 마사토 군은 거기에 앉아."

라티파는 마사토의 손을 이끌고 리리아나의 맞은편에 앉혔다.

'아, 이거 뭔가 불길한 예감이 드는데.'

그 순간, 마사토는 직감했다.

"와, 와아, 우리 쪽도 엄청 시끌벅적했는데. 신 형도 와서 하루토 형의 연애 이야기 같은 것도 들었거든. 아, 원한다면 다들 불러올게."

미안, 하루토 형── 마사토는 리오의 연애 이야기를 미끼로 던져 화제를 돌리고 서둘러 몸을 일으키려 했다.

"오빠의 연애 이야기……?"

그러자, 라티파를 비롯해 많은 소녀들의 얼굴이 달라졌다.

'좋았어!'

마사토는 승리를 확신했다.

하지만 그 비전은 곧 신기루처럼 무너져 내렸다.

"그건 그거대로 나중에 천천히 듣기로 하고. 말했잖아. 마사토 군의 이야기를 듣고 싶다고."

라티파가 마사토의 양 어깨를 잡고 방긋 웃으며 의자에 고정시켰다.

"아, 네. 뭔가요……?"

아, 이거 더는 도망가기 틀렸다──. 마사토는 또다시 순식간에 깨달았다. 그리하여 마사토는 하렘의 무서움을 실감하게 되었다나, 뭐라나.

◇ ◇ ◇

아무리 즐거운 시간도 끝은 온다.

마사토가 질문 공세를 당한 후, 남자 모임의 다른 멤버들도 여자 모임에 합류했다. 거기서 남자들이 무슨 대화를 나눴는지 집요하게 취조당했고, 몇몇은 얼굴을 붉히고, 신은 사요에게 혼나기도 하면서…….

친목회는 큰 열기를 띠었지만, 마침내 끝낼 시간이 다가왔다. 모두들 아쉬워했지만 평소였다면 이미 잘 시간이었다.

"미하루 씨, 아키 씨."

참가자가 하나둘 다이닝을 나가는 와중, 리제롯테가 미하루와 아키를 불러 세웠다.

"네."

"잠들기 전에 죄송해요. 두 분께 부탁드릴 것이 있어서요."

"뭔가요?"

"실은 리카 상회에서 신상품을 만들 생각인데, 두 분께서 협력해 주실 수 없을까 하고요."

"저희가요?"

미하루는 의아한 얼굴로 고개를 갸우뚱했다. 미하루는 리카 상회에 과자 레시피를 알려준 적도 있긴 하지만, 아키와도 관련될 만한 이야기라고 하니 짐작이 가지 않는 모습이었다.

"네. 이번에는 과자 제작이 아니라 패션과 관련된 거예요. 일본인인 두 분의 의견을 듣고 싶어서요."

리제롯테는 부탁의 내용을 털어놓았다.

"제가 도움이 된다면 얼마든지 협력하겠지만……."

"사츠키 씨는 초대하지 않나요?"

아키가 당연한 의문을 제기했다.

"양이 꽤 많아서 실제로 매장까지 방문해 주셨으면 좋겠거든요. 사츠키 씨는 입장상 외출이 어려울지도 모르니까요."

"그렇군요."

"폐가 되지 않는다면 꼭 부탁드리고 싶어요. 물론 사례비는 지불할게요."

리제롯테는 깊이 고개를 숙였다.

"그런 이야기라면, 자신은 없지만……."

우선은 미하루가 승낙했다.

"저도 좋아요. 미하루 언니랑 똑같이……."

아키도 쓴웃음을 지으며 고개를 끄덕였다.

"감사합니다, 덕분에 살았어요. 샤를로트 님께도 상의를 드려야겠지만, 아마 근시일 내에 부르게 될 것 같아요."

그러니 잠시만 기다려주세요——라는 리제롯테의 부탁을 마지막으로 이날은 모두 해산하게 되었다.

〖 제 5 장 〗 ❈ 부자간의 갈등

크리스티나 일행이 리오의 저택으로 향한 직후의 일이다. 구스타브 유그노 공작은 영빈관에 한 소녀를 호출했다.

"갑자기 불러내서 미안하구나, 엘리제."

소녀의 이름은 엘리제 브란트. 벨트람 왕국의 백작 영애였다. 고위 귀족 출신이지만 평소 유그노 공작과의 접점은 전무했다.

"아니요……."

실내에는 유그노 공작과 엘리제 두 사람뿐이었다. 설마 첩이 되라는 소리라도 하려는 것일까? 혹은 다른 이유가? 어쨌든 왜 호출되었는지 전혀 짐작하지 못한 엘리제는 딱딱한 목소리로 고개를 저었다.

"그렇게 긴장할 필요 없네. 내밀하게 물어보고 싶은 것이 있어서 말야. 앞으로 할 얘기는 외부에 발설하지 않겠다고 약속해 주게. 알겠나?"

유그노 공작은 엘리제를 불러낸 이유를 전했다.

"……알겠습니다."

신분 차이가 절대적인 귀족사회에서, 지위가 높은 상대에게 이런 말을 들으면 절대 '노'라고는 할 수 없었다. 엘리제는 머뭇거리며 고개를 끄덕였다.

"좋아. 그럼 본론으로 들어가겠네. 대략 5년 전, 자네가 초등부 6학년이었을 때 있었던 야외연습을 기억하고 있나?"

"……네."

곧바로 본론으로 들어가는 유그노 공작. 고개를 끄덕이는 엘리제의 얼굴이 죄책감으로 흐려지는 것을 유그노 공작은 놓치지 않았다. 그가 눈을 가늘게 떴다.

"연습 중에 일어난 사건도 기억하고 있겠지?"

"마물의 습격이 있었던 일 말이십니까?"

"아니, 그쪽은 아니네."

유그노 공작은 빠르게 부인했다.

"……플로라 님이 절벽에서 떨어질 뻔하셨던 사건 말이신가요?"

엘리제는 말하기 힘든 얼굴로 다시 물었다.

"당시 자네는 플로라 왕녀가 절벽에서 떨어지는 모습을 목격했던 인물이야, 그렇지?"

"……네."

"플로라 님은 스튜어드…… 부상당한 우리 아들 녀석과 부딪친 탓에 절벽에서 떨어질 뻔했지. 하지만 그 전에 아들 녀석을 밀친 학생이 따로 있었어. 최종적으로 책임을 지게 된 사람이지. 맞나?"

유그노 공작은 담담한 어조로 사실을 확인해 나갔다. 그것이 누가 봐도 엘리제를 더욱 긴장하게 만들고 있었다.

"……저는 누가 스튜어드 군을 밀쳤는지까지는 목격하지 못했습니다."

엘리제의 얼굴이 굳어지고 목소리가 떨렸다.

"진실을 말하는 것처럼 들리지 않는 건 내 기분 탓인가?"

"그렇지 않습니다……."

눈이 확실하게 흔들리고 있었다.

"……사실은 보고 있었던 것 아닌가? 누가 아들 녀석을 밀쳤는지."

유그노 공작은 괴로운 얼굴로 탄식하며, 각오를 마친 얼굴로 물었다.

"……왜, 지금에 와서 그런 걸 물으시는 건가요?"

"진실을 알고 싶어졌다."

엘리제가 경계하며 묻자 유그노 공작은 틈을 두지 않고 즉답했다.

"……."

엘리제는 허를 찔린 얼굴로 눈을 동그랗게 떴다.

"처음에도 전했다시피 이건 이 자리에서만 하는 이야기야. 과거에 확정된 사실과 다른 진술을 한다고 해서 자네에게 책임을 물을 생각은 없네. 그러니까 기억하는 있는 그대로의 사실을 말해 주지 않겠나?"

"……자녀분이신 스튜어드 군이 플로라 님과 부딪친 것은 사실입니다. 그 일로 플로라 님이 절벽에서 떨어질 뻔한 것도 사실이고요."

엘리제는 당시의 기억을 되새기며 천천히 이야기를 시작했다.

"그 외에 다른 것은 사실과 다르다는 건가?"

"직전에 스튜어드 군을 밀쳤던 인물이 다릅니다. 스튜어드 군은 검은색 머리의 평민 출신 학생에게 떠밀렸다고 주장하셨지만, 실제로 그를 밀친 것은 다른 남학생이었으니까요……."

"누가…… 아니, 무슨 일이 일어났는지 기억나는 대로 말해 주게."

유그노 공작은 얼굴을 와락 구기더니 눈가를 누르며 자세한 정황을 물었다.

"그때는 마물의 습격이 일어나 모두 패닉 상태에 빠져 있었습니다. 그런 와중 스튜어드 군은 부상을 입고 다른 남학생들에게 도움을 청하기 위해 달려들었습니다……. 거기서 방해가 된다며 밀려난 결과, 플로라 왕녀를 밀치게 된 것입니다."

"그럼 책임져야 할 학생은 평민 출신의 학생이 아니었다는 겐가?"

"……네. 그는 그저 정말 플로라 님을 구하고, 그녀를 대신해 절벽에서 떨어진 것뿐입니다."

"그런데 왜 그 학생이 잘못했다는 결과가 된 거지?"

"스튜어드 군이 평민인 그에게 떠밀렸다고 주장했기 때문에……."

"……."

눈을 가린 유그노 공작의 손이 떨려왔다. 아무리 눈을

가린다 해도, 입매가 분노로 험악하게 일그러진 것이 훤히 보였다.

"시, 실제로 밀친 학생들도 스튜어드 군의 주장에 찬동했습니다. 그, 스튜어드 군의 분위기가 너무 험악해서 저도 아무 말도 하지 못했고……."

이제 와서 진실을 말했다는 것에 죄책감을 느꼈는지, 혹은 유그노 공작의 분노가 전해진 탓인지, 엘리제는 황급히 해명했다.

"……아니, 자네는 잘못이 없네. 아들 녀석이 큰 폐를 끼친 것 같군."

유그노 공작은 심호흡을 하며 마음을 가라앉힌 뒤, 눈가에서 손을 뗐다.

"다시 말하지만, 지금 이 자리에서 한 이야기는 결코 입 밖에 내지 말았으면 좋겠네. 방 밖으로 나가는 순간 잊어주게."

그리고 그런 말을 덧붙였다.

"……아, 알겠습니다."

"그럼 됐네. 이제 나가봐도 괜찮아."

"……실례하겠습니다."

엘리제는 쭈뼛거리며 고개를 숙이고는 의자에서 일어나더니 도망치듯 서둘러 퇴실했다. 문이 닫히고, 실내에는 유그노 공작 한 명만 남게 되었다.

그리고, 잠시의 정적이 흘렀다.

"……윽!"

유그노 공작은 오른손을 내리치며 격렬한 분노를 테이블에 터뜨렸다. 쿵 하는 둔탁한 소리가 실내에 울려 퍼졌다. 평소 냉정한 그가 격정에 휩싸인 순간이었다.

"그 바보같은 녀석……!"

엉뚱한 곳에 치명적인 함정이 숨어 있었다. 대체 얼마나 가문에 먹칠을 해야 직성이 풀린단 말인가, 하고 유그노 공작은 이를 악물었다.

과거 벨트람 왕국에서 누명을 쓰고 자취를 감춘 리오라는 전 고아와, 가르아크 왕국에서 입신출세를 했지만 과거가 수수께끼에 싸여 있는 하루토 아마카와 명예기사. 바로 어제까지만 해도 아무런 접점이 없었던 두 사람이, 지금 여기까지 와서야 갑자기 동일 인물일 가능성이 부각된 것이다.

'아직 완전히 동일 인물이라고 확정할 수는 없지만…….'

골렘과의 전투 중 하루토 아마카와라는 남자가 리오라고 불렸던 것. 어째서인지 예전부터 하루토와 친했다고 하는 세리아가 과거에 리오가 소속해 있던 반의 강사로 있었던 것. 하루토에 대해 묘하게 조심스러운 태도를 보이는 크리스티나가 왕립학원 시절 리오와 동급생이었다는 것 등등…….

단 하나의 정보가 추가되었을 뿐인데 수많은 점과 점이 빠르게 이어졌다. 우연으로 치부해 버리기엔 두 인물을 엮고 있는 정황 증거가 너무나도 많았다.

'만약 동일 인물이라고 가정한다면, 세리아 군은 확실히 그의 정체를 알고서도 그와 행동을 함께하고 있는 것일 터. 어떻게 할까? 과거가 공개되면 어떻게 될지⋯⋯.'

가장 큰 문제는 리오에게 죄를 뒤집어씌우는 데 있어 유그노 공작도 뒤에서 깊이 연관되어 있다는 점이었다. 발단을 만든 것은 스튜어드였지만, 그 뒷수습을 하기 위해 여러모로 손을 쓰고 말았다.

하지만 아르보 공작파가 다시 힘을 키워가던 당시, 유그노 공작으로서는 불미스러운 일만큼은 절대로 피해야만 했다. 아들이 제2 왕녀를 절벽에서 밀치고 책임을 지는 일은 더더욱 있어서는 안 되었다.

그래서 스튜어드의 증언을 그대로 받아들여 진위를 깊이 캐내려 하지 않았고, 현장에서 사라진 리오에게 죄를 뒤집어씌우기 위해 상황을 조작했다. 책임을 회피하기 위한 희생양으로 삼기에 전 고아였던 리오는 아주 먹음직스러운 존재였기 때문이다. 주저할 이유가 없었다.

'당시에는 그것이 최선의 수였다. 하지만⋯⋯.'

지금의 리오는 가르아크 왕국의 명예기사였다. 국왕 프랑수아와의 신뢰도 두터우며 용사인 사츠키와도 깊은 친분이 있었다. 결코 적으로 돌려서는 안 될 인물이었다.

'지금 와서 생각해 보면 최악의 한 수였던 셈이로군. 희생양으로 잘라버린 상대가 바로 우리에게 있어서 가장 필

요한 존재였다니⋯⋯.'

유그노 공작은 깊이 탄식했다. 처음부터 고아라는 이유로 무시하거나 박해하지 않고 더 정중하게 대우해 줬더라면, 어쩌면 리오의 도움을 받을 수 있었을지도 모르는데.

만일 지금 리오에게 누명을 씌우려 했던 과거가 낱낱이 드러난다면 유그노 공작의 귀족 생명은 끝날 수도 있었다.

'입막음을 위해 암살자까지 보내버린 게 더 최악의 수였다⋯⋯. 그것까지 드러난다면 도저히 발뺌할 수 없는 상황이 돼.'

실종된 리오가 나타나서 쓸데없는 말을 꺼낸다면 일이 더 복잡해진다. 그래서 냄새를 추척할 수 있고 더러운 일을 맡기기 위해 키워온 희귀한 수인을 동원해 리오의 암살을 기도했다. 그러나 막상 결과를 보니 암살자 수인은 돌아오지 않았다.

'그 계집은 보복을 당한 건지, 어딘가에서 죽어버린 건지⋯⋯.'

불과 어제까지만 해도 기억의 저편으로 밀려나 있었지만, 유그노 공작의 머릿속에 불현듯 암살자 소녀였던 라티파도 떠올랐다.

'어쨌든 암살에 실패한 것만은 확실하다. 예속의 목걸이가 있었으니, 보복을 당했더라도 입을 열지는 않았을 터⋯⋯.'

당시 라티파는 예속의 목걸이로 인해 주인에게 불이익이 될 만한 정보를 입에 담을 수 없는 상황이었다. 주인에게 불이익이 된다는 것을 알면서도 정보를 입에 올리려 하면 뇌에 심한 통증이 몰려 죽음에 이르기 때문이었다. 아무리 그라도 고난도에 사용자가 극히 적은 해주 마법을 리오가 정령술로 모방해 목걸이를 풀었을 거라는 생각은 할 수 있을 리가 없었다.

'그 계집이 입을 열지 않았다면 내가 암살을 지시했다는 사실도 드러내지 않을 터. 그것보다는 다른 루트에서 정보가 새어나가는 것을 걱정해야 한다. 지금은 크리스티나 님과 다른 분들이 그의 저택에 가 계시지.'

진실을 깨닫기 전이었다면 레스토라시온과 친목을 다지기 위한 절호의 기회라고만 생각했겠지만, 지금은 그럴 수도 없었다. 크리스티나, 플로라, 로아나는 당시 야외훈련에서 리오와 같은 반이었다. 그뿐만이 아니다. 크리스티나와 로아나는 리오의 동급생이기도 하다. 플로라도 야외연습이 아니더라도 리오와의 접점은 있었을 것이다.

──리오 님.

소라가 리오의 이름을 불렀을 때의 장면이 유그노 공작의 뇌리에 떠올랐다. 리오와 소라가 옥상 정원으로 전이되어 골렘과 한창 눈싸움을 벌이고 있을 때. 그 바로 옆에 크리스티나, 플로라, 로아나도 서 있었기 때문에, 그런 소라의 발언을 들었다고 해도 이상하지는 않았다.

'나도 알아차렸을 정도다. 그 세 사람이 눈치챘다고 해도 이상하지는 않아. 아니, 알고도 일부러 모른 척하고 계신

건가? 아니면, 그 이야기를 하기 위해서 지금 셋이 함께 그의 저택을 방문하고 있을 가능성도…….'

그것도 아니면, 훨씬 오래전부터 눈치챘을 가능성도 있었다. 그렇게 수많은 가능성들이 떠오르며 유그노 공작의 머릿속을 괴롭혔다.

'역시 내가 먼저 말을 꺼냈어야 했나?'

유그노 공작은 초조함을 드러내며 오른손으로 머리를 헝클어뜨렸다.

실제로 오늘 크리스티나와 만났을 때, 경우에 따라서는 리오에 관한 화제를 꺼내기 위해 스튜어드를 동석시킨 것이었다. 하지만 생각을 제대로 정리할 수 없는 단계였기에 결단을 내리지 못하고 결국 말도 꺼내지 못했다.

그 이유는 앞서 언급한 대로였다. 리오에게 누명을 씌워서 숨겼던 과거가 공개되었을 때, 어떤 일이 벌어질지 알 수 없어 두려웠다.

두려운 것이 당연했다. 자칫하면 유그노 공작은 실각될 수 있었고, 레스토라시온이라는 조직이 공중분해되는 사태가 벌어질 수도 있었다.

'그렇다 해도 그의 힘은 레스토라시온에게 필요하다. 필수적이라고 해도 좋을 정도로.'

유그노 공작은 이 시기에 이르러서도 레스토라시온의 앞날을 위해 리오의 조력이 필요하다는 결론을 바꾸지 않았다. 그렇기 때문에 어떻게 리오의 도움을 얻을 것인지,

그러기 위해서는 어떻게 움직이는 것이 정답인지를 끊임없이 고민하고 있는 것이었다.

'가능성이 완전히 없는 것은 아니다. 세리아 군의 존재가 있었다고는 해도, 조금도 가능성이 없었다면 과거 위기 상황에 내몰렸던 우리들에게 손을 내밀어주는 일도 없었겠지……'

물론 리오가 야외훈련 때 일로 아무런 앙심을 품고 있지 않을 거라고는 생각하기 어려웠다. 그렇다면 복수를 위해 자신들에게 다가왔을 가능성도 있지 않을까? 유그노 공작이 가장 먼저 생각한 것이기도 했다. 몇 번이나 생각했다.

'복수할 기회라면 얼마든지 있었다. 하지만 그는 그것을 하지 않았다. 철저히 과거를 덮어두었다.'

즉, 아마도 리오는 복수를 할 생각이 없다는 뜻이었다. 게다가 과거를 다시 끄집어낼 생각도 없는 것 같았다.

'그런데 굳이 벌집을 헤집는 짓을 할 필요가 있을까?'

레스토라시온에 협력해 달라고 요청할 거라면 더더욱 모르는 척하고 있는 편이 더 현명하지 않을까? 하지만 리오의 인품을 감안한다면 진정성 있는 사과가 필요하지 않을까? 그런 생각도 들었다.

'……결정해야만 한다. 다음에 크리스티나 님을 뵙기 전까지.'

결국 유그노 공작은 그 후에도 밤새 머리를 싸매고 고민했다.

◇ ◇ ◇

한편, 같은 가르아크 왕국성에 있는 영빈관에서.

"……."

스튜어드 유그노는 자신의 방에 놓인 의자에 앉아 양다리를 잘게 흔들며 심하게 다리를 떨고 있었다. 그러더니다시 몸을 일으켜 실내를 이리저리 돌아다니기 시작했다.창백하게 질린 그 얼굴에서는 강한 초조감이 배어 있었다.

"빌어먹을!"

그러더니 갑자기 고함을 친다. 그 이유는 명백했다.

"어째서! 어째서 지금에 와서 그 녀석이……."

과거 죄를 뒤집어쓰고 실종되었던 리오라는 남자가, 하루토 아마카와라는 이름으로 가까이에 존재하고 있을지도모르기 때문이었다.

'아니, 잠깐만! 애초에 정말 그 남자가 맞나? 하루토 아마카와, 그 녀석이 리오라고……?'

생각이 정리되지 않았다. 그렇다기보다는 인정할 수 없었다. 리오와 하루토 아마카와가 동일 인물이라는 사실을인정하고 싶지 않았다. 다른 사람이라고 생각하고 싶었다.하지만 동일 인물이라는 것을 인정할 수밖에 없는 강한 정황 증거가 있었다.

'왜 세리아 선생님이 그 남자와 친하게 지내는지 이해가

안 갔는데…….'

하루토 아마카와의 정체가 리오였다면 납득이 간다. 스튜어드가 왕립학원에 다닐 당시 세리아가 리오와 친하게 지낸다는 소문이 있었다. 그것을 못마땅하게 생각한 남학생들이 있었고, 스튜어드도 그중 한 명이었다.

'그렇다면 역시 선생님은 녀석의 정체를 알고 있다는 뜻이 된다. 그 야외연습에서 있었던 일도 녀석의 입으로 직접 전해 들었겠지. 그걸 알고 녀석과 함께 있는 거라면…….'

즉, 세리아는 리오의 말을 있는 그대로 받아들여 리오가 무고하다고 믿고 있다는 것을 의미했다.

'녀석도 본인이 절벽에서 떨어진 후에 무슨 일이 일어났는지 선생님께 들었을 거다. 무엇이 어떻게 틀어졌고 어떤 취급을 받았는지…….'

그래서 야외훈련 후에 잠적한 것이리라. 실제로 리오는 스튜어드가 리오에게 죄를 뒤집어씌우기 위해 거짓 진술을 하던 현장을 목격했지만, 그가 그것을 알 길은 없었다.

'내가 거짓말을 했다는 것도 눈치챘겠지…….'

스튜어드는 거짓말을 했다는 죄책감으로 얼굴을 굳혔다. 야외연습 때 자신을 밀친 상대가 누구였는지, 사실은 스튜어드도 알고 있었다. 알고 있으면서도 리오가 밀쳤다고 진술했다.

'아니, 하지만 현장을 목격했던 사람은 없었다. 적어도 크리스티나 님도 플로라 님도 보지 못했어. 게다가 로아나

선배도…….'

그렇다면 자신이 거짓말을 했다고 단정할 방법은 없지 않을까? 리오가 무고를 주장한다 하더라도, 자신이 진술을 바꾸지 않는 이상 이제 와서 증명할 길은 없었다.

'맞아, 증거가 없잖아. 그 녀석도 본인의 무고를 증명할 방법이 없다는 걸 알고 있었으니까 이름까지 바꿔서 다른 사람인 척 행동하고 있는 거겠지…….'

상황은 아직 자신에게 유리하다고 생각하며, 스튜어드는 그제서야 여유로운 미소를 지어 보였다.

'하지만 그렇다 해도, 머리색이 다른 건 어째서지? 역시 다른 사람인 건가……? 아니면, 사람의 인식을 조종하는 마도구라도 사용한 걸까?'

스튜어드는 리오가 머리색을 바꾸는 마도구를 소지하고 있다는 사실을 알지 못했다. 크리스티나가 세리아의 본가에서 로다니아로 피난했을 때는 머리색을 바꾸고 여행했지만, 레스토라시온에서 그것을 아는 사람은 한정되어 있었기 때문이었다.

'뭐, 상관없지. 어느 쪽이라 해도 난 그 녀석에게 떠밀렸다고 주장하면 돼. 만약 그 녀석이 무고함을 호소하며 내가 거짓말을 했다고 주장한다고 해도…….'

다시 한번 스스로를 그렇게 타일렀지만, 그 표정은 여전히 굳어 있었다.

'그건 그렇고 그 천민, 대체 얼마나 뻔뻔한 거야? 감히

우리 앞에 모습을 드러낸 것도 모자라 크리스티나 님 일행을 본인 저택에 초대까지 하다니······.'

적어도 과거에 죄를 지은 남자의 행동으로는 보이지 않았다. 그렇게 생각한 스튜어드는 어이없다는 표정을 지었다. 하지만 그것도 잠시──.

'아니, 애초에 그 천민은 그런 녀석이었어. 인정 욕구가 강해서 본인을 드러내고 싶은 욕구를 억누를 수 없는 거지. 태생이 천한 탓에 남들에게 인정받은 적이 없으니 특별한 대우를 받고 싶어 안달이 난 모양이군. 콤플렉스 덩어리구나. 추잡한 녀석. 흥.'

스튜어드는 걷잡을 수 없는 불안감을 떨쳐내려는 것처럼 남을 깔보듯 코웃음을 지었다. 리오를 아래라고 생각하면서 마음의 균형을 유지하려는 것이었다.

'이름을 바꾼 것도 슬럼가에서 나고 자란 천한 과거의 일을 숨기고 싶어서 그런 게 아닐까? 하지만 왕립학원에서 구름 위의 세계를 알게 되면서 귀족을 향한 동경을 포기할 수 없었던 거지. 그래서 과거에 그런 잘못을 저지르고도 인정 욕구에 저항하지 못하고 가르아크 왕국에서 이름을 떨친 거야.'

그런 것이 틀림없다며, 스튜어드는 조소하며 생각했다.

'하지만 정말 수준 낮고 멍청한 남자로군. 세상과 귀족사회의 협소함이라는 것을 이해하지 못했어. 나라를 떠나면 벨트람의 귀족과 마주칠 일도 없다고 생각했겠지만, 우연

히도 우리와…….'

　문득 무언가를 깨달은 듯 스튜어드가 숨을 삼키며 놀랐다.

　'……아니, 정말 우연인가? 우리가 아망드에서 마물에 습격당했을 때, 그 녀석은 자청해서 우리 앞에 모습을 드러냈다. 의도적으로 우리에게 다가왔던 건 아닐까? 야외 연습 때 일어난 일로 우리들에게 앙심을 품고…….'

　떳떳하지 못한 일을 벌였다는 마음의 짐도 있어서 그런지, 스튜어드는 리오가 자신들에게 복수를 하려는 것이 아닐까 의심했다.

　'그래. 알폰스 선배가 실종된 것도 아망드에서 그 녀석이 모습을 드러낸 직후에 벌어진 일이야. 리카 상회의 레스토랑에서도 우리들을 무릎 꿇게 했고…….'

　계속 복수의 기회를 엿보고 있었던 것은 아닐까? 벨트람 왕국의 내분으로 유그노 공작파가 실각한 것은 그에게는 마침 좋은 기회였을 것이다. 당시의 일을 떠올리자 또다시 굴욕이 치밀었다.

　"……젠장! 내가 그런 비열한 천민 따위에게 무릎을 꿇었던 건가?!"

　화가 머리끝까지 난 스튜어드는 분개하여 소리쳤다.

　'분명 통쾌했겠지! 나를 위에서 내려다봤으니……!'

　분노로 온몸이 떨렸다. 말도 안 되는 굴욕이었다. 네가 아래, 내가 위. 당시 절대적이었던 관계성이 무너지고, 입장이 역전되었다는 사실을 참을 수 없었다.

'……사람의 기억이나 인식을 조종할 수 있는 마도구. 그걸로 취한 알폰스 선배를 조종해서 문제를 일으키는 것도 쉽지 않았을까?'

이것은 아무런 증거가 없는 이야기였다.

'틀림없어. 그 녀석은 우리에게 복수할 생각이다. 알폰스 선배가 로다니아에서 실종된 것도 그 녀석 때문인 게 분명해. 아니, 살해당한 거야…….'

스튜어드는 진지하게 심각한 표정을 지었다.

'……아버님은 그 녀석의 정체를 눈치채고 계실 거다. 그렇지 않았다면 나한테 녀석에 대해 물어보셨을 리가 없어. 하지만, 진심으로 그런 녀석의 도움을 받으려고 하시는 건가? 크리스티나 님 일행도 표적이 됐을지도 모르는데. 게다가 나도…….'

언제 등 뒤에서 칼에 찔릴지 알 수 없었다. 리오에게 충분히 그럴 만한 동기가 있다고 생각하니 스튜어드는 소름이 끼쳤다.

'안 돼……. 설령 도움을 받는다 해도 신용할 수 있을 리가 없잖아. 대가로 어떤 비열한 요구를 할지도 알 수 없어.'

고요한 실내에서 심하게 다리를 떠는 소리가 계속 울려 퍼졌다. 하지만 어느 순간——.

'……잠깐만, 날 향한 복수를 요구할 가능성도 있지 않나?'

스튜어드는 얼굴을 굳히고 다리를 흔드는 것을 멈췄다.

'아버님이 날 버리시려는 건가……?'

드물게 크리스티나와의 대담에 동석을 허락받아, 자신에게 다시 기회를 주는 것이 아닌가 하는 기대에 부풀어 있었는데, 자신의 말도 안 되는 착각이었던 것은 아닐까? 스튜어드의 얼굴이 서서히 창백해졌다.

'……증거가 필요하지 않을까? 그 녀석이 우리에게 앙심을 품고 있고, 알폰스 선배를 죽였다는 증거가……. 내가 녀석을 치지 않으면 녀석에게 내가 당할지도 모른다.'

리오가 알폰스를 죽였다는 것을 증명할 수만 있다면, 야외훈련 일로 리오가 무고를 호소한다고 해도 그를 처치할 수 있을 것이다.

'하지만 선배가 그 녀석에게 살해당했다고 해도, 이제 와서 증거를 찾을 수 있을까?'

알폰스는 당시 아망드의 근처 숲으로 레스토라시온 소속 기사들과 함께 조사를 떠났었다. 그 직후 마물 군세가 들이닥치며 아망드에 사건이 벌어졌다. 그 때문에 숲에 숨어 있던 마물 무리에게 죽임을 당한 것이 아닌가 하는 결론이 내려졌지만, 시체가 발견되지 않아 생사 불명 실종자로 간주되었다.

"……빌어먹을!"

스튜어드는 짜증을 내며 소리쳤다.

'불가능해. 찾을 수 있을 리가 없잖아……. 아망드에 가고 싶다고 한들 허락받을 수 있을 리가 없어.'

그렇다면 어떻게 해야 하지?

'뭔가 없을까? 그 녀석의 약점이 될 만한 게……'

스튜어드는 리오를 두려워하며 다시 다리를 떨기 시작했다.

다음 날 아침.

영빈관 부근의 길가.

스튜어드는 순찰 임무 사이에 그레고리 공작과 만날 약속을 잡았다. 어찌나 긴장했는지 오른 다리를 작게 흔들며 구두 바닥으로 돌바닥을 두드리고 있다.

'좀 더 생각할 시간을 갖고 싶었는데……'

결국 스튜어드는 고민으로 밤을 지새웠다. 솔직한 심정으로 만날 약속 같은 건 무시하고 싶었지만, 그렇게 돼서 그레고리 공작이 여기저기 캐묻고 다니다가 자신이 모르는 장소에서 비밀이 드러나기라도 하면 끝이었다.

혹은 아버님과 상의해 볼까 하는 생각도 해봤지만, 그가 지켜줄 거라는 보장은 없었다. 그래서 스튜어드는 독단적으로 그레고리 공작과 만나기로 결심했다.

'빌어먹, 왜 내가 이런 고민을 해야 하는 거지?'

스튜어드가 못마땅한 얼굴로 욕을 하고 있는 사이, 그레고리 공작이 나타났다.

"……안색이 꽤 안 좋아 보이는군."

그는 안색이 좋지 않은 스튜어드의 상태를 걱정했다.

'이거 생각보다 재미있는 이야기를 들을 수 있을 것 같은데.'

그러면서도 입가에는 미소가 번졌다.

"잠을 잘 못 자서……."

스튜어드가 짜증 섞인 얼굴로 대답했다. 다른 나라의 공작을 앞에 두고도 자신의 표정을 꾸밀 여유조차 없어 보였다.

"그래서, 얘기해 줄 수 있겠나?"

"……아무 일도 아니다, 라고 말씀드려도 납득하지 않으시겠죠?"

"당연하지."

"……확증은 없는 이야기입니다. 근거가 없는 상태에서 떠드는 건 위험하다고 생각했습니다. 그래도 듣고 싶으십니까?"

스튜어드는 실낱같은 희망을 걸고 물었다.

"그 말을 들으니 더욱 궁금해지는군."

하지만 그레고리 공작은 웃음으로 일축했다.

"아는 사람……이라는 말도 하고 싶지 않습니다만, 과거에 죄를 짓고 실종된 남자가 있었습니다."

스튜어드는 체념하고 이야기를 시작했다.

"……호오."

그레고리 공작의 반응은 차분했다. 그렇다기보단 상대에게 우위를 빼앗기지 않도록 철저하게 마음의 동요를 감추고 있는 것처럼 보였다.

"그 친구 이름이 리오였습니다. 그래서 어제는 각하에게 그 이름을 듣고 조금 당황했습니다."

"하지만 알고 지낸 사람이라면 진작 눈치챘어야 하지 않나?"

"네, 그래서 확증이 없다고 말씀드린 겁니다. 리오라는 남자가 잠적한 건 벌써 5년 가까이 된 일입니다. 성장하면서 키와 외모가 변했을 뿐만 아니라 머리색도 달랐습니다. 그러니 동일 인물이라고는 단언할 수는 없죠."

"확실히 성장기는 사람을 바꾸지만……."

얼굴 생김새는 달라져도 머리 색깔까지 바뀌지는 않는다. 이상한 이야기이긴 했다.

"다만, 저는 상당한 확률로 동일 인물이라고 생각합니다."

여기서 스튜어드가 승부수를 띄우기 위해 묵직한 한마디를 던졌다.

"뭐라고?"

"증거는 없습니다. 녀석은 정체를 속이고 있으니까요."

"흐음. 사실이라면 녀석은 심판받아 마땅하지만……."

현재로서는 스튜어드가 예상한 영역을 벗어나지 않았다. 그레고리 공작도 소문에 지나지 않는 정보를 그대로 받아들일 수는 없을 것이다.

"네, 그 녀석은 심판받아 마땅합니다. 하지만 증거가 없습니다. 지금 녀석은 귀족으로서의 지위를 가진 상태니까요. 확실한 증거도 없이 명예를 훼손하는 사실을 거론하면 이쪽이 처벌받을 수도 있습니다."

"녀석에게 어두운 과거가 있다면 우리 나라로서도 남의 일은 아니지만…… 왜 자네는 증거도 없는데 동일 인물이라고 생각하는 겐가?"

"당시 녀석과 친했던 인물이 하루토 아마카와 곁에 있기 때문입니다. 우연이라고 치부하기엔 모든 게 너무 잘 맞아떨어지지 않습니까?"

"호오……."

'만약 이 자의 말이 사실이라면, 불투명하다고 생각했던 아마카와의 과거를 들춰낼 수 있을지도 모르지만…… 약해. 녀석을 규탄하기에는 근거가 불확실하다.'

스튜어드의 진술이 사실이라면 현 상황에서도 리오를 흔들 정도의 효과는 기대해 볼 수 있을 것이다. 하지만 자칫했다가는 명예훼손으로 처벌받을 수도 있었다. 그레고리 공작 역시 확증 없이 자신이 위험을 감수하는 상황은 피하고 싶었다. 하물며 정보의 출처가 자신이 되는 것은 더더욱 피해야 했다.

'행동을 취하더라도 이자가 움직이게 만드는 편이 좋겠군.'

그레고리 공작은 순식간에 스튜어드를 이용하는 방법을 가능성에 넣었다. 그렇지만 스튜어드에게 정말로 이용 가치가 있는지 어떤지는 알 수 없었다.

"스튜어드 군은 아마카와를 규탄할 생각인가?"

그것을 확인하기 위해 그레고리 공작은 스튜어드가 어떻게 나오는지를 살폈다.

　"……재료 나름입니다. 이대로는 승부를 걸어도 패전이 되니까요."

　"그렇지. 그럼 어떻게 하는 게 좋겠나?"

　"녀석을 끌어내릴 만한 재료를 찾을 수밖에 없겠죠. 그걸 쉽게 찾을 수 있다면 고생할 일은 없겠지만요."

　"그렇다면 좀 더 자세한 이야기를 듣고 싶군. 나도 협력할 수 있을지도 모르니까."

　"……괜찮으시겠습니까?"

　놀란 눈으로 바라보는 스튜어드. 협력을 얻을 수 있다면 도움이 될 것 같다는 반응이었지만, 경계하는 것처럼 보이기도 했다.

　"말했지 않나. 아마카와에 어두운 과거가 있다면, 우리나라로서도 남의 일은 아니라고."

　"그렇군요……."

　"다만 녀석이 어떤 과거를 숨기고 있는지에 달렸겠지. 죄를 지었다고 들었는데 구체적으로 무슨 짓을 한 거지?"

　"……알려드리는 건 상관없지만, 조건이 있습니다."

　'호오…….'

　흥미롭다는 얼굴로 그레고리 공작은 입꼬리를 올렸다. 리오를 규탄할 장기 말의 태도로서는 급제점이다.

　"좋네. 말해 보게."

"먼저 녀석을 규탄하는 것은 저에게 맡겨주세요. 그리고, 그러기 위해서라도 저 모르게 녀석의 과거를 조사하지 않아주셨으면 좋겠습니다. 녀석을 규탄하는 그때까지, 녀석에 관한 과거를 발설하는 것도 삼가주셨으면 좋겠고요. 그 대신 정보의 공유는 아끼지 않겠습니다."

스튜어드는 조건을 늘어놓으며 주도권을 잡으려 했다.

"흠, 그게 전부인가?"

"……앞으로 말씀드릴 녀석의 과거가 잘못되었다는 것을 인정하신다면, 녀석을 끌어내리기 위해 절 도와주신다고 약속해 주셨으면 좋겠습니다. 그뿐입니다."

"이해했네. 그거라면 문제없지. 장소를 옮길까? 조건을 서면으로 남기도록 하지."

그레고리 공작은 동요하지 않고 담담하게 조건을 받아들였다. 스튜어드가 직접 나서겠다면 그레고리 공작의 의도와도 맞아떨어지기 때문이었다. 거절할 이유가 없었다.

"괜찮습니까? 형태로 남겨둬도……."

"물론이고말고. 구두 약속만으로는 불안하지 않겠나?"

"감사합니다."

스스로 서면을 남기자고 제안해 주는 모습에 스튜어드도 그레고리 공작을 신용한 모습이었다. 오늘 처음으로 미소를 지어 보이며 안심한 얼굴로 가슴을 쓸어내린다.

다만 그레고리 공작도 결코 선의로 조건을 서면으로 남기자고 제안한 것은 아니었다. 산전수전 다 겪어온 귀족이 그런 순진한 이유만으로 제안을 할 리가 없다. 서면을 남기는 것이 자신의 이익으로도 이어질 것이라 생각했기 때문이었다.

'흥. 구두 약속으로 협력하면 이쪽이 책임지는 범위까지 무한히 넓어질 수 있으니 말이지. 내가 관여할 범위를 객관적으로 남겨두는 편이 훨씬 유리하다.'

리오의 규탄이 성공하는 날에는 그 후의 이야기에도 끼어들 수 있도록 최소한으로만 협력하면서, 만일 실패했을 때는 모든 책임을 스튜어드에게 전가할 수 있도록 대비해 두고 싶다. 그런 속셈을 갖고 있었다.

◇ ◇ ◇

그레고리 공작이 성에서 제공받은 응접실로 옮겨가서, 두 사람은 스튜어드가 제시한 조건을 서면으로 적었다.

"그럼, 이것으로 괜찮겠나?"

"네, 문제없습니다."

총 2통의 서면에 서로의 성명을 기재한다.

"그럼, 들어볼까? 아마카와의 과거를."

그레고리 공작은 기대감을 드러내며 스튜어드에게 진술을 요구했다.

"……알겠습니다."

스튜어드도 각오를 마치고 리오의 과거를 그레고리 공

작에게 털어놓았다. 다만 스튜어드가 거짓말을 하여 리오에게 죄를 뒤집어 씌웠다는 중요한 사실은 숨긴 데다가, 자신에게 유리하도록 상황도 각색했다.

즉, 리오라는 남자의 대략적인 경력. 원래는 슬럼가의 고아였던 리오가 야외연습에서 스튜어드를 밀치는 바람에 플로라를 끌어들여 하마터면 절벽에서 떨어뜨릴 뻔했다는 것. 리오는 그에 대한 책임을 지게 되었지만, 그 후 실종되었다는 것. 그 일로 리오가 스튜어드 일행에게 앙심을 품고 있을 가능성이 있다는 것. 복수를 계획했던 리오가 기회를 틈타 아망드에 모습을 나타내 알폰스를 죽였을지도 모른다는 것 등등.

스튜어드가 설명을 마쳤다.

"흐, 흐하하! 그렇군. 정말 그게 사실이라면 무시할 수 없는 일이지. 우리 나라에서 이름을 떨친 명예기사가, 설마 타국에서 왕족 살인미수를 범한 도주범이었다니."

드러나면 재미있는 일이 될 것이라며, 그레고리 공작은 웃음을 참지 못했다.

"그렇다면……."

"그래, 적극적으로 협력하는 것도 마다하지 않겠네."

"감사합니다!"

"감사 인사를 받기는 일러. 처음에 자네가 말한 대로야. 이대로라면 두 사람이 동일 인물이라고 단정할 만한 증거가 부족해. 이대로 소란을 피워봐야 소문 이상의 대미지를 줄 수는 없을 거야. 최악의 경우 자네의 명예훼손으로 끝나겠지."

실각이나 처분을 목표로 한다면 절대로 반박할 수 없는 증거가 필요하다며, 그레고리 공작은 냉정하게 못을 박았다.

"그렇, 겠죠……."

역시 그렇게 되겠지, 하고 스튜어드는 벌레 씹은 표정을 지었다.

'어설픈 소문으로만 끝나서는 안 돼. 녀석이 신용을 잃고, 최소한 성에서 추방될 정도의 사건이 되어줘야 한다…….'

리오가 과거의 누명을 주장하는 리스크를 무시할 수 있을 정도로 제거하지 못하면, 스튜어드는 두 발 뻗고 잠들 수 없을 것이다.

"가능하다면 그가 알폰스 선배를 살해했다는 사실을 증명할 수 있으면 좋겠는데……."

앙심을 품고 남의 나라 귀족을 죽인 셈이니 분명 처분을 면치 못할 것이다.

"그건 무리겠지. 녀석에게 자네들을 원망할 동기가 있다고 해도, 시체조차 발견되지 않았다 하지 않나?"

만일 리오가 알폰스를 죽였다 해도 시체조차 발견되지 않았으니 입증할 방법이 없었다. 그 방향으로 비난을 하려면 최소한 시체가 발견된 후에나 가능했다.

"그건 그렇습니다만……."

"그런 의미에서는 아마카와야 말로 산 증거야. 동일 인물이라는 걸 증명할 수 있다면 그것만으로도 녀석이 저지른 과거의 죄도 밝혀질 테니까."

그러니 입증해야 할 것은 리오와 하루토 아마카와가 동일 인물인지 여부라고, 그레고리 공작은 설명했다.

"……."

입을 다문 스튜어드의 얼굴이 험악한 것은, 두 사람이 동일 인물임을 입증하는 것만으로는 리오를 막을 수 없다고 생각하기 때문이었다.

리오가 과거의 누명을 주장해 온다면 스튜어드가 거짓말을 했다는 것이 쟁점이 될 수도 있었다. 그러니 그렇게 됐을 때 최소한 리오의 발언에 신용이 사라질 수 있도록 달리 발목을 잡을 수 있을 만한 재료를 얻고 싶었다.

"무슨 걱정거리라도 있는 겐가?"

"아, 아뇨. 지금의 녀석은 지위를 쌓았고, 주위에서 받는 신뢰도 두터우니까요. 이제 와서 과거가 밝혀진다 해도 얼마나 제대로 된 벌을 받을 수 있을지 모르겠습니다. 정작 플로라 왕녀는 녀석과 친한 사이인 것 같고, 아무래도 관대한 구석이 있는 분이시니 어느 정도 봐줄 가능성도……."

"맞는 말이야. 하지만 왕족을 죽일 뻔한 죄는 무겁지. 만일 레스토라시온이 손을 써준다고 해도 가르아크에서 아무런 처분도 받지 않는다는 건 있을 수 없어. 내가 그렇게 놔두지 않을 거야. 명예기사의 부적격 사유에도 해당하는 불상사니까."

말은 그렇게 하지만 실상은 달랐다.

'이 일로 녀석이 실추하게 된다면 손을 내밀어서 빚을 만들어두는 것도 나쁘지 않겠군.'

그레고리 공작은 리오의 귀족 생명을 완전히 끊을 생각까지는 없었다. 그것은 그가 리오의 능력을 인정하고 있기 때문이었다. 수많은 공적을 남긴 리오가 성과주의에 입각해 평가받는 것은 당연한 흐름이라고도 생각했다.

다만 그렇다고 해서 리오만 공적을 쌓고 지위를 높여나가는 현재 상황도 썩 유쾌하지는 않았다. 그래서 리오의 발목을 잡을 만한 재료를 지금도 호시탐탐 찾고 있었다. 그리고 그것을 위해 스튜어드를 이용할 생각이었다.

"오오, 듬직하군요……. 각하와 상의해서 다행입니다."

하지만 그런 의도를 알 길이 없는 스튜어드는 든든한 아군이 생겼다며 홀로 기뻐했다.

"그렇게 생각해 주는 건 기쁘네만, 아버지에게는 상담하지 않아도 되는 건가?"

그레고리 공작은 이 일에 간섭을 받고 싶지 않았기에 유그노 공작의 개입은 없는 편이 고맙긴 했다. 하지만 나중 일을 생각하면 아무런 확인을 하지 않은 것도 문제였기 때문에 체면을 생각해 물어보았다.

"……밀려서 그런 거긴 하지만, 제가 플로라 왕녀에게 부딪친 일로 아버님의 노여움을 크게 샀거든요. 그 때문에 여러 일들을 진행해 주기도 하셨고……."

'과연. 적잖이 강압적인 방법을 쓴 모양이야. 그 일로 아버지의 노여움을 산 거겠지. 그렇다면 일을 잘 진행한다면 유그노 공작에게도 빚을 지울 수 있겠군.'

그레고리 공작은 대강의 사정을 파악하고는 온화하게 웃었다.

"하지만 스튜어드 군이 아마카와의 죄를 파헤친다면 아버지도 자네를 다시 평가하시지 않겠나?"

그가 스튜어드에게 달콤한 말을 속삭였다. 그 말에 스튜어드는 그렇게 싫지 않은 얼굴로 미소 지었다.

"그렇게 되면 좋겠는데……."

"하지만 사실이라면 정말 뻔뻔한 남자로군. 사고를 일으킨 가해자가 다른 사람으로 위장해 아무것도 모르는 얼굴로 피해자 앞에 나타나다니……."

"자존심과 인정 욕구로 똘똘 뭉친 남자입니다. 원래도 근본이 없는 슬럼가의 천민이니까요. 귀족사회에 대한 동경을 버리지 못한 것도 있겠지요."

"그렇군……."

스튜어드가 괘씸하다는 얼굴로 리오의 인물상을 이야기했지만, 그레고리 공작은 적당히 흘려듣는 반응을 보였다. 왜냐하면 그레고리 공작이 리오에게 품고 있는 이미지와는 조금 동떨어진 기분이 들었기 때문이었다.

생각이나 감정을 읽을 수 없을 정도로 차분하고, 불쾌할 정도로 초연해 보이는 수수께끼투성이의 남자. 그것이 하루토 아마카와라는 남자의 이미지였다. 그렇기 때문에 그 레고리 공작도 정체를 알 수 없는 리오를 경계하고 있던 것이다.

'뭐, 정말로 녀석이 그런 남자라면 재미있겠군.'

그레고리 공작은 반쯤 감탄한 얼굴로 웃음을 머금었다.

"하지만 당사자인 플로라 왕녀는 녀석의 정체를 눈치채지 못한 겐가?"

"그때에는 안중에도 없었을 테니까요. 교류할 기회도 전혀 없었고, 저도 어제까지는 눈치채지 못했을 정도입니다."

같은 학원에 다니고 있어도 사는 세계가 달랐다며, 스튜어드는 조소했다.

"흐음……."

리오의 겉모습이나 인상이 당시와 얼마나 달라졌는지를 모르는 이상, 그레고리 공작으로서는 그대로 받아들일 수밖에 없었다. 다만 우려도 있었다.

'눈치챘을 가능성을 완전히 배제하는 것도 위험하다고 생각하지만…….'

그렇다고 해도, 그것을 전해 스튜어드가 머쓱해지는 상황도 좋지 않았기에 굳이 지적은 하지 않았다.

"그럼 지금의 레스토라시온에서 당시의 녀석을 아는 사람이 또 있나?"

"……학원의 학생이라면 크리스티나 왕녀와 로아나 선배. 그리고 그 밖에도 같은 반에 소속되어 있던 여자 선배가 있었을 겁니다."

"자네 외에도 당시의 아마카와를 아는 사람이 있다면, 동일 인물이라고 증언할 수 있도록 협조를 구하는 편이 더 확실할 거라 생각하는데."

증인의 수는 늘수록 신빙성이 높아지기 때문이다.

"……하지만 크리스티나 님은 현재 녀석에게 받은 은혜가 있습니다. 플로라 님도 말할 필요도 없고, 로아나 선배도 두 분의 판단에 따르겠죠. 만약 협력을 요청한다면 녀석의 죄를 폭로하는 걸 사전에 은폐당할 가능성도……."

"음. 사전에 협조를 구한다면 입막음이 가능한 상대가 무난하겠지. 그러고 보니 자네는 당시 아마카와와 친했던 인물이 녀석 곁에 있다고 했지. 그자는 누군가?"

"학원에 다니던 강사분입니다. 세리아 크렐이라는 이름을 가진."

"오호. 그녀인가. 그러고 보니 아마카와의 저택에서 살고 있었지."

"네. 선생님만은 아마 녀석의 정체를 알고도 함께 계시는 것 같습니다."

"그렇겠지."

진짜 하루토 아마카와의 정체가 리오라면, 그렇게 생각하는 것이 자연스럽다.

"당시 녀석은 학생의 입장을 이용해 상냥한 선생님을 이용했습니다. 선생님은 속고 있는 겁니다. 녀석의 본성도 모르고……."

스튜어드는 나름대로 세리아를 존경하고 있는지, 괘씸하다는 얼굴로 분노를 드러냈다.

"그녀가 아마카와의 과거를 알고도 가만히 있는 거라면 범인의 은닉에 해당하지. 처벌받아 마땅한 위법 행위다."

"설마, 선생님을 협박하실 생각입니까?"

"후보 중 한 명으로 넣을 순 있겠지. 협박이 먹힌다면 증인으로서 관리하기도 쉬우니까."

그레고리 공작은 경박한 미소를 지었다.

"……현장에 있던 여자 선배 쪽이 크리스티나 님이나 로아나 님보다도 입막음하기 더 쉬울 겁니다. 세리아 선생님도 녀석과 동거하고 있는 셈이니까……."

은사인 세리아를 위협하는 것은 내키지 않는 것인지, 스튜어드는 현장에 있던 다른 학생, 엘리제 브란트를 증인 후보로 제안했다.

"그렇다면 그자도 후보 중 한 사람으로 넣으면 그만이야. 실제로 협력을 요구할지 어떨지는 별개로 하더라도 검토할 선택지는 많을수록 좋으니까. 그 밖에 당시의 녀석을 아는 자로 짐작가는 자는 없나?"

"녀석은 학원 안에서도 고립되어 있었고, 학원 밖에서도 아마 아는 사람은 거의 없었을 겁니다. 저도 거기까지는……."

짐작 가는 것은 없다며, 스튜어드는 난처한 얼굴로 대답했다.

"그렇다면 그 밖에도 아마카와와 가까운 사람을 후보에 넣어도 좋겠군."

"그 말씀은……?"

"예를 들어 녀석에게는 여동생이 있었지? 가족이라면 녀석의 과거도 알고 있다고 생각하는 편이 자연스럽지 않나?"

"여동생이요? 제가 아는 리오라는 남자에게 여동생은 없었습니다만……."

"……설마 전부 자네의 착각이고 동일 인물이 아니었다, 라는 이야기를 하는 건 아니겠지?"

"그, 그건! 아니라고, 생각합니다……. 우연이 너무 겹칩니다."

그레고리 공작의 의심 어린 시선에 스튜어드가 크게 당황했다.

'영 믿음직스럽지 못한 녀석이로군. 그 우연이 필연인지 아닌지를 증명하려는 것인데 말이지.'

우연이 겹친 것을 필연의 근거로 삼고 있지만, 뒤집어 말하자면 그것만으로는 논리적인 사고를 포기한 가정에 지나지 않았다. 필연을 객관적으로 증명하는 것은 결코 쉬운 일이 아니었다.

다소 강압적인 수단을 쓰거나 더러운 수단을 쓸 필요성도 생길 것이다. 이 녀석이 과연 그걸 이해하고 있을까. 그레고리 공작은 내색하지는 않고 속으로 스튜어드를 향한 신랄한 평가를 내렸다.

"뭐, 됐네. 어쨌든 녀석을 끌어내리려면 조만간 공격 태세로 전환할 필요가 있겠어."

어차피 일을 벌이는 것은 스튜어드다. 등을 밀 만큼 밀어서 최대한 움직이게 만들면 그만이다. 그레고리 공작은 그렇게 생각했다.

"그렇습니다."

"차라리 한번 녀석 앞에 당당히 모습을 드러내 보는 것도 좋을 것 같군."

"어째서입니까?"

"자네도 아마카와의 얼굴을 한 번 더 확인해 두고 싶지 않겠나? 동일 인물이라고 생각하고 관찰하면 지금까지와는 다르게 보일 테니까."

"확실히……."

듣고 보니 스튜어드는 하루토 아마카와라고 하는 남자의 얼굴을 의식해서 관찰한 적은 없었다. 규탄하기 전에 한 번 더 얼굴을 확인해 두는 것이 바람직했다.

"문제는 어디서 자네와 그 녀석을 만나게 할 것인가인데. 그 저택의 대외 업무는 샤를로트 왕녀가 관리하고 있다. 면회를 신청한다 해도 그렇게 쉽게 허가가 나지는 않겠지."

약속도 없이 저택에 들어가는 방법도 없는 것은 아니지만, 리오의 친구이거나 어지간한 사정이 아니고서야 샤를로트의 빈축을 살 것이다.

고위 왕족이 한 귀족의 대외적인 창구를 맡고 있다는 것의 의미. 공작인 그레고리조차 대의명분이 없는 한 약속 없는 방문을 주저할 정도로 철통같은 방어가 구축되어 있었다.

"……어떻게 할까요?"

"녀석이 저택 밖으로 나오는 기회를 틈타 접촉을 시도할 수밖에 없겠지. 그러려면 저택의 동향을 감시해야겠지만, 그 부분은 내게 맡기도록 하게."

"감사합니다."

저택 밖을 돌아다닐 기회가 많은 탓에 저택의 거주자 중에서 리오는 만나기 쉬운 편이었다. 그레고리 공작으로서는 자신의 영향력이 미치는 성의 경비병에게 감시를 시키면 그만이었기에 외출 타이밍을 파악하는 것은 그리 어려운 일도 아니었다.

"그건 그렇고, 지금 자네는 레스토라시온에서 무슨 일을 하고 있는 거지? 막상 녀석이 외출하는 타이밍에 움직일 수 없게 되면 곤란하니 말이네."

"지금은 레스토라시온 소속의 기사로서 성의 경비 일을 돕고 있습니다. 영빈관 근처 구획을 담당하고 있습니다만……."

"그렇다면 이동하는 걸로 하지. 녀석의 저택 부근 구획으로 말이야. 자유롭게 움직일 수 있도록 구획 책임자에게도 얘기를 전해 두겠네. 그렇게 하면 아버지에게 변명할 구실도 생기겠지?"

"가, 감사합니다!"

연줄이 없는 스튜어드로서는 하기 어려웠던 일들이, 그레고리 공작의 협력을 얻으면서 착착 진행되어 갔다.

"그렇다면 한 가지 부탁이 있습니다만……."

"뭔가?"

"레스토라시온 소속 제복으로는 눈에 띌 것 같은데, 가르아크 옷을 빌려주실 수 있겠습니까?"

스튜어드는 자신의 제복을 내려다보고 자조하며 요청을 말했다. 제복에 대한 열등감이 드러났다.

"좋아. 준비해 두겠네."

그레고리 공작은 마치 꿰뚫어 본 것처럼 웃으며 고개를 끄덕였다.

"감사합니다!"

스튜어드는 기쁜 얼굴로 벌써 몇 번째인지 모르는 감사의 말을 했다.

【 제 6 장 】 ❀ 오빠와 여동생

오전 중.

리오의 저택을 나서는 자들이 있었다.

크리스티나, 플로라, 로아나, 히로아키, 레이, 코우타였다.

"아쉽네요. 벌써 스즈네와 헤어져야 한다니……."

저택의 현관 앞에서, 플로라가 라티파를 끌어안으며 슬픈 얼굴로 이별을 아쉬워했다. 라티파도 그에 화답하듯 플로라를 껴안고 있다.

"예의없게 굴면 안 되지, 플로라."

크리스티나가 여동생의 등에 살며시 손을 얹었다.

"다음에 또 숙박 모임을 해요, 아니면 오늘 밤에라도! 응? 오빠?"

라티파는 해맑게 웃으며 옆에서 지켜보는 리오에게 그렇게 말했다.

"스즈네, 다른 사람들도 일정이 있을 거야."

리오는 쓴웃음을 지으며 라티파에게 그렇게 말했다.

"하지만 시간이 되시면 언제든지 와 주세요."

그러면서도 기꺼이 크리스티나 일행에게 초대의 말을 전했다.

"저는 오늘 밤도 상관없는데……."

우물쭈물하며 말하는 플로라. 또래의 여자아이들과 밤

늦게까지 대화할 수 있어서 그런지, 어젯밤의 숙박 모임이 꽤나 즐거웠던 모양이었다.

"플로라……."

조금은 사양하라며, 크리스티나는 못 말리는 아이를 보는 시선으로 플로라를 바라보았다.

"시간이 지나면 또 사양할 것 같으니까 바로 놀러와 주면 저도 기쁠 거예요. 앞으로도 플로라 언니라고 부르고 싶으니까요."

헤헤, 하고 라티파는 멋쩍은 얼굴로 수줍어했다.

"라티파……. 좋아요, 얼마든지 불러주세요."

플로라는 감정이 북받친 얼굴로 라티파를 더욱 꼭 끌어안았다.

"뭐, 하루토 저택에서 먹는 밥이 제일 맛있으니까. 와도 된다면 또 올게."

옆에서 바라보던 히로아키가 가벼운 목소리로 말했다.

"그러게요. 꼭 또 올게요!"

레이도 즉시 히로아키를 따라 말했다.

"당신은 좀 사양하세요."

로아나가 한숨을 쉬며 제지했다.

"물론 로아나 언니도 와주실 거죠?"

라티파가 로아나를 보고 물었다. 플로라도 함께 로아나를 바라본다.

"저, 저는……. 네, 폐가 되지 않는다면……."

로아나는 갑작스러운 질문에 당황하면서도, 라티파와 플로라의 눈빛에 눌려 민망한 얼굴로 고개를 끄덕였다.

"신난다! 오늘 밤도 잔뜩 이야기해요!"

"네!"

라티파는 플로라와 함께 천진난만하게 기뻐했다. 그리고 다시 한번 자러 오겠다는 약속을 하고, 크리스티나 일행은 저택을 떠나게 되었다.

크리스티나를 떠나보낸 직후의 일이다. 리오는 라티파와 리제롯테에게 불려갔다. 미하루와 아키도 함께 응접실로 이동했다.

"리카 상회에 간다고?"

거기서 리오는 외출에 관한 이야기를 들었다.

"응. 신상품을 개발하는 데 우리 의견을 듣고 싶대."

라티파는 생글생글 웃으며 사정을 설명했다.

"……그렇구나."

맞장구를 치는 리오의 시선이 미하루와 아키에게 향했다.

"……."

어젯밤에 가벼운 마음으로 승낙해 버린 아키는, 리오까지 함께 가게 될 줄은 몰랐는지 어색한 얼굴을 하고 있었다.

"그래서 말인데, 오빠도 같이 가줬으면 좋겠어."

"괜찮긴 한데…… 가는 건 이 다섯 명이야?"

"응!"

"괜찮을까요?"

리오는 리제롯테를 보고 확인을 받았다.

"물론입니다. 오히려 제 쪽에서 부탁한 거니까요. 샤를 님의 허가도 받았으니 가능하다면 이후에라도 가고 싶습니다."

"그렇군요……."

리오는 다시 한번 힐끔 아키의 얼굴을 보았다.

'이건 혹시…….'

눈앞에는 묘하게 생글생글 웃고 있는 라티파가 앉아 있었고, 리오는 무언가 짐작한 듯한 얼굴을 했다.

"……알았어. 갈게. 하지만 그 전에 잠깐 대화를 하고 싶어."

리오는 고개를 끄덕이며 각오를 다진 표정을 지었다.

"이야기?"

라티파가 고개를 갸우뚱했다.

"응, 아키와 천천히 이야기를 하고 싶었거든."

리오의 눈빛이 명확하게 아키에게 향한다.

"저랑…… 말인가요?"

아키는 움찔 몸을 떨며 표정을 굳혔다.

"응. 내가 가진 아마카와 하루토의 기억에 관한 일이야. 연회 때는 결국 그 일로 거의 대화를 못 했으니까."

마주한 리오는 좀 어색한 표정이었지만, 그 목소리는 온화하면서 마치 무언가 깨달은 것처럼 차분했다.

　"……그럼 저는 나가는 편이 좋을 것 같네요."

　리제롯테는 자신을 외부인이라고 생각했는지, 복잡한 이야기가 되기 전에 일어나려고 했다.

　"아니요, 이 자리에 있는 여러분들도 이야기를 들어주셨으면 좋겠어요. 아마카와 하루토를 직접 알고 있는 네 분이니까요……. 부탁드릴 수 있을까요?"

　리오는 리제롯테를 불러세우고, 미하루와 라티파의 얼굴도 둘러보며 부탁했다.

　"……네."

　리제롯테는 진지한 얼굴로 고개를 끄덕였다. 미하루와 라티파도 말없이 동의했다.

　"아키도 괜찮을까?"

　리오는 마지막으로 아키에게도 확인을 받았다.

　"상관은 없지만……."

　아키는 리오에게서 시선을 피하며 고개를 끄덕였고, 옆에 앉은 미하루의 손을 꼭 잡았다.

　"알다시피, 나에게는 아마카와 하루토의 기억이 있어. 하지만 연회 때에도 말했듯이, 나는 나 자신을 아마카와 하루토와는 다른 사람이라고 생각하고 있어."

　리오가 천천히 말을 꺼냈다.

　"……."

리오의 말이 마음에 들지 않는지, 아키는 좀 불만스러운 얼굴로 입술을 꾹 다물었다.

"아키는 어떻게 생각하는지, 들려줄 수 있을까?"

"어떻게 생각하냐니, 뭘 말이죠? 아마카와 하루토가 아니라고 지금 막 본인 입으로 말했잖아요. 그런 사람한테 제가 뭘 생각하는지 말해봤자 무슨 소용이 있는데요?"

아키의 말에는 숨길 수 없는 가시가 돋아 있었다.

"……나는, 내가 아마카와 하루토라고는 생각하지 않아. 그 마음에 거짓말을 할 수는 없어. 하지만 아마카와 하루토의 기억에서 도망치는 것도 맞지 않다고 생각했어. 아마카와 하루토가 살아온 궤적이나 인생과 제대로 마주하고 싶어."

"그런 말을 들어도……."

"아무런 마음이 없는 건 아니잖아?"

찌푸린 얼굴로 고개를 숙이는 아키에게, 미하루가 결심한 얼굴로 그녀를 불렀다.

"미하루 언니……."

"아키가 하루에게 계속 복잡한 감정을 품고 있었다는 걸, 난 알고 있어. 계속 옆에서 봐왔으니까 알 수 있어. 그 마음을 전해 주면 되지 않을까?"

미하루는 타이르듯 말했다.

"……하지만 하루토 씨는 저를 여동생이라고 생각하지 않잖아요? 아마카와 하루토가 아닌 거죠? 그런 사람한테

제 마음을 털어놓는다고 해서 무슨 의미가 있다는 거예요?
그걸 먼저 알려줘요."

아키는 언성을 높이며 불만을 전했다.

"……내 자기만족, 이랄까. 내가 그러고 싶어. 다른 누구
도 아닌 나 자신을 위해 아키에게서 도망치고 싶지 않아.
못 본 척하고 싶지 않아. 가능하다면 아키와 사이좋게 지
내고 싶어. 함께 앞으로 나아가고 싶어."

"사이좋게 지내고 싶다니……."

"……무리일까?"

"……."

아키는 그렇다고도 아니라고도 하지 않고, 도망치듯 침
묵해 버린다.

"하루토 씨가 그랬어, 아키와 친해지고 싶다고."

언니로서 아키와 함께 지내온 자신이 중재를 나서야 한
다고 생각했는지, 아니면 또 다른 생각이 있는 것인지, 미
하루로서는 드물게 적극적이었다.

"……그러는 미하루 언니는 어때? 괜찮아? 좋아했잖아?
지금도 좋아하는 거지? 아마카와 하루토를. 하지만 그 기
억을 갖고 있는 사람이 본인은 다른 사람이라고 말하고 있
잖아. 그걸로 괜찮아? 미하루 언니는 아마카와 하루토가
아닌 사람을 좋아하게 된 거야?"

명백하게 논점을 벗어난 것처럼 보이기도 했지만, 아키
는 그것도 포함해서 불만을 품고 있는 듯했다.

"……괜찮아."

미하루는 또렷한 목소리로 분명하게 말했다.

"……."

아키는 눈을 크게 떴다. 리오도 의외라는 얼굴로 눈을 동그랗게 뜨고 있었다.

"연회 때는 말이지. 하루와 하루토 씨를 도저히 다른 사람이라고 생각할 수 없었어. 양쪽 모두에 해당하는 당신과 함께 있고 싶다고, 하루토 씨에게도 그렇게 전했었고."

"그럼, 어째서……?"

"……지금이라면 이해할 수 있을 것, 같아서. 하루토 씨가 자신은 하루와 별개의 사람이라고 생각하는 그 마음을. 나도 전생에 리나라는 사람이었다는 말을 들어도, 나와는 다른 사람이라고 생각하니까."

자신이 할 수 없는 일을 남에게 요구할 수는 없다며, 미하루는 씁쓸한 표정으로 말했다.

'미하루 씨…….'

리오는 눈을 크게 떴다. 아마카와 하루토가 되지 않아도 된다는 말을, 다른 누구도 아닌 미하루에게 들었기 때문이었다. 어깨의 짐을 던 기분이었다.

"아키는 어때? 하루토 씨에게 하루의 기억이 있다는 것에 대해, 아키는 어떻게 생각해? 나도 궁금해. 그러니까 하루토 씨에게도 확실하게 전해줬으면 좋겠어."

미하루는 리오를 바라보며, 아키에게 자신의 마음을 전

하라고 재촉했다.

"……저는, 아마카와 하루토라는 사람이 싫어요."

아키는 시선을 피하면서도, 조용히 자신의 기분을 말하기 시작했다.

"그건 어째서야?"

미하루가 상냥하게 물었다.

"이혼하고, 엄마가 괴로워하는 모습을 가까이서 계속 봐왔으니까……. 이혼의 원인이 뭐였는지도 모르고 화풀이일 뿐이라는 것도 알고 있지만, 정작 중요한 때에, 곁에 있어 줬으면 했을 때, 곁에 있어 주지 않았으니까……."

아키는 토라진 아이처럼 고개를 숙였다. 하지만 그럼에도, 자신의 감정을 털어놓았다. 아마카와 하루토에게는 아니지만, 아마카와 하루토의 기억을 가진 리오에게, 마음을 전했다.

"외로웠구나."

미하루가 아키의 마음을 언어로 표현해 주었다.

"그런 건, 아니지만……. 그야 지금도 생각하면 화가 치밀어오르니까…… 역시 아마카와 하루토는 싫어요."

아키는 리오를 쳐다보지 않고 입술을 삐죽 내밀며 말했다.

"하지만 그렇다고 해서 지금의 하루토 씨를 싫어하는 건 아니에요. 오히려 감사하고 있고, 미안한 마음도 있어요. 연회 때는 폐를 많이 끼쳤으니까……."

그리고 이어서 그렇게 말한다.

"하루토 씨 말이 맞아요. 하루토 씨가 아마카와 하루토가 아니라고, 저도 그렇게 생각하고 있어요. 하지만……."

"하지만?"

미하루는 천천히 아키의 말을 재촉했다.

"……두 사람이 다른 사람이라는 말을 하루토 씨 본인의 입에서 들으니까, 그건 그거대로 뭔가 좀 짜증이 났어요."

이해는 할 수 있어도, 딱 잘라 구분할 수는 없는 듯했다. 아키는 거짓 없는 진심을 착잡한 얼굴로 털어놓았다. 그리고 리오가 진지한 얼굴로 무언가 말하려 할 때였다.

"왜?"

지금까지 잠자코 이야기를 듣고 있던 라티파가 한발 앞서 아키에게 물었다.

"어?"

"왜 짜증이 났어? 아키는 오빠가 어떻게 해 줬으면 좋겠는데?"

"……모르겠어."

아키는 자조 섞인 웃음을 지으며 대답했다.

"오빠가 아마카와 하루토 씨였으면 좋겠어?"

"아니야. 다른 사람이라고 생각하고 있고, 싫어한다고 했잖아."

"그럼 아마카와 하루토 씨가 아니더라도, 다른 사람이 되더라도, 자신을 여동생으로 여겨줬으면 좋겠어?"

"뭐, 뭐어? 왜 그렇게 되는데?"

라티파의 질문에 아키의 얼굴이 붉어졌다.

"그치만, 말 그대로 받아들이면 그렇게 되는데?"

"아, 아니야. 그렇지 않아."

아키는 고집을 부리며 부정했다.

"게다가……."

그리고 무슨 말을 하려다가 입을 다문다.

"그리고, 뭐?"

"……난 아마 여동생은 맞지 않는 것 같아. 둘 다 그랬으니까. 내 오빠가 된 사람은 다들 나한테서 멀어지니까……."

성가시고, 솔직하지 못해서 그런 걸까? 하고, 아키는 슬픈 얼굴로 힘없이 자학했다.

"그렇지 않아!"

미하루가 즉각 부정했다.

"피로 이어지지 않았다고 해도, 아키는 나에게 있어서 소중하고 귀엽고 자랑스러운 여동생이야."

"……고마워, 미하루 언니."

아키는 기쁜 얼굴로 입매를 누그러뜨렸다.

"오빠는 어때? 오빠는 아키에 대해 어떻게 생각해? 아키랑 어떤 식으로 친해지고 싶어?"

라티파가 리오를 보며 물었다.

"어떤 식으로? 나는……."

리오는 즉답하지 않고, 한번 충분히 시간을 두고 생각했다. 그러는 사이 아무도 끼어들지 않고 리오의 말을 기다렸다.

"……무척 소중한 존재라고 생각해. 모두와 웃으며 행복하게 하루하루를 보내는 게 내 소원이니까, 거기에 아키도 있었으면 좋겠어. 그러니까, 즐거운 순간에도 힘든 순간에도, 손을 잡고 함께 살아가고 싶어."

그리고 조금 후, 리오가 속마음을 털어놓았다.

"오빠……."

라티파는 기쁜 얼굴로 미소 지었다.

"어때, 아키?"

그리고 기대에 찬 눈빛으로 아키에게 물었다.

"어, 어떠냐니, 뭐가……."

"아키도 함께하지 않으면 행복해질 수 없다고, 그게 자신의 소원이라고, 방금 오빠가 말했어."

"마, 말 안 해도 알아."

아키는 수줍음으로 목소리가 높아졌다.

"오빠랑 같이 있는 게 싫어?"

"……싫지는 않아. 나도 모두의 일원에 넣어줘서 기쁘다고 생각해. 이런 나 같은 걸 받아줘도 괜찮은 건지 하는 미안함이나 불안함은 있지만……."

"괜찮아, 당연히 괜찮지. 망설이거나 약한 소리를 해도 괜찮아. 그런 불안까지 함께 안고 같이 극복해 나가자고 오빠는 말한 거니까. 그렇지?"

라티파는 옆에 앉은 리오의 얼굴을 올려다보았다.

"응, 그러니까 아마카와 하루토를 싫어해도 괜찮아. 그 마음도 사양하지 말고 나에게 부딪쳐 줘도 돼."

"어째서……?"

"다른 사람이라고 말해 놓고 이제 와서 말을 바꾸는 것 같겠지만. 아마카와 하루토 때문에 괴로워하는 사람이 곁에 있는데 못 본 척하는 것도 비겁한 일이라고 생각했거든. 아마카와 하루토의 기억과 그 마음은 확실히 내 안에 있으니까. 그러니까 기억과 마음을 이어받은 사람으로서, 아키와 확실히 마주하고 싶어."

리오는 아키를 정면으로 응시하며 말했다. 그 눈동자에 망설임은 없었다.

"……민폐 아닌가요? 저 같은 게, 부당한 감정을 쏟아내는 건?"

아키가 주눅 든 얼굴로 시선을 피했다. 리오에게 감정을 부딪치는 것을 주저하는 것인지, 죄책감인 것인지, 혹은 무서운 것인지.

"민폐라고 생각하지 않아."

리오가 상냥하게 아키에게 말했다.

"……어째서요?"

아키는 눈을 휘둥그레 뜨며, 멍한 표정으로 물었다.

"말했지? 아마카와 하루토의 기억과 그 마음은 확실히 내 안에 있다고. 그래서 아키를 완전한 타인으로는 생각할 수 없고, 생각하고 싶지도 않아. 여동생처럼 생각한다고

말하면 싫어할지도 모르지만, 그 정도로 소중하게 여기고 있어. 그래서 그런 걸까?"

리오는 그렇게 말하며 조금은 쑥스러운지 볼을 붉혔다.

"윽……."

아키의 몸이 부들부들 떨렸다.

"맞아. 그러니까, 아키가 고민이 있거나 약한 소리를 하고 싶을 때가 있다면, 사양하지 말고 말해 줬으면 좋겠어. 같이 고민하고 싶어. 그렇게 생각하는데……."

리오가 서툰 말주변으로 자신의 생각을 최대한 표현하려고 노력하다가, 도중에 어리둥절한 표정을 지었다.

"……흑……."

그도 그럴 것이, 아키가 눈물을 글썽이더니 울음을 터뜨렸기 때문이다.

"아, 아키? 왜 그래? 괜찮아?!"

라티파가 황급히 물었다.

"……으, 응. 왜지? 뭔가 눈물이 나서…… 미, 미안해요."

아키는 귀까지 새빨갛게 물들인 채 고개를 숙이며 눈물을 닦았다.

"아키…… 울어도 돼."

미하루는 옆에서 사랑스럽다는 얼굴로 아키를 끌어안았다.

"……내가 이상한 말을 했나?"

자신이 울게 만든 것인가, 하고 리오가 어색한 얼굴로 뺨을 긁적였다.

"그렇지는 않다고 생각해요."

리제롯테는 후후 미소 지으며 리오의 옆에서 부드럽게 부정했다.

"응, 여동생으로서 뿌듯해. 자랑스러운 오빠야."

라티파도 기쁜 얼굴로 동의했다.

그리고 몇 분 후.

"……저기, 죄송해요. 갑자기 울어버려서……."

아키는 눈을 붉히며 부끄러운 얼굴로 사과했다.

"아니, 사과할 필요는 전혀 없지만……. 나야말로 안 좋은 소리를 해서 울린 거라면 미안해."

리오도 아키에게 고개를 숙였다.

"따, 딱히 싫어서 운 건 아니에요……."

아키는 고개를 돌리며 더듬더듬 말했다.

"오빠, 아키는 말이지, 분명……."

"아아! 이상한 소리 하지 마, 라티파!"

라티파가 무슨 말을 하려 하자 아키가 황급히 소리치며 제지했다.

"후훗."

미하루와 리제롯테는 흐뭇한 얼굴로 웃고 있었다.

"……하지만 말이지. 난 아키에게 확실하게 답을 듣고 싶은 문제가 있어."

라티파는 입술을 삐죽 내밀더니 아키에게 말했다.

"……뭔데?"

"아키는 오빠가 자신을 여동생이라고 생각해 줬으면 좋겠어? 그리고 본인의 오빠가 되어주기를 바라는 거야?"

"또, 또 그 이야기로 돌아오는 거야?"

아키가 얼굴을 붉혔다.

"돌아와야지. 왜냐면 아키가 오빠의 여동생이 된다면 나와 아키는 자매가 되는 거잖아. 난 그렇게 되면 정말 기쁠 거야."

라티파는 밝은 미소를 지으며 그렇게 말했다.

"어? 나랑 라티파가……?"

"응, 그렇게 되는 거잖아? 세 사람 모두 피는 이어져 있지 않지만 말이야."

"……그렇구나."

그럴 가능성은 생각해 본 적도 없었다는 얼굴로, 아키가 눈을 깜빡였다.

"그래서 아키의 마음도 듣고 싶어. 오빠를 어떻게 생각해?"

"따, 딱히 난……."

아키가 우물쭈물했다.

"오빠는 어때? 아마카와 하루토 씨의 기억을 가진 사람으로서, 아키가 어떻게 생각해 주길 원하는지, 오빠의 마음도 듣고 싶어."

"그건 아키의 마음에 달린 거니까……."

라티파가 돌직구로 묻자 리오가 주춤했다.

"오빠가 여동생이 되어달라고 말하면, 아키도 솔직해질

수 있을 거라고 생각해."

"그, 그만해, 라티파! 난 이미 솔직해!"

아키가 동요하며 소리쳤다.

"그럼 아키는 어렸을 때 아마카와 하루토 씨를 뭐라고 불렀었어?"

"그, 그건, 오빠라고……."

"그럼 지금의 오빠를 향해 옛날처럼 오빠라고 말할 수 있어?"

"하루토 씨한테? 모, 못 해! 할 수 있을 리가 없잖아!"

아키는 질겁하며 고개를 저었다.

"그럼 오라버니?"

"뭐, 뭐야? 아까부터 무슨 얘길 하고 있는 거야?!"

"아키가 오빠를 뭐라고 부를지에 대해."

"뭐, 뭐라고 부르냐니…… 그러니까 난 하루토 씨가 내 오빠가 되어주길 바라는 게 아니라니까!"

아키는 얼굴이 빨개진 채 빽 소리를 질렀다.

그 후 리오 일행은 마차를 타고 성 밖으로 나왔다. 행선지는 왕도에 있는 리카 상회 매장이었다.

회장인 리제롯테가 직접 손님들을 데려온 것도 있어서 가게 종업원들에게 VIP 대우를 받게 되었다. 그렇지만 오늘은 쇼핑하러 온 것은 아니다. 신상품 개발에 협력하기 위해 우선 사무실로 안내받았다.

널찍한 테이블 위에는 리카 상회에서 개발 중인 여성용 의류가 죽 진열되어 있었다.

"음. 여기 프릴은 볼륨이 더 살면 예쁠 것 같아."

"티어드 튤 스커트도 귀엽고 좋은 것 같아요."

"나는 이 디자인이 더 예쁜 것 같아."

라티파, 미하루, 아키가 이런저런 의견을 내고 있었다. 리오는 리제롯테와 조금 떨어진 장소에 놓인 의자에 걸터앉아 멀리서 세 사람을 지켜보았다.

"오늘은 감사했어요, 리제롯테 씨."

리오가 문득 옆자리에 앉은 리제롯테에게 감사의 말을 건넸다.

"……뭐가 말인가요?"

감사의 말을 들을 만한 일이 없다는 듯, 리제롯테가 의아한 얼굴로 고개를 갸우뚱했다.

"오늘 일, 아마 라티파가 부탁한 거겠죠? 아키와 대화할 수 있게 해달라고."

"……다 눈치채셨군요. 하지만 감사의 말을 하실 필요는 없어요. 신상품을 개발하는데 의견을 듣고 싶었던 것도 사실이니까요."

리제롯테는 살짝 눈을 크게 뜨는가 싶더니 수줍게 볼을 붉히며 미소 지었다.

“덕분에 아키와 차분하게 대화할 수 있었어요.”

“그렇지 않아요. 제가 뭔가 할 것도 없이, 하루토 씨가 아키에게 이야기를 하자고 하셨잖아요. 전 아무것도 하지 않았어요.”

“아니요, 그렇게까지 자리를 만들어주셔서 용기를 낼 수 있었어요. 그렇지 않았다면 더 늦었을 테니까요.”

“오빠답고 멋있었어요.”

리제롯테는 후훗 웃으며 리오를 칭찬했다.

“아하하. 답례로 뭔가 사드리고 싶다……고 생각했는데, 리제롯테 씨의 가게이니 원하시는 건 전부 가지실 수 있겠네요.”

“그럼 저보다는 라티파한테 뭔가 사주세요. 하루토 씨와 아키를 계속 걱정했거든요.”

라티파를 바라보는 리제롯테의 눈빛은 사랑으로 가득했다. 그런 이야기를 들으니 리오로서는 더더욱 리제롯테에게 보답을 하지 않을 수 없었다.

“……알겠습니다.”

리오는 부드럽게 웃으며 천천히 고개를 끄덕였다.

한편 가르아크 왕국성에서는 스튜어드가 급히 그레고리 공작의 집무실을 찾고 있었다.

"들어오게." "실례하겠습니다."

스튜어드가 다급한 얼굴로 숨을 헐떡이며 방에 들어섰다.

"이런, 진정하게. 그 옷도 잘 어울리는군."

집무를 보던 그레고리 공작이 펜을 쥔 자세 그대로 여유롭게 대응했다.

"가, 감사합니다……."

스튜어드는 자신의 제복을 내려다보며 내심 싫지 않은 얼굴로 인사했다. 휘장만은 레스토라시온 것이었지만, 지금의 스튜어드는 공작의 인맥을 통해 제공받은 가르아크 왕국의 기사복을 착용하고 있었다. 멀리서 본다면 가르아크 왕국 소속의 기사로 착각할 정도였다.

"그래서, 그 일에 뭔가 움직임이 생긴 모양인데……."

"네, 녀석이 저택을 떠났습니다."

"호오. 그럼 지금은 성에 와 있는 건가?"

"아뇨, 아무래도 마차를 타고 성 밖으로 향한 것 같은데……."

"호오……."

"종자를 제외하면 그 밖에 네 명이 마차에 탑승하는 모습을 봤다고 합니다. 쇼핑을 하거나 누군가와 만날 목적으로 보입니다만……."

"그렇군. 그렇다면 지금이야말로 적기로군. 성 밖에서라면 당당하게 녀석과 마주칠 수도 있을 테니 말야. 그럼 인사도 할 겸 정찰을 가볼까?"

곧바로 기회가 찾아왔다며, 그레고리 공작이 수상하게 눈을 번뜩였다.

◇ ◇ ◇

두 시간 후.

"리카 상회의 파스타, 정말 맛있었어!"

리오 일행은 리카 상회의 레스토랑에서 점심을 먹었다. 그리고 사무실에 돌아가서 다시 한번 상품 개발을 도와주기 전, 리오가 말을 꺼냈다.

"쇼핑을 좀 하고 싶은데."

"뭐 사려고?"

그 말에 라티파가 고개를 갸우뚱했다.

"그건 앞으로 네 사람이 정해 줬으면 해. 보답을 하고 싶거든."

"보답? 누구한테?"

"이 기획을 제안해 준 라티파와 리제롯테 씨에게. 그리고, 아키와 미하루 씨에게도요."

리오는 쑥스러운 기분을 감추듯 가볍게 어깨를 으쓱했다.

"그렇지만……."

"저도요?"

보답을 받을 만한 이유가 없다고 생각하는지 아키와 미하루가 당황했다.

"전 괜찮다고 했는데……."

"어쩐지 보답을 하고 싶은 기분이라서요. 받아주세요. 이유가 없다고 느껴지신다면, 절 생각해 주신 것에 대한 보답이에요."

리제롯테도 사양하려고 했지만, 리오가 수줍게 말했다.

"……괜찮아?"

"응, 괜찮아. 고마워, 다리 역할을 해 줘서."

눈치를 보며 올려다보는 라티파의 머리를 리오가 부드럽게 쓰다듬어주었다.

"에헤헤. 그럼 옷이 좋겠다. 언제든지 입을 수 있으니까. 아, 하지만 우리만 선물을 사 가면 다들 부러워하지 않을까?"

저택에서 집을 지키고 있을 사람들을 걱정한 것인지 라티파가 그렇게 말했다.

"그럼, 또 다 같이 쇼핑하러 오면 되지. 내일이나 모레라도."

그러자 리오가 답했다.

"응!"

그랬다. 오늘이 아니라도 괜찮았다. 내일도, 모레도, 즐거운 시간은 앞으로도 계속될 테니까. 라티파는 기쁜 얼굴로 고개를 끄덕였다.

"그럼 여성복 매장으로 안내할게요."

리제롯테는 상냥한 미소를 지으며 부드럽게 말했다.

그리하여 리오 일행은 리카 상회의 여성복 매장으로 이동했다. 리제롯테가 미하루와 아키를 안내하면서 함께 옷을 고르고 있는 사이, 리오는 라티파와 단둘이서 그녀의 옷을 골라주고 있었다.

"저기, 이 옷은 어때?"

"귀여워."

"그럼 이건?"

"그것도 귀여워."

"그럼 이건 어때?"

"귀여운데?"

남매 둘만의 시간을 만들어주기 위해 다른 세 사람이 배려를 해 준 것이었다. 라티파가 거울 앞에서 자신의 몸에 옷을 덧대보며 리오에게 이런저런 의견을 구하고 있었다.

"오빠는 아까부터 귀엽다는 말밖에 안 하네."

정말 귀엽다고 생각하는 거 맞아? 라티파가 의심의 눈초리로 리오를 보았다.

"진심이야. 라티파는 뭘 입어도 예쁘니까."

리오는 조금 어색한 얼굴로 수줍게 말했다.

"……그래? 그렇다면 용서해 줄게."

라티파는 부끄러움을 감추고 일부러 새침한 말투로 말했다.

"하지만 그중에서도 오빠가 더 좋다고 생각하는 옷을 입고 싶어."

그러면서 리오에게 그렇게 조른다.

"난 옷 같은 거 잘 못 고르는데. 여자아이 옷은 더더욱."

리오는 쓴웃음을 지으며 뺨을 긁적였다.

"하지만 나한테 주는 감사의 선물이잖아? 그러니까 오빠가 골라줬으면 좋겠어."

"……그런가. 그래. 그럼 노력해 볼게."

그 후 리오는 직접 옷을 집어들고 라티파에게 어울릴지를 진지하게 고민하기 시작했다. 화기애애하게 대화를 나누는 남매의 모습을 종업원이나 지나가는 손님들이 흐뭇한 얼굴로 지켜보았다.

"아마카와 아닌가?"

하지만 남매간의 시간은 외부인의 등장으로 갑자기 중단되고 말았다. 리오에게 말을 건 이는 그레고리 공작이었다.

"……그레고리 공작 아니십니까. 오랜만입니다. 그리고……."

상대는 공작이었다. 리오는 강한 경계심을 느끼면서도 겉으로는 정중하게 인사를 건넸다. 그리고 그 옆에는 더 성가신 상대——.

"스튜어드 유그노다. 오랜만이군."

이 남자도 있었다. 강압적이고 오만함이 느껴지는 목소리였다. 부자연스러움을 넘어서 무례할 정도로 리오의 얼굴을 뚫어져라 바라보고 있었다. 공작가의 장남이라고는 해도 폐적당한 자제가 명예기사에게 보일 만한 태도는 아니었다.

"……오랜만입니다."

리오는 순간적으로 앞으로 나서며 라티파를 등에 숨겼다.

"그래, 정말로 오랜만이로군……."

다행히 스튜어드는 라티파는 안중에도 없는 모습으로 리오만을 응시하고 있었다.

'……역시 비슷해. 동일 인물이라고 생각하고 보니까 그때의 모습이 남아 있어.'

그 눈동자에는 적의인지 모멸인지는 알 수 없지만, 어쨌든 숨길 수 없는 부정적인 감정이 깃들어 있었다. 안 그래도 스튜어드는 과거에 아망드에서 리오에게 시비를 걸었던 적도 있었고, 그레고리 공작도 늘 이유를 붙여 리오와 자주 얽히는 상대였다.

'……뭐지? 뭐가 목적이지?'

리오 역시 위화감을 품고 경계심을 한층 더 강화했다.

"우연이군."

"……네, 우연이군요."

그레고리 공작은 그렇게 말했지만, 리오는 거짓말이라고 생각했다. 우연일 리가 없다. 여기는 여성복 매장이라 남자 둘이서 왔다는 것도 이상한 이야기였다. 절대로 있을 수 없다고 단언할 수는 없지만, 이 두 사람이 쇼핑을 하러 온 것으로 보이지는 않았다.

"자네는 남매끼리 쇼핑인가?"

그레고리 공작의 시선이 리오의 등 뒤에 서 있는 라티파에게 향했다. 그 탓에 스튜어드의 의식도 라티파에게 향해 버렸다. 다만 리오가 시야를 가리듯이 서서 그녀를 감추고 있었다.

"그건 그렇고, 네 여동생은 예절 교육도 제대로 못 받은 건가? 상급 귀족 앞에서 인사조차 하지 않다니."

그 모습에 그레고리 공작이 코웃음을 치며 말했다. 리오가 어깨너머로 뒤를 돌아보았다.

"윽……."

그러자, 라티파는 창백한 얼굴을 하고 겁먹은 듯 떨고 있었다. 무리도 아니었다.

'안 되겠어…….'

최대한 빨리 이야기를 끝내기 위해 리오가 입을 열려고 할 때였다.

"이봐, 그레고리 공작한테 실례 아닌가? 얼굴 정도는 보여주는 게 어때?"

발끈한 스튜어드가 리오의 등 뒤로 돌아가 라티파의 얼굴을 들여다보려 했다.

"헉!"

그렇게 스튜어드가 눈앞에 나타나고, 그 목소리를 듣자, 라티파는 눈에 띄게 크게 겁에 질렸다.

──야, 라티파! 제대로 얼굴 들어.

——나는 네 뭐라고 했지?

　——오라버니잖아?

　마음속 깊은 곳에 봉인해 두고 있던 노예 시절의 기억이, 플래시백되기 시작했다.

　"시, 싫어! 오, 오지 마!"

　라티파는 두 손으로 머리를 감싸안고 그 자리에 주저앉고 말았다.

　"뭐, 뭐야?"

　스튜어드가 당황하여 그대로 멈춰섰다.

　"자, 잠깐! 뭐 하시는 거예요?"

　그러자 이변을 깨달은 리제롯테가 황급히 달려왔다.

　"아, 아니야. 난 아무 짓도 안 했어! 이 녀석이 멋대로……."

　스튜어드는 웅크린 라티파를 가리키며 자신의 결백을 호소했다.

　"시, 시, 싫어……!"

　라티파는 웅크린 채 작게 몸을 떨고 있었다.

　"……."

　리오는 고통스러운 표정을 지었다. 라티파의 웃는 모습 뒤에 숨겨진 트라우마가 얼마나 큰지, 너무 가볍게 여기고 있었다는 사실을 깨달은 것이다.

　'……뭐야? 이 녀석, 어디서 본 것 같은데…….'

　한편, 스튜어드는 형언할 수 없는 강한 기시감을 느꼈다.

이렇게 겁에 질린 소녀를, 자신은 어디선가 본 적이 있지 않나? 그렇게 생각한 순간, 스튜어드의 뇌리에 한 소녀의 모습이 뚜렷하게 떠올랐다.

　——히익, 오, 오지, 오지 마!

　——때, 때리지, 마세요!

　——오, 오오, 오라버니.

　——죄, 죄송, 죄송해요! 용서해, 주세요!

스튜어드가 아직 왕립학원에 다닐 때의 일이다. 왕도에 있는 유그노 공작가 별채 지하에서는 희귀한 수인 노예를 기르고 있었다. 아버지가 그 소녀에게 무슨 일을 시켰는지는 알지 못했지만, 스튜어드는 자진해서 그 장소에 자주 방문했다. 학원에서 불쾌한 일이 있을 때 스트레스를 풀 목적으로 종종 귀여워해 주었기 때문이다. 그 소녀는 스튜어드의 장난감이었다.

눈앞에서 웅크리고 있는 소녀에게 수인의 특징은 없었다. 하지만 왠지 확신에 가까운 예감이 들었다. 아니, 직감이라고 해도 좋았다. 그러나 혼란스러움도 있었다. 왜 이 녀석이 여기 있는 거지? 어째서 이 남자의 여동생이 되어 있는 거지? 영문을 알 수 없었다.

하지만 가장 강하게 든 감정은 흥분이었다. 환희와 분노가 뒤섞인 강한 감정이 모든 것을 덮어씌울 정도로 강하게 끓어올랐다.

“……너 설마…… 라티파냐?”

스튜어드는 멍한 얼굴로 숨을 삼키며, 굳은 입을 움직였다. 그리고 라티파의 이름을 입에 올렸다.

◇ ◇ ◇

수십 분 후. 가르아크 왕국성의 영빈관에 있는 크리스티나의 집무실에 유그노 공작이 방문했다.

실내에는 크리스티나 외에 바네사가 자리하고 있었다.

"조금 시간을 내 주실 수 있겠습니까? 단둘이서만 말씀드리고 싶은 것이 있습니다. 사람들을 물려주시면……."

유그노 공작은 허리를 숙이며 바네사의 퇴실을 요구했다. 그 표정에는 진지함이라고 해야 할까, 어제는 보이지 않았던 각오가 엿보였다.

"……좋아. 바네사, 넌 방 밖에서 기다리고 있어라. 누가 오더라도 대화가 끝나기 전까지는 들여보내지 말도록."

뭔가 중요한 이야기라도 하려는 것일까. 크리스티나는 그것을 짐작했다.

"알겠습니다."

바네사는 공손하게 인사하고 방을 나갔다.

방 안에는 단둘이 남게 되었다.

"그래서, 무슨 이야기지?"

"밤새 계속 고민했습니다. 따지고 보면 아마카와 경에 관한 이야기이긴 하지만, 우선은 저의 죄를 고백하고 싶습니다.”

“당신의 죄, 말인가? 평화로운 이야기는 아닐 것 같 군…….”

크리스티나는 유그노 공작의 안색을 살폈다.

“실제로도 평화로운 이야기는 아닙니다. 약 5년 전에 있었던 야외훈련과 관련된 이야기라고 말씀드리면, 크리스티나 님이라면 아시지 않을까요?”

“…….”

크리스티나의 얼굴이 일그러졌다.

그때였다.

다급하게 방문을 노크하는 소리가 들렸다.

“죄송합니다. 들어가겠습니다.”

바네사가 방 안으로 들어왔다.

“……뭐지?”

이야기가 끝나기 전까지는 아무도 들이지 말라고 했음에도 들어왔다는 것은, 결코 넘길 수 없는 일이 벌어졌다는 뜻이었다.

“프랑수아 국왕께서 두 분을 부르셨습니다. 소란이 일어난 모양인데, 즉시 와달라는 전언입니다.”

바네사는 초조한 얼굴로 상황을 보고했다.

〖 제 7 장 〗 ✤ 허구의 소재

크리스티나 일행이 프랑수아에게 불려가기 조금 전.

리오 일행은 리카 상회의 매장을 뒤로하고 마차를 타고 왕성으로 돌아가고 있었다. 한편 스튜어드와 그레고리 공작도 자신들이 타고 온 마차로 리카 상회 매장에서 왕성으로 향했다.

그리고 두 사람은 그 길로 곧장 국왕인 프랑수아의 집무실로 이동했다. 왜냐하면 사태가 도저히 수습할 수 없는 지경이 이르렀기 때문이었다.

——네가 왜 여기 있는 거지?!

——이게 어떻게 된 거야?!

——이 녀석은 우리 가문 소유의 노예였다고!

리오는 라티파의 정체에 대해 시치미를 떼려 했지만, 스튜어드가 단호한 태도로 인정하려 들지 않았다. 아니, 오히려 더 흥분해서 말을 제대로 듣지도 못했다.

그래서 더는 당사자끼리 의논해서 해결할 문제가 아니라고 판단하고, 국왕 프랑수아에게 공평한 판정을 받는 게 어떻겠냐며, 리제롯테가 성으로 이동할 것을 제안했다.

그레고리 공작도 리제롯테의 제안에 동의했다. 본래는 리오의 얼굴만 확인하고 바로 돌아갈 생각으로 접촉을 시도했는데, 도대체 왜 스튜어드는 소란을 피운 것인가? 성으로 이동하는 시간을 이용해 마차 안에서 그 사정을 알아낼 심산이었다.

서류를 확인하고 있던 프랑수아는 소동이 일어났다는 말을 듣자마자 현장에 있던 자들을 곧장 집무실로 불러들였다. 그리하여 일동은 국왕 프랑수아의 집무실에서 다시 얼굴을 마주했다.

현재 실내에는 프랑수아, 리오, 라티파, 리제롯테, 미하루, 아키에 더해 그레고리 공작과 스튜어드가 있었다. 리오와 리제롯테가 나란히 소파에 앉았고, 그 맞은편에 스튜어드와 그레고리 공작이 나란히 앉아 있다. 국왕 프랑수아가 양쪽을 동시에 볼 수 있도록 앉으며 ㄷ자 형태를 만들었다.

그리고 라티파는, 리오와 리제롯테의 등 뒤에 놓인 의자에 앉은 채 양옆에 앉은 미하루와 아키에게 몸을 기대고 있었다.

"도대체 무슨 소동이지?"

그렇게 이야기를 들을 만한 상황이 얼추 갖춰지자, 프랑수아는 곧바로 사정을 들어보기로 했다.

"왕도에 있는 리카 상회의 매장에서 저희들이 쇼핑을 하고 있었는데, 그레고리 공작이 저기 있는 유그노 공작의 아들을 데리고 하루토 님께 말을 걸어왔습니다."

리제롯테는 리오의 편에 선 증인 입장에서 당시의 상황을 설명하기 시작했다. 마차로 이동하던 중에 사정을 들은 것은 리제롯테도 마찬가지였다. 그것을 들은 뒤에도 리오와 라티파는 잘못이 없다고 생각하고, 두 사람을 변호하기로 결심한 것이다.

리제롯테로서는 정말로 드물게, 스튜어드와 그레고리 공작에 대한 분노가 목소리에 배어 있었다.

"거기서 스튜어드 님은 하루토 님의 여동생인 스즈네 님이 유그노 공작가 소유의 노예라는 주장을 펼쳤습니다. 너무 크게 화를 내셔서, 그 자리에서 더는 대화는 불가하다고 판단해 폐하의 판단을 구하고자 이렇게 온 것입니다."

간략하게 사정을 보고한 리제롯테는 항의의 뜻을 담아 날카로운 눈으로 스튜어드를 바라보았다.

"윽, 화내는 것도 당연합니다! 저희 가문에서 소유하고 있던 수인이 무단으로 노예에서 해방된 거니까요!"

스튜어드는 그 기세에 잠시 주춤했지만, 분통을 터뜨리며 반박했다. 예상외의 형태라고는 해도 리오의 규탄을 실행해 버린 이상 더는 물러설 곳은 없었다.

"짐은 실제로 수인을 본 적은 없지만, 그 모두가 사람이면서 동시에 짐승의 귀나 꼬리를 가진 종족이라고 알고 있다. 하루토의 여동생인 스즈네에게는 그 특징이 보이지 않는데, 근거가 있는 이야기겠지?"

정말 유그노 공작가 소유의 노예와 동일 인물인가? 프랑수아는 라티파에게 시선을 돌리며 스튜어드를 향해 의문을 제기했다.

"저 여자가 저 정도로 저한테 겁을 먹고 있다는 게 무엇보다 더 큰 증거가 아니겠습니까? 노예 신분에서 불법으로 벗어났다는 것. 그 사실을 들킬까 두려워서 견딜 수 없는 거겠죠."

스튜어드는 승리를 자랑하는 얼굴로 코웃음을 치며 말했다. 얼핏 들으면 그럴싸한 말을 한 것처럼 들리지만, 주관적인 자신의 생각을 말하는 것일 뿐 객관적인 근거를 제시한 것은 아니었다.

본인 입장에서는 그 말로 상대를 찍어 눌렀다고 생각하고 있겠지만, 지금은 말싸움을 벌이는 상황이 아니었다. 아무 근거 없는 주장만으로는 프랑수아를 납득시킬 수 있을 리가 만무했다.

"⋯⋯알고 있겠지만, 하루토는 우리 나라의 귀족이다. 그 여동생의 명예를 훼손하는 것은 하루토의 명예를 훼손하는 것과 동일하지. 다시 한번 묻겠다. 응당한 근거가 있어서 한 말이겠지? 그대는 지금 분명 하루토와 그 여동생의 명예를 훼손하고 있다."

여기서 만약 거짓말을 한 사람이 너라면 어떻게 될지 알고 있겠지? 그런 뜻을 담아 프랑수아가 물었다.

"제, 제가 거짓말을 했다는 말씀이십니까?"

스튜어드가 당황한 얼굴로 주춤했다.

"증거가 없으면 사실로 인정할 수 없다고 말한 거다."

"증거라면 저 자신이 바로 증인입니다!"

"하지만 스즈네에게 수인의 신체적 특징은 없지 않나. 그대가 방금 말했지. 수인 노예였다고."

"화, 확실히 수인의 특징은 사라졌지만, 그 외의 특징이 매우 비슷합니다. 동일 인물이라고 생각될 정도로요."

"설령 그렇다 하더라도 짐이 보기에는 단순한 추측의 범위를 벗어나지 않는다고 보는데."

"그렇다면 폐하께서 아마카와에게 확인해 주셨으면 합니다. 저기 있는 스즈네라는 자가 유그노 공작가 소유의 노예였던 자가 맞는지 아닌지 말입니다."

스튜어드가 계속 물고 늘어졌다. 라티파와 만나며 예기치 못한 형태로 소란을 일으키게 됐지만, 더는 물러설 수 있는 상황이 아니었다. 이렇게 된 이상 남은 것은 돌진하는 것 말고는 없었다.

'흥, 거짓말을 할 수 있으면 해 보시지. 폐하께 거짓말을 내뱉는 순간 네놈의 죄는 더욱 무거워진다. 그렇게 폐하의 신용을 잃게 되면 네놈의 과거를 폭로할 거다. 이중으로 준비했다고.'

스튜어드에게는 승산이 있었다. 왜냐하면 라티파의 존재야말로 리오를 실추시킬 수 있는 약점이라는 것을 확신했기 때문이다.

"사실이라면 우리 나라에서도 간과할 수 없는 사태입니다. 완전히 무시하는 것도 좋지 않을 것 같습니다만, 안 그렇습니까? 폐하."

여기서 그레고리 공작이 처음으로 입을 열어 스튜어드를 지지했다.

"……그렇다고 하는데, 사실인가, 하루토?"

프랑수아는 한숨을 내쉬며 리오를 보고 물었다.

"……질문에 대답하기 전에, 잠시 괜찮을까요?"

리오가 천천히 입을 열었다.

"음."

"여기서 일이 커지면 레스토라시온에도 적지 않은 영향을 미칠 것입니다. 하지만 저는 그걸 원하지 않습니다. 물론 폐하께는 숨김없이 사정을 설명해 드리겠습니다. 그것으로 사태를 수습해 주실 수는 없겠습니까?"

"……스튜어드나 클레망은 퇴실시킨 다음에 말인가?"

"네."

리오가 고개를 끄덕였다.

"우, 웃기지 마! 누구 마음대로! 우리 가문 소유의 노예를 둘러싼 다툼인데, 대체 무슨 생각으로 그런 말도 안 되는 소리를 하는 거지?!"

분명 거짓말을 해서 상황을 모면할 거라 생각했는데, 리오는 당당하게 자신을 상황 밖으로 쫓아내려 했다. 도대체 무슨 생각이냐며 스튜어드는 격분했다.

"지금 여기서 물러나 주신다면, 적어도 레스토라시온에는 영향이 미치지 않는 선에서 일을 해결할 수 있습니다. 그렇게 말씀드린 겁니다."

리오가 스튜어드에게 시선을 향하며 냉정한 목소리로 말했다. 지극히 침착해 보이지만, 눈은 오싹할 정도로 날카로웠다. 스튜어드에게 깊은 분노를 느끼면서도 이성적으로 행동하고 있음을 엿볼 수 있었다.

"윽……!"

그건 네가 결정할 일이 아니야── 그렇게 생각한 스튜어드지만, 리오의 눈빛에 짓눌려 저도 모르게 숨을 삼켰다.

"……스튜어드 군, 이렇게 된 거 말해도 좋지 않겠나? 필요하다면 내가 폐하께 사정을 설명할 수 있네만?"

그때, 그레고리 공작이 옆에서 끼어들었다.

"……네, 네, 그렇군요. 부탁드려도 될까요?"

스튜어드는 냉정함을 약간 되찾고, 심호흡을 하며 고개를 끄덕였다.

"어떻게 된 거지, 클레망?"

프랑수아가 의아한 눈초리로 그레고리 공작을 바라보았다.

"애초에 왜 저희가 아마카와 앞에 모습을 드러냈는지, 그것과도 관련된 일입니다, 폐하. 어제 습격이 있었을 때 아마카와를 리오라고 부른 자가 있었다고 들었습니다. 그 이야기를 스튜어드 군에게 우연히 했더니, 귀에 익은 이름이라고 하는 게 아닙니까?"

그레고리 공작은 사정을 말하면서 리오의 반응을 살폈다. 스튜어드도 대놓고 비웃으며 의기양양한 얼굴로 리오를 바라보았다.

'……소라구나.'

리오는 원인을 알아차렸지만 소라가 잘못했다는 생각은 전혀 하지 않았다. 초월자의 규칙에 의해 기억이 리셋되는 이상 자유롭게 이름을 불러도 상관없다고 전했었고, 설령 그것이 아니라고 해도 싸움 중에 그런 것을 신경 쓸 여유는 없기 때문이다.

"사정을 자세히 들어보니, 그 리오라는 자는 일찍이 벨트람 왕국에서 플로라 왕녀를 살해할 뻔하고, 그 죄를 피하기 위해 실종된 중죄인이라더군요."

"……."

그레고리 공작은 설명을 이어갔지만 리오는 포커페이스를 유지했다.

"그렇지 않아도 아마카와의 과거에 대해서는 불투명한 점이 많습니다. 명예기사로 선택된 자가 정체를 속인 중죄인이었다면 우리 나라도 간과할 수 없는 문제입니다. 다만 아마카와 그 리오가 동일 인물인지에 대한 확증은 없었습니다. 그래서 스튜어드 군에게 협력을 요청받기도 해서 상황을 알아내려던 참이었습니다."

이어서 그레고리 공작이 사정을 털어놓았다.

"더는 의심의 여지가 없습니다. 아마카와는 우리 나라에서 죄를 짓고 도망친 리오입니다. 지금 다시 생각하면 저희 유그노 공작가 소유의 노예가 사라진 것도 이 녀석이 실종된 직후입니다. 그리고 예전에 리오의 강사를 맡았던 세리아 선생님이 어찌 된 영문인지 아마카와 곁에 있고요. 리오와 동일 인물이라는 가장 큰 증거가 아니겠습니까?"

그러자 소파에서 일어난 스튜어드가 리오를 가리키며 자신 있는 목소리로 그를 규탄했다.

"……."

리오는 감정을 억누른 듯한 얼굴로 조용히 침묵을 고수했다.

'흥, 할 말도 없나 보군.'

분명 초조해하고 있겠지, 하고 스튜어드는 피식 웃었다.

"저 한 명으로는 증인이 부족하다고 생각되신다면 당시 이자를 아는 인물이 저 말고도 더 있습니다. 크리스티나 님, 플로라 님, 폰테인 공작가의 로아나 선배, 그리고 브란트 백작가의 엘리제 선배입니다. 세리아 선생님의 이야기도 듣고 싶군요. 괜찮으시다면 전원을 불러 아마카와가 그 대역 죄인과 동일 인물인지 아닌지에 대한 증언을 들었으면 합니다. 어떠십니까?"

스튜어드는 거침없이 말을 늘어놓았다. 스스로에게 유리한 말만을 사실이라고 주장하고, 허구까지 섞어가며 점과 점을 잇고 있으니 더욱 질이 나빴다.

"……."

리오는 눈을 감고 드물게 얼굴을 찌푸리고 있었다.

그는 생각했다.

왜 스튜어드가 이런 짓을 하는 것일까? 어떻게 이 정도로 사람의 신경을 건드릴 수 있을까? 라티파가 공작의 의도로 암살자로 길러졌다는 사실은 몰랐다고 해도, 리오와 함께 행동하는 것을 보고 아무런 위화감을 느끼지 못한 것일까? 어설픈 타인의 주장이나 불만에도 귀를 기울이고자 하는 상식적인 사고의 소유자였기에, 리오는 스튜어드의 말에도 귀를 기울였다.

하지만 아무리 생각해도 스튜어드의 주장을 전혀 이해할 수 없었다. 오로지 자기 자신밖에 생각하지 않는 것일까? 자신에게 유리한 사실밖에 인식하지 못하는 것은 아닐까? 자신의 주장이 먹히지 않았을 때 레스토라시온에 어떤 영향을 미칠지 전혀 생각하지 못하는 것이 아닐까?

그렇다면 너무 어리석다는 생각밖에 들지 않았다. 아니, 어리석기만 하면 그나마 낫다. 거기에 악의까지 더해지니 더는 변호할 방법도 없었다.

"오빠……."

불안함이 담긴 라티파의 중얼거림이 등 너머에서 들려왔다.

"……괜찮아."

리오는 라티파를 돌아보며 부드러운 미소를 지어 보였다. 그리고 각오를 마쳤다.

이제 됐다.

좋을 대로 하면 된다.

스튜어드가 주변에 미치는 영향을 생각하지 않고 파멸로 치닫고자 하는데, 왜 자신이 그것을 멈춰야 하는가? 파멸을 원한다면 추락할 수 있는 곳까지 멋대로 추락하면 그만이다.

냉정함을 유지하는 것도 슬슬 한계에 다다르고 있었다. 혼자만 참으면 되는 문제라면 그나마 참았겠지만, 라티파까지 휘말리자 리오의 인내심은 빠르게 바닥나고 있었다.

스튜어드 유그노는 어리석게도 리오를 화나게 하고 말았다. 용왕이 된 남자의 역린을 건드리고 말았다.

스튜어드가 이 정도로 어리석은 짓을 해버린 이상, 더는 레스토라시온을 끌어들이지 않고서는 사태를 해결하기도 어려울 것이다. 스튜어드만 놓고 처벌하기 어려운 상황이 된 것이다.

"……어떤가, 하루토? 이름이 불린 자들을 불러도 상관없겠나?"

프랑수아는 탄식하며 리오에게 물었다.

"마음대로 하셔도 됩니다."

그리고, 리오는 주위에 미치는 영향을 고려하는 것을 멈췄다.

십여 분 뒤.

프랑수아의 집무실에 저택에 있던 세리아가 가장 먼저 방문했다. 무슨 일이 일어난 것을 짐작했는지 샤를로트도 동행했고, 호위로 고우키도 동행한 상태였다.

그리고 한발 늦게 크리스티나, 플로라, 로아나, 엘리제, 유그노 공작이 찾아왔다. 호위로 바네사도 동행하고 있었다.

"……."

입실하자마자 유그노 공작의 표정이 얼어붙었다.

정보량이 너무 많아 차마 다 처리할 수 없었기 때문이다. 왜 스튜어드가 리오와 마주 보고 앉아 있는 거지? 그 옆에 그레고리 공작은 왜 앉아 있는 거고? 게다가 왜 스튜어드는 가르아크 왕국의 기사복을 입고 있는 것인가?

"……죄송합니다, 아마카와 경."

얼어붙은 것은 크리스티나도 마찬가지였지만, 좋지 않은 상황이 벌어졌다는 것을 짐작한 모습이었다. 아직 아무런 사정도 듣지 못했는데 다급한 얼굴로 재빨리 리오에게 고개를 숙였다.

한 나라의 왕녀가, 더구나 즉위를 선언한 임시 여왕이 설명을 듣기도 전에 다른 나라 귀족을 상대로 고개를 숙인 것이다. 상상도 할 수 없는 일이었다.

"……저야말로 죄송합니다."

리오는 일어나서 얼굴을 찌푸리며 사과의 말을 되돌려 주었다.

"자, 잠시만요! 왜 저런 녀석에게 사과를!"

스튜어드도 거칠게 몸을 일으켜 거품을 물 기세로 소리쳤다.

"입 다물어라."

그러자 유그노 공작이 입을 열었다.

"아, 아버님…….”

스튜어드는 몸을 움츠리면서도 변명을 하려 했다.

"입 다물라고 했다. 왜 네가 거기 앉아 있는 거지? 그 제복은 또 뭐고? 도대체 무슨 짓을 저지른 거냐?”

하지만 분노를 참지 못한 유그노 공작은 당장이라도 달려들 기세로 스튜어드에게 거침없이 걸어갔다.

"잠시. 우선은 상황을 설명하마. 이야기는 그다음이다."

그것을 프랑수아가 말로 제지했다.

"윽…….”

유그노 공작은 간신히 발을 멈췄지만, 당장이라도 잡아죽일 듯한 표정으로 스튜어드를 노려보고 있었다.

"클레망, 스튜어드, 너희는 자리에서 일어나라. 그 대신 크리스티나 왕녀와 플로라 왕녀가 자리에 앉도록. 유그노도 앉도록 하고. 샤를로트는 하루토 옆에 앉아라. 다른 자들은 그대로 서 있도록.”

프랑수아의 지시에 이름이 불린 사람들이 정해진 위치로 이동했다. 리오는 리제롯테와 샤를로트 사이에 끼인 형태로 앉게 되었고, 그 맞은편에 플로라, 크리스티나, 유그노 공작이 나란히 앉았다.

"그럼, 리제롯테. 그대 입으로 사정과 쟁점을 간략히 설명하도록."

"알겠습니다."

리제롯테는 예를 표하며 고개를 끄덕이고는, 이내 논리정연하게 상황을 설명하기 시작했다.

"……이상의 경위로 인해 여러분을 이 자리에 증인으로서 소환했습니다. 당면한 쟁점은 다음 두 가지입니다. 첫 번째, 과거 벨트람 왕국의 왕립학원에 다녔던 리오라는 학생과 하루토 님은 동일 인물인가. 두 번째, 스즈네 님이 유그노 공작가 소유의 노예였던 수인 소녀와 동일 인물인가."

마지막으로 쟁점을 정리하고 설명을 마무리한다. 레스토라시온에 소속된 멤버들의 반응은 다양했다.

"……."

크리스티나는 완전히 모든 것을 포기한 얼굴로, 무척 미안하다는 뜻을 담아 리오를 바라보고 있었다. 플로라는 리오를 변호할 기세로 가득한지 드물게 조금 화가 난 모습이었다. 덧붙여 로아나는 별로 놀라는 모습은 보이지 않았다. 하루토가 리오가 아닐까 어렴풋이 눈치채고 있었던 것인지도 모른다. 어쨌든 생각하는 바가 있는지 씁쓸한 표정을 짓고 있었다.

한편 충격을 받은 얼굴로 눈이 흔들리고 있는 것은 엘리제 브란트였다. 학원 시절 고아라고 구박받던 옛 동급생이 타국에서 눈부시게 출세하여 상급자가 되었다는 사실에 더욱 놀란 것 같았다. 얼굴이 창백했다.

'이, 멍청한 놈이…….'

다만 그중에서 가장 큰 곤경에 처해있는 사람이라면 단연 유그노 공작이었다. 기껏 자신의 죄를 인정하겠다는 결단을 내리고 크리스티나에게 모든 사실을 털어놓기로 결심한 순간 이런 일이 벌어졌다.

리오에게도 정식으로 사과를 하려고 했는데, 자신이 모르는 곳에서 스튜어드에 의해 모든 일을 망치고 말았다. 어찌된 영문인지 암살자로 보낸 라티파까지 나타났으니 그야말로 청천벽력이나 다름없는 상황이었다.

이 멍청한 아들놈은 혹시 자신에게 원한이라도 품고 있는 것이 아닐까? 유그노 공작은 뒤를 돌아보며 잡아 죽일 듯한 기세로 스튜어드를 노려보았다. 스튜어드는 "히익" 하고 비명을 질렀다.

하지만 지금은 이런 멍청한 놈에게 의식을 빼앗길 때가 아니었다. 리오에게 사과하는 것이 먼저다. 그런 생각에 유그노 공작이 입을 열려고 했을 때였다.

"그럼, 우선 당사자 쌍방의 주장을 들어보겠다."

프랑수아가 먼저 말문을 열어버렸다.

"그, 그렇다면 우선 저에게 먼저 발언을 허락해 주셨으면 합니다!"

두려워하는 아버지까지 와버렸고, 예상했던 분위기와는 사뭇 다르다는 것을 뼈저리게 느낀 스튜어드가 황급히 변명의 기회를 구하고자 했다.

"자, 잠시 기다려주십시오! 그 바보 녀석이 아니라, 부디 저에게 해명할 기회를!"

유그노 공작이 황급히 끼어들었다.

"괜찮지 않을까요? 먼저 그 바보의 이야기를 들어봐도."

샤를로트가 빙긋 웃으며 말을 보탰다.

"무슨……!"

대놓고 바보라는 말을 들은 스튜어드가 어안이 벙벙한 얼굴을 했다.

"이 기회를 놓치면 두 번 다시는 말할 기회가 없을 테니까요. 저승 선물로 발악할 시간 정도는 드려도 좋지 않을까 싶어요."

아직 그 어떤 판결이 내려지지 않았음에도, 샤를로트는 이미 스튜어드가 패배한다는 것을 전제로 발언했다.

"……뭐가 더 있는가, 스튜어드."

프랑수아는 한숨을 내쉬며 스튜어드에게 발언을 권했다.

"저자는 과거에 저와 플로라 왕녀를 절벽에서 밀친 대역 죄인입니다! 그것도 모자라 저희 가문 소유의 노예를 멋대로 풀어주고 데리고 다니고 있단 말입니다! 처벌하지 않을 이유가 없지 않습니까?!"

어째서 자신이 궁지에 몰린 상황이 되고 있는지 이해할 수 없는 스튜어드는 거품을 물 기세로 리오를 향해 손가락질했다.

"모든 것이 사실이라면 말이지."

"사실입니다!"

"그럼 하루토의 말도 들어볼까?"

프랑수아는 아주 침착한 태도로 리오를 바라보았다.

"우선 제가 과거에 벨트람 왕국의 왕립학원에 다녔는가 아닌가를 말하자면, 사실입니다. 저에게는 리오라는 이름이 있습니다. 또한 여동생의 이름이 라티파라는 것도 사실입니다. 이런 사태가 벌어질 것을 우려해 가명을 사용한 것입니다."

리오는 예전 동급생에게 증언을 요청할 필요도 없이, 아무렇지도 않게 자신의 정체를 털어놓았다.

"……."

그리고 리오 자신이 인정한 것을 보고, 역시 그랬구나 생각하며 로아나와 엘리제도 숨을 삼켰다.

"공교롭게도 머리색은 변해서 지금은 이것이 제 머리색이 되었습니다만, 옛날에는 검은색 머리를 갖고 있었습니다. 같은 반에 소속되어 있던 여러분이라면 잘 알고 계실 거라 생각합니다. 라티파가 가진 수인의 특징에 관해서는 마도구로 변장시킨 것입니다."

"그, 그래! 그럴 줄 알았다고!"

숨을 삼킨 것은 스튜어드도 마찬가지였지만, 뒤늦게 정신을 차리고 환희했다. 그러나 리오가 이렇게나 선뜻 자신의 정체를 인정했다는 것을 이상하게 여겨야 마땅했다. 이

것은 정말 자신에게 있어 유리한 전개인가, 하고.

"하지만, 그 외의 사실에는 여러 가지 이의가 있습니다. 저는 플로라 왕녀를 절벽에서 밀친 기억이 없고, 라티파를 노예에서 해방시킨 것에도 합당한 이유가 있습니다."

리오는 자신의 무고함을 호소했다.

"거, 거짓말이야! 이 남자는 거짓말을 하고 있습니다!"

리오의 말이 끝나자마자 스튜어드가 소리쳤다.

"사실을 증명할 수단이 사람의 기억밖에 없다는 건 확실합니다."

"맞아! 그러니까 네가 무고하다는 걸 증명할 방법은 없어! 실제로 밀쳐진 내가 이렇게 말하고 있잖아. 그 밖에도 상황을 목격했다고 증언한 남학생들이 있었다고. 그래서 너에게 죄가 있다는 사실이 인정된 거야. 이제 와서 그 죄를 뒤집을 수 있을 리가……."

증명할 수 있다면 해 보라며 스튜어드가 비웃었다.

"아뇨, 아마카와 경은 무고합니다."

하지만, 크리스티나가 이의를 제기했다.

"네, 하루토 님…… 아니, 리오 님은 절 떠밀지 않으셨습니다!"

플로라도 즉시 리오를 변호했다.

"뭐, 뭐라고?! 대체 무슨 소릴……!"

경악한 스튜어드가 왕녀 두 사람을 바라보더니 침을 튀길 기세로 소리쳤다.

"다, 당시 크리스티나 님은 제가 누구에게 떠밀렸는지 보지 못했다고 말씀하지 않으셨습니까! 플로라 님도, 누구에게 떠밀렸는지는 모른다고!"

"확실히 목격하지는 못했어. 하지만 당신의 증언이 아니라 아마카와 경을 믿는다고 말하는 거야."

"저도 리오 님을 믿어요."

크리스티나와 플로라는 입을 모아 리오를 변호했다.

"마, 말도 안 됩니다! 목격 증언도 아닌 그런 애매한 소리를……!"

단순한 감정론에 불과하다며, 스튜어드는 강한 분노를 드러냈다.

"……아니요, 목격자라면 있습니다."

유그노 공작이 체념한 얼굴로 말을 보탰다.

"무슨 소리지?"

프랑수아가 의아한 얼굴로 물었다.

"아마카와 경의 내력에 대해서는 저도 어제 시점까지 의심을 품고 있었습니다. 그래서 당시의 사건을 다시 조사해 보다가 인정된 사실과 다른 증언을 하는 사람을 발견했습니다."

"무슨……."

경악하는 스튜어드.

"엘리제, 당시 자네가 목격한 것을 가감 없이 말해 보게."

유그노 공작은 엘리제 브란트에게 증언을 요구했다.

실내의 주목이 엘리제에게 집중되었다.

"네? 아……."

갑자기 던져진 질문에 엘리제는 크게 당황했다. 하지만 이 상황에서 증언을 거부할 만한 배짱은 그녀에게 없었다.

"스, 스튜어드 군을 밀친 건 아마카와 경이 아니었습니다."

결국 그녀는 모든 것을 털어놓았다.

"그럼 도대체 누가 스튜어드를 밀친 거지?"

프랑수아가 물었다.

"스튜어드 군과 함께 아마카와 경에게 죄를 뒤집어씌우려고 했던 남학생들입니다. 당시는 마물의 습격 때문에 모두가 패닉에 빠져 있었습니다. 그러는 사이에 스튜어드 군은 부상을 입고 남학생들에게 도움을 청하며 붙잡으려 했고……. 거기서 방해된다며 밀려난 결과, 플로라 왕녀를 밀치게 된 것입니다. 아마카와 경은 그저 정말 플로라 님을 구하고, 그녀를 대신해 절벽에서 떨어져 버렸을 뿐……."

"……왜 말하지 않았던 거죠?"

옆에 선 로아나가 경악한 얼굴로 물었다.

"죄, 죄송합니다! 당시 스튜어드 군에게는 거역할 수 없었고, 실제로 가해자인 남학생들도 동조하고 있어서 아무말도 할 수 없었습니다!"

엘리제는 창백한 얼굴을 하고 고개를 숙였다.

"거, 거짓말이야, 거짓말……."

말도 안 된다며, 스튜어드의 얼굴도 하얀색 물감을 칠한 것처럼 창백하게 질려 있었다.

"즉 처벌받아야 할 자는 실제로 밀친 남학생들과 거짓말을 해서 죄를 뒤집어씌우려고 한 스튜어드라는 거군."

프랑수아의 시선이 천천히 스튜어드에게 향했다.

"바네사, 저 죄인을 잡아라."

그리고 크리스티나가 스튜어드의 포박을 명령했다.

"알겠습니다.""으윽?!"

바네사는 대답과 동시에 등 뒤에서 스튜어드를 밀어 넘어뜨렸다. 그대로 체중을 실어 엎드리게 한 채 몸을 압박했다.

"본인도 돕겠습니다."

고우키도 지체 없이 스튜어드에게 다가가 제압하는 것에 협력했다. 주군으로 모시는 리오에게 적대한 남자에게는 가차 없다는 듯, 두 팔을 뒤로 돌려 손목을 비틀었다.

"아, 아파! 아파! 으극⋯⋯!"

스튜어드는 참지 못하고 비명을 질렀다.

"우, 웃기지 마! 왜 내가! 날 누구라고 생각하는 거냐?! 나는 유그노 공작가의 자제라고?!"

그리고 이성을 잃고 소리쳤다. 그러자 유그노 공작이 소파에서 일어나 바닥에 짓눌린 스튜어드 앞으로 이동했다.

"그럼 지금 이 자리에서, 네놈에게 의절을 선언하겠다."

의절이란 즉, 파문하여 부모 자식의 연을 끊는 것을 말한다. 작위의 세습권을 빼앗는 폐적보다도 더 무거운 처분이었다.

"의, 의절……?!"

스튜어드는 경악했다.

"노, 농담하신 거죠?! 농담이시죠?! 아, 아버님?! 아버님?!"

그러고는 횡설수설하기 시작했다.

"……네놈 따위는 태어나지 말았어야 했는데."

유그노 공작은 스튜어드를 내려다보며 증오에 찬 목소리로 말했다.

"무슨……."

스튜어드의 얼굴에서 핏기가 가셨다. 하지만 이대로 가면 모든 것이 끝장이다. 낙담하고 있을 때가 아니었다.

"그, 그게 부모라는 자가 할 말입니까?! 저런 여자의 증언 따위에 귀를 기울이고 친아들을 믿어주지 않다니!"

스튜어드는 기어이 정에 호소했다.

"저, 저는 거짓말은 하지 않았습니다!"

엘리제가 황급히 소리쳤다.

"네, 네놈! 백작가 계집 주제에 감히……!"

끼어들지 말라며, 스튜어드는 엎드려 구속된 상태에서도 엘리제를 노려보았다.

"히익……."

엘리제는 자신도 모르게 뒷걸음질 쳤다.

"잊으셨습니까?! 저 녀석은 유그노 공작가의 노예를 무단으로 해방시켰습니다! 그 죄는 어떻게 물으실 생각이십니까?!"

스튜어드는 이제는 체면 따위는 상관하지 않고 논점을 벗어나 리오를 깎아내리려 했다.

"윽……!"

순간 유그노 공작은 분노를 참지 못하고 크게 다리를 들어 올렸다. 그대로 이성을 잃고 스튜어드의 얼굴을 짓이기려 했지만……. 무슨 생각을 한 것인지, 들어 올린 다리를 천천히 바닥에 내려놓았다.

그러더니 유그노 공작은 리오를 향해 돌아섰다.

"하루토 군, 아니, 아마카와 경……. 정말로 미안했네!"

유그노 공작은 양손과 양 무릎을 바닥에 대고, 이마까지 붙이며 리오에게 무릎을 꿇었다.

"무슨……."

스튜어드는 결국 할 말을 잃고 말았다. 아버지가 무릎을 꿇는 모습은 상상도 못 했을 뿐더러, 왜 무릎을 꿇는지 이해할 수 없었기 때문이다.

"자네 곁에 그 소녀가 있는 일에 대해선, 뭐라 변명의 여지가 없다. 모든 잘못을 인정하겠다."

유그노 공작은 이마를 바닥에 붙인 채 리오에게 사과의 말을 건넸다.

"……잠깐. 무슨 말이지?"

크리스티나가 의아한 얼굴로 의문을 제기했다. 야외훈련 당시의 상황은 리오의 입에서 들은 것이라 알고 있었지만, 라티파가 암살자로서 리오에게 보내졌다는 사실까지는 모르기 때문이었다.

"……무슨 일이 있었는지 제가 말씀드리겠습니다. 유그노 공작은 고개를 들어 주세요."

리오가 탄식하며 말했다.

"아니, 들 염치가 없다."

"그렇다면 이야기도 할 수 없지 않습니까."

리오가 그렇게 말했지만, 유그노 공작은 여전히 바닥에 이마를 대고 있었다.

"얼굴을 들어라, 유그노."

결국 프랑수아의 명령을 받고서야 몸을 일으켰다.

"당시 야외훈련 사건으로 누명을 쓸지도 모른다는 사실을 알게 된 저는 세리아에게만 작별 인사를 하고 벨트람 왕국을 떠났습니다. 향한 곳은 부모님의 고향, 야구모 지방인데, 가는 도중 아망드 근처에서 암살자에게 습격을 당했습니다. 그것이 라티파입니다."

"윽……?!"

크리스티나와 다른 이들의 얼굴이 차갑게 얼어붙었다. 스튜어드가 이미 라티파를 유그노 공작가 소유의 노예였다고 인정해 버린 이상, 누구의 사주에 의한 것인지는 말할 것도 없었다.

"제압하고 구속한 것까지는 괜찮았는데, 당시 라티파는 예속의 목걸이를 차고 주인의 명령을 거스를 수 없는 상태에 놓여 있었습니다. 그래서 목걸이를 풀고 노예의 지위에서 해방시킨 겁니다."

"그런데 어쩌다가 하루토 님의 여동생이 된 거죠?"

샤를로트가 의아한 얼굴로 물었다.

"당시 라티파는 겨우 아홉 살짜리 아이일 뿐이었습니다. 물론 수인이었기에 신체 능력은 훈련된 기사보다 높긴 했지만, 슈트랄 지방에서 수인 아이가 정착할 만한 땅은 없었습니다. 그래서 결국 함께 여행을 하게 되었고, 그러는 사이 남매의 의를 맺게 된 것입니다."

"멋진 이야기네요. 역시 하루토 님입니다."

샤를로트는 활짝 웃으며 칭찬의 말을 건넸다.

"그렇다면 하루토 님은 정당방위를 하셨을 뿐이네요. 라티파 님을 노예에서 해방시킨 일로 비난받을 이유는 없겠군요."

그러면서 리오와 라티파를 옹호했다.

"암살을 지시한 것은 유그노, 그대가 틀림없나?"

프랑수아가 물었다.

"네, 틀림없습니다. 사실입니다."

"변명할 말이라도 있는가?"

"없습니다."

유그노 공작은 아무 변명도 하지 않고 깨끗이 자신의 죄를 인정했다. 자포자기한 것은 아니지만, 이 지경까지 와서 변명을 하는 것은 아무 의미가 없다는 것을 깨달은 것 같았다.

"왜 그런 지시를 했는지 정도는 말해 봐라."

"……당시에는 아르보 공작파와 파벌 싸움이 격화되기 시작하던 때입니다. 아들 녀석의 증언이 수상하다는 사실을 어느 정도 눈치채고는 있었지만, 정국의 안정을 우선시하여 당시의 아마카와 경을 희생양으로 삼았던 것입니다. 그래서, 만일 아마카와 경이 돌아왔을 때 불필요한 증언을 하면 곤란하다고 생각해 저 소녀를 암살자로 보냈습니다."

프랑수아의 재촉을 받은 유그노 공작은 담담히 당시의 경위를 말했다.

"그런……."

설마 그런 일까지 있었을 줄은 몰랐던 플로라는 충격을 받은 나머지 말을 잃고 말았다.

"……."

크리스티나도 벌레 씹은 듯한 표정을 짓고 있었다.

"거, 거짓말……."

스튜어드는 현실을 받아들일 수 없는지 몸을 떨며 고개를 필사적으로 흔들었다.

"거짓말 아니다. 모두 네놈의…… 아니, 저도 아들 녀석과 같은 죄입니다. 어떠한 처분도 달게 받겠습니다."

유그노 공작은 스튜어드에게 화를 내려다가, 곧 체념하고 고개를 숙였다.

"인정 못 해, 인정할 수 없습니다! 말도 안 돼! 그래! 저자는 아직도 지저분한 과거를 숨기고 있을 겁니다!"

스튜어드는 여전히 발악하려 했다.

"입 다물어라! 그에게 지저분한 과거 따위는 하나도 없다."

크리스티나가 한마디로 그를 제압했다. 평소 냉정한 그녀답지 않은 화법이었다.

"거짓말이야! 알폰스 선배도 저 녀석에게 살해당한 게 분명합니다!"

파멸의 위기에 처한 스튜어드는 더는 그 정도로는 겁내지 않았다.

"알폰스? 왜 그 남자의 이름이 나오지?"

"이상하다고 생각하지 않습니까?! 저놈이 우리 앞에 모습을 드러낸 지 얼마 지나지 않아 알폰스 선배가 실종됐단 말입니다! 저 녀석이 어리석게도 저희에게 앙심을 품고 그를 죽인 거라고 생각하지 않습니까?!"

"무슨 말도 안 되는 소리를⋯⋯."

"말이 된단 말입니다! 조금만 생각해 보면 알 수 있는 일 아닙니까. 왜 의혹에서 눈을 돌리려 하는 거죠?! 그래, 알았다! 그렇게까지 해서 이 남자의 힘을 빌리고 싶은 겁니까?!"

스튜어드는 크리스티나의 의도를 간파한 얼굴로 코웃음 쳤다.

"무슨 소리지?"

"이 남자가 출세했다는 사실을 알고 빚을 지워두고 싶은 거 아닙니까? 그래서 예전에 아버님이 이 남자를 버렸던 것처럼, 이번에는 절 버리려는 거군요?! 이런 비열한 짓을 하다니! 으흑?!"

욕설을 퍼붓던 스튜어드는 이내 바네사가 등을 압박하자 입을 다물었다. 스튜어드는 숨이 막힌 얼굴로 오열을 쏟아냈다.

"죄송합니다. 도저히 듣고 있을 수가 없어서. 지금의 발언은 불경죄에 해당하는 발언이라고 생각합니다."

바네사가 얼굴을 찡그리며 사과했다.

"이제 충분하겠지. 이 이상 저자의 입을 놀려봤자 자기 무덤을 파서 새로운 죄를 토할 것 같지도 않으니. 이제 남은 건 판정을 내리는 것뿐인데……."

"명예기사는 백작에 상당하는 고위 귀족에 해당합니다. 그 명예를 부당하게 훼손하면 가장 중한 죄일 경우 사형에 해당합니다, 아버님."

프랑수아가 스튜어드의 처분을 언급하자, 샤를로트가 분명한 어조로 죄의 무게를 말했다. 프랑수아라면 당연히 알고 있었겠지만, 굳이 말한 것은 스튜어드에게 그 죄의 무게를 알리기 위함이었다. 가벼운 형이라면 사형에는 해당되지 않고, 친고죄이기에 피해자인 리오의 고소도 필요했지만, 굳이 그 부분은 언급하지 않았다. 그리고 그 효과는 뛰어났다.

"으……."

스튜어드의 얼굴에서 핏기가 사라졌다.

"어머, 방금까지 그렇게 혈색이 좋아 보이셨는데, 몸이라도 안 좋아진 걸까요? 누르는 힘을 좀 풀어주렴."

샤를로트가 걱정스러운 얼굴로 지시했지만, 그것이 그저 말뿐이라는 것은 누가 봐도 명백했다.

"……예."

바네사가 크리스티나에게도 시선으로 확인을 받고 억누르는 힘을 조금 풀었다.

"그, 그레고리 공작님, 도와주세요! 협력하겠다고 약속하지 않으셨습니까?!"

스튜어드는 그레고리 공작에게 구원을 요청했다.

"……그것은 아마카와가 정말로 대역 죄인이었을 경우에 한해 말한 이야기다. 설마 자네가 이 정도로 거짓말을 늘어놓고 나를 기만했을 줄은 몰랐군……. 날 끌어들이지 말아주게."

자신은 상관없다며 그레고리 공작은 성가시다는 얼굴로 스튜어드를 잘라냈다.

"네놈에게도 나중에 이야기를 물을 것이다, 클레망."

"물론입니다."

프랑수아가 즉각 견제하자 그레고리 공작은 고개를 태연히 고개를 끄덕였다.

'흥, 쓸모없는 놈이었군.'

그레고리 공작이 차갑게 스튜어드를 내려다보았다.

"으윽, 흑, 흐으으윽."

그러자, 스튜어드가 소리 내어 울기 시작했다.

"어머나, 울어버렸네. 가여워라."

이렇게나 어리석다니, 우스꽝스러움을 넘어서서 애처로울 정도구나── 하고, 샤를로트는 말과는 달리 요염한 미소를 띠며 말했다.

"시끄러우니 저자는 밖의 기사에게 넘겨 감옥으로 데려가도록 해라. 우선은 사태를 기다리는 공포를 그 몸에 새겨두는 게 좋겠지. 레스토라시온에서 이의는 있는가?"

"없습니다."

프랑수아가 확인을 취하자, 크리스티나는 망설이지 않고 고개를 저었다.

"일어나라."

바네사는 휴대하고 있던 구속용 밧줄로 스튜어드의 두 손을 뒤로 묶고 그를 일으켜 세웠다.

"제, 젠장! 그만! 그만해!"

스튜어드는 발버둥 치며 저항했지만, 결국 속수무책으로 방 밖으로 끌려나갔다. 이윽고 방이 조용해졌다.

"그래, 하루토. 그대는 이번 사태를 어떻게 수습하고 싶은가? 유그노 공작의 행실은 하루토가 우리 나라의 명예 기사가 되기 전에 벌인 일이니 우리 나라 법으로는 소급하여 처벌을 내릴 수 없다. 그러니 레스토라시온의 판단에 맡겨야 하겠지만……."

뒤집어 말하자면 무거운 처분을 내리도록 압박을 가하

는 것은 충분히 가능하다는 뜻이었다. 프랑수아는 그런 뜻을 담아 리오에게 물었다.

"애초에 크리스티나 님과 플로라 님께는 제 과거를 전해드렸습니다. 그때 이미 과거를 들출 생각이 없다는 뜻도 전했고요. 저 개인적으로는 어떤 처분이 내려지든 관심은 없습니다만, 라티파가 어떻게 생각하는지는 별개입니다. 이번 건으로 라티파는 마음의 평화를 위협받았으니까요."

리오는 몸을 일으켜 라티파의 앞까지 이동했다. 고개를 숙이고 의자에 앉아 있던 라티파가 리오가 앞으로 오자 고개를 들었다.

"미안해, 라티파. 제대로 지켜주지 못해서."

"……아니, 오빠는 지켜줬어. 나야말로 미안해. 흐트러진 모습을 보여서."

"라티파는 앞으로 어떻게 하고 싶어? 용서할지, 용서하지 않을지. 라티파의 말대로 할게."

리오는 허리를 굽혀 그녀와 눈높이를 맞추더니 라티파의 의사를 확인했다.

"이제 두 번 다시 관여하지 않는다고 하면, 나도 어떻게 돼도 상관없어. 오빠에게 맡길게."

라티파는 유그노 공작 쪽을 보려고도 하지 않았다. 원래라면 같은 방에 있고 싶지도 않을 텐데, 참고 있는 거겠지.

"그렇다고 합니다. 이제 두 번 다시 라티파에게 관여하지 않는다면, 라티파의 평온을 위협하지 않는다면, 저 역시 요구할 것은 아무것도 없습니다."

"그걸로 된 건가?"

"네. 방해받는 만큼 시간 낭비니까요."

"흠, 그런가."

프랑수아는 유쾌한 얼굴로 미소 지은 뒤, 크리스티나와 유그노 공작을 보고 말했다.

"그렇다고 하는군. 유그노 공작에 관해서는 이쪽에서 처분을 요구하는 행동은 하지 않겠다. 레스토라시온의 판단에 맡기도록 하지."

"……관대하신 말씀 감사드립니다. 하지만 조직을 다스리는 사람으로서 유그노 공작에 대해 아무런 책임을 묻지 않을 수는 없습니다. 이자는 과거에 그만한 일을 저질렀습니다. 두 분께 있어서는 별로 상관없을 거라 생각합니다만, 근시일 내에 처분을 내리도록 하겠습니다."

크리스티나는 리오와 라티파를 향해 깊이 고개를 숙이며 유그노 공작에 대한 처분 의사를 밝혔다.

"어떠한 처분도 달게 받겠습니다. 도망치지도 숨지도 않겠습니다. 아마카와 경과 동생이신 스즈네 님께 두 번 다시 관여하지 않겠다는 것도, 맹세합니다."

유그노 공작은 이제 달관의 경지에 이르렀는지, 크리스티나를 따라 조용히 고개를 숙였다. 단 한 순간 분노와는 다른 복잡한 감정이 엿보이는 표정으로 라티파를 바라보았지만, 그 감정도 곧 끊어냈다.

"……이자를 더는 두 분 앞에 놔둘 수는 없겠군요. 바로 자리를 뜨도록 하고, 후일 다시 한번 사과를 겸한 보고의 기회를 주시면 감사하겠습니다."

크리스티나가 퇴실을 제안했고, 리오 일행의 대답을 기다리기도 전에 "가자"라고 하며 레스토라시온의 인물들과 함께 솔선수범하여 방을 나가려 했다. 유그노 공작은 곧 그 뒤를 따랐다.

플로라는 뭔가 말하고 싶은 듯한 얼굴로 리오나 라티파를 바라보았지만, 자신이 먼저 말을 걸어서는 안 된다고 생각한 것 같았다. 떠나는 길에 고개 숙여 인사만 하고 방에서 나가려고 했다.

"저, 저기……! 플로라, 님. 로아나 님도……."

그때, 라티파가 결심을 굳히고 자신이 먼저 플로라와 로아나에게 말을 걸었다.

그 말에 두 사람이 걸음을 멈췄다.

"숙박 모임 약속. 잊지 않고 놀러와 주셨으면 좋겠어요. 수인인 제가 싫을지도 모르지만…… 다들 기대하고 있었으니까……."

라티파는 눈치를 보며 두 사람을 초대했다.

"시, 싫을 리가 없잖아요! 스즈네!"

결국 플로라는 눈물을 왈칵 쏟으며 라티파를 껴안았다.

"아……."

수인이라는 이유로 무시당하진 않을까, 혹은 기피당하

지 않을까 생각했던 라티파가 어리둥절한 표정을 지었다.

"……감사해요. 플로라 님."

그리고 한 박자 늦게, 라티파는 눈물을 글썽이며 감사를 전했다.

"감사를 드려야 할 건 제 쪽이에요! 미안해요, 스즈네! 하루토 님! 제가, 제가, 그때 절벽에서 떨어질 뻔하지만 않았어도……!"

플로라는 엉엉 소리 내어 울음을 터뜨리고 말았다. 자신의 탓이라는 생각이 가슴 한쪽을 짓누르고 있었는데, 그것이 터져 나온 듯했다.

"플로라……."

크리스티나는 이미 유그노 공작과 함께 방 밖에 나가 있었지만, 실내에서 여동생이 울음을 터뜨렸다는 것을 알아차리고 상황을 살폈다.

"우, 울지 마세요. 그 사건이 없었다면, 분명 제가 오빠를 만날 일도 없었을 테니까요. 그렇게 됐으면, 제가 플로라 님과 만나게 될 일도 없었겠죠……."

라티파는 플로라를 다시 끌어안으며 마음속의 이야기를 털어놓았다.

"스즈네……!"

플로라는 감정이 격해졌는지 더욱 크게 울음을 터뜨렸다. 결국 지금 당장 이동하기는 어려운 상황이 되고 말았다.

"……플로라 님은 나중에 제가 모시고 가겠습니다. 크리스티나 님은 먼저 돌아가세요. 너도 먼저 가거라, 엘리제."

로아나가 크리스티나에게 이동을 권유했다. 이리하여 스튜어드가 일으킨 소동은 막을 내리게 되었다.

〖 제 8 장 〗 ✳ 밤비 속 밀회

  그리고 그날 저녁의 일.

  라티파가 용기를 내 플로라에게 말을 걸어준 덕분에 이 날도 숙박 모임이 열리게 되었다. 방문자는 어제와 같이 크리스티나, 플로라, 로아나, 히로아키, 코우타, 레이, 리리아나, 그리고 리제롯테와 아리아였다.

  식사도 수다도 끝나고, 이미 취침 시각을 맞이했을 때.

  '한때는 어떻게 되나 걱정했는데…….'

  어떻게든 원만히 마무리되어 다행이라며, 리오는 자신의 방에서 혼자 침대에 앉아 생각에 잠겨 있었다. 방금까지 플로라 일행과 즐겁게 수다를 떨던 라티파의 모습이 떠올라 웃음이 절로 번졌다.

  그런 와중 쏴아, 하고 바깥에 소란스러운 소리가 울려 퍼지기 시작했다.

  "비가 오네……."

  리오는 일어서서 창가로 이동해 커튼을 열고 밖을 내다보았다. 하지만 비로 인해 달빛조차 없는 상태라 바깥이 제대로 보이지도 않았다.

  갑작스러운 폭우였다. 낮에는 맑았는데, 마치 통이라도 뒤집어놓은 듯한 거센 비였다. 그것이 왠지 오늘의 사건을 떠올리게 해서 우울한 기분이 들었다.

'아침에는 그치려나?'

내일이 되어도 폭우가 이어진다면 크리스티나 일행에게 귀환을 늦춰달라 하는 편이 좋을 것 같았다.

"어?"

그런 생각을 하고 있는 와중, 리오는 정원에 희미한 사람의 그림자를 포착했다.

'……누구지?'

리오는 순간적으로 신체를 강화해 시력을 끌어올렸다.

역시 잘못 본 것이 아니었다. 누군지까지는 몰라도 도적으로 보이지는 않았다. 도적치고는 정원에 당당히 서 있었기 때문이다.

하지만 정원에 서 있는 이유를 알 수 없었다. 이런 취침 시각에 왜? 아니, 그보다는 이런 폭우 속에서 왜?에 가까웠다.

물론 비는 이제 막 내리기 시작했으니 비가 오는 와중 자진해서 밖으로 나온 것은 아니겠지만…….

"……."

궁금해진 리오는 정원 밖으로 나가 보기로 했다.

취침 시각.

저택 정원에는 당연히 사람들이 돌아다니고 있을 리가

없다. 단 한 명, 조금 전에 리오가 발견했던 한 명을 제외하고…….

리오는 바람의 정령술로 자신의 주위에 결계를 쳐서 비에 젖지 않게 한 뒤 그 인물을 봤던 위치로 다가갔다.

그리고 그 인물을 발견했다. 비가 어찌나 거세게 쏟아지는지 말을 해도 지워질 정도였다.

'……크리스티나 님?!'

몇 미터 위치까지 거리를 좁힌 시점에서, 리오는 그 인물이 크리스티나라는 것을 확신했다.

하지만 크리스티나는 저택에 등을 돌린 채 멍하니 하늘을 올려다보고 있었고, 리오가 다가오고 있다는 것도 눈치채지 못했다.

1미터 정도까지 가까워졌을 때.

"감기에 걸리실 거예요!"

리오가 큰 목소리로 크리스티나에게 말을 걸었다.

"아마카와 경……."

크리스티나는 천천히 몸을 돌려 멍한 표정으로 리오를 바라보았다.

"뭘 하고 계신 건가요?"

리오는 빠르게 결계의 범위를 넓혀 크리스티나를 비에서 보호했다.

"조금, 비를 맞고 싶은 기분이라…….'"

크리스티나는 그렇게 말했지만, 거짓말이라고 생각했

다. 리오는 거의 비가 내리기 시작한 직후 누군가가 정원에 서 있는 모습을 목격했으니까. 적어도 비를 맞고 싶어서 밖에 나간 것은 아니라고 생각했다.

"……."

리오는 크리스티나의 몸이 조금씩 떨리는 것을 알아차렸다. 옷이, 아니, 옷은 물론이고 속옷과 피부까지 온몸이 흠뻑 젖은 것 같았다.

지금 계절은 겨울이다. 가르아크 왕국은 동절기에도 기온이 그렇게 크게 떨어지지는 않지만, 현재 기온은 10도 정도. 비를 맞은 상태라면 체감 온도는 더 낮을 것이다.

그래서 리오는 정령술로 온풍을 발생시켜서 크리스티나의 몸을 따뜻하게 해 주려고 했다.

"괜찮습니다."

하지만 크리스티나는 스스로 리오가 펼친 결계 밖으로 걸어 나갔다.

"어째서죠?"

리오도 곧바로 그 뒤를 따라가 크리스티나를 결계의 우산 안으로 다시 넣었다.

"비를 맞고 싶은 기분이라고 말씀드렸잖아요?"

크리스티나는 죄책감 서린 얼굴로 리오에게 시선을 피하며 고개를 숙여버렸다. 그 옆모습은 너무나도 덧없어 보였다. 만지면 쉽게 쓰러지지 않을까 싶을 정도로 연약해 보였다. 도대체 무슨 생각을 하고, 무슨 마음이길래 이런 짓을 하고 있는 것일까?

"오늘 일 때문인가요?"

짐작 가는 이유라고 하면 한 가지밖에 없었다.

"……조금, 생각을 하고 있었던 것뿐이에요. 정말 잠깐이니까요. 돌아가 주세요."

크리스티나는 리오에게서 고개를 돌리고 그렇게 대답하더니, 등을 돌리고 다시 결계 밖으로 나가기 위해 걸어갔다.

"……."

리오는 거짓말임을 확신했다. 이대로 방치하면 크리스티나는 쓰러질 때까지 비를 맞고 있을 것 같았다.

그러자, 이상하게도 그 순간.

──**소라 이외에 첫 번째 권속으로 삼는 건 크리스티나 벨트람이 좋다고 생각해.**

그런 리나의 말이 리오의 머릿속을 스쳐 지나갔다.

'관계가 있는 건가?'

이 상황을, 이 장면을, 역시 리나는 예지했던 것일까. 궁금했지만 지금은 그럴 여유가 없었다.

떠나는 크리스티나의 등에서는, 리오의 곁에 있을 수 없다, 있어서는 안 된다는 거부감이 배어 나오고 있었다.

"……알겠습니다."

리오는 펼쳐둔 결계의 우산을 멈추고 크리스티나의 옆에 나란히 섰다. 그대로 폭우를 맞자 순식간에 온몸이 흠뻑 젖어갔다.

"······무슨?"

그때서야 비로소 크리스티나의 표정에 놀라움이 번졌다. 저도 모르게 걸음을 멈추고 옆으로 온 리오의 얼굴을 바라본다. 왜 리오까지 비를 맞기 시작하는 것인지 이해할 수 없는 듯했다.

"잠깐이라고 하셨죠? 그럼 함께 있겠습니다."

리오는 장난스럽게 웃으며 말했다.

"······어째서?"

크리스티나는 리오의 옆모습에 시선을 빼앗긴 채 멍하니 물었다.

"마침 저도 비를 맞고 싶은 기분이라서요. 우연이네요."

리오는 크리스티나를 보지 않고 어두운 밤하늘만 올려다보았다. 여전히 세차게 비가 쏟아지고 있지만, 이상하게 목소리는 잘 들렸다.

"······그런 우연이 있을 리가 없잖아요."

"있어요. 그래서 우연이라고 하는 거죠."

"······."

크리스티나는 순간적으로 말문이 막혔다. 다만, 여전히 리오가 돌아가 주길 바라는 얼굴을 하고 있었다. 그렇지만 차마 리오에게 돌아가 달라는 말을 하지는 못하고, 그저 쓸쓸한 얼굴로 입을 다물었다.

"이건 그냥 잡담인데요. 마침 오늘, 여동생과 어떤 이야기를 나눴어요."

그러자, 리오가 하늘을 올려다본 채 입을 열었다.

"……어떤 이야기인가요?"

크리스티나도 밤의 비오는 하늘을 올려다보며, 포기한 얼굴로 잡담에 동참했다.

"망설임이나 고민이 있다면, 약한 소리를 해도 좋고, 타인에게 의지해도 괜찮다, 라는 이야기였어요."

"으……!"

크리스티나는 화들짝 놀라 리오의 옆모습을 다시 바라봤다. 그녀의 눈동자는 놀라움과 안타까움으로 흔들렸고, 금방이라도 눈물을 흘릴 것만 같았다.

"쓸데없는 참견일지도 모르지만, 저라도 괜찮다면 상담해 드리겠습니다."

그런 그녀에게 리오는 상냥한 말을 건넸다.

"그런 말은 하지 마세요……."

크리스티나가 그런 리오를 바라보며, 애절한 목소리로 힘겹게 말했다.

"어째서요?"

"정말로, 의지해 버리고 싶어지잖아요……."

"정말로 의지해도 좋다는 말을 하고 있는 건데요."

리오는 고개를 돌려 맑은 눈빛으로 크리스티나를 다시 응시했다. 그러자 크리스티나의 표정이 눈에 띄게 흔들렸다.

"저는 그럴 자격이 없어요……."

크리스티나는 강한 무게에 짓눌린 사람처럼 고개를 푹

떨궜다.

"하지만, 저를 상대할 땐 그런 자격은 필요 없어요."

"……당신이 상대이니까 더더욱, 자격이 필요해요. 약한 모습도 보여주고 싶지 않아요. 당신에게는, 당신에게만 은……."

안 돼요, 절대 안 돼요, 라며 크리스티나는 고개를 숙인 채 스스로에게 타이르듯 말했다.

"그럼 서로 하나씩 약한 소리를 해서 상대를 의지해 보는 건 어떨까요?"

리오도 참을성 있게 버텼다. 크리스티나를 짓누르는 마음의 무게를 덜어주려는 듯, 가벼운 톤으로 그런 말을 던진다.

그 말에 겨우 크리스티나도 고개를 들었다.

"……왜, 그런 짓을?"

무슨 의미가 있느냐며, 크리스티나는 나약하게 물었다.

"제가 그렇게 하고 싶으니까요."

리오는 망설이지 않고 태연하게 즉답했다.

"으……."

크리스티나의 몸이 흠칫 떨렸다.

그리고 그대로 숨을 삼켰다.

"싫으세요?"

리오가 얼굴을 들여다보며 물었다.

"시, 싫은 건 아니지만……."

크리스티나는 리오를 직시하지 못하고, 결국 어쩔 수 없이 고개를 돌려버렸다. 질문하는 방식이 치사하다는 생각이 들었다. 안 되겠냐고 물어봤다면 안 된다고 대답했을 것이다.

"그럼 말을 꺼낸 저부터 할게요. 옆에 서 있는 사람이 지금 확실하게 고민을 안고 있는데, 그걸 털어놔 주지 않아요. 오늘 일어난 문제가 원인일까 생각하면 마음이 놓이질 않아 밤새 비를 맞을 수도 있을 것 같아요. 굉장히 마음이 아파요. 그런 저에게, 부디 당신의 약한 소리를 털어놔 주실 수 없을까요?"

그리고 의지해 주세요── 라며, 리오는 크리스티나를 바라보고는 조금 장난스러운 투로 말했다.

"……치사해요."

크리스티나는 힘겨운 목소리로 항의했다.

"……여동생에게도 자주 듣는 말이에요. 그러고 보니 오늘도 들은 것 같네요."

리오는 난처한 얼굴로 쓴웃음을 지으며 뺨을 긁적였다.

"……."

크리스티나는 입을 삐죽 내밀고, 어깨가 맞닿을 정도의 거리에서 간신히 리오를 시야에 다시 넣었다. 그러나, 그 시점에서 이미 리오는 부끄러움을 감추기 위해 또다시 밤하늘의 어둠을 올려다보고 있었다.

──여기를 봐줘, 나를…….

──제발, 도와줘…….

크리스티나는 작게 입을 움직이며 중얼거렸다.

그것은 분명 그녀의 약한 소리였다.

진정한 본심이었다.

긍지 높은, 나라의 장래를 짊어진 강한 왕녀가 아니다.

줄곧 마음속 깊이 봉인해 두었던.

약하고, 의지할 곳 없고, 아직 어린 소녀의, 구원을 청하는 소리였다.

하지만 빗소리가 시끄러워 리오의 귀에는 닿지 않았다. 아니, 억수같이 쏟아지는 빗소리에 묻힐 것이라는 확신이 있었기에 오히려 약한 마음을 드러낸 것일지도 모른다.

"네?"

하지만 무슨 말을 했다고 생각했는지, 리오는 어리둥절한 얼굴로 크리스티나를 바라보았다.

"……뭐라고 하셨나요?"

그리고 조심스럽게 묻는다.

"……정말, 괜찮은 거죠?"

크리스티나의 표정에 깃들어 있던 강한 망설임이 어느 정도 풀어졌다. 그녀는 소녀가 아닌 왕녀의 얼굴로 돌아가 있었다. 이미 늦었다며, 리오에게 시선으로 호소했다.

"네."

상관없어요, 하고 리오는 주저하지 않고 고개를 끄덕였다.

"저는 고민하고 있었어요. 앞으로 다가올 미래에서 내릴 최선의 결정이, 정말 최선일까. 잘못된 결정은 아닐까, 두려워서, 단호하게 결단을 내리지 못하고……. 아니, 차라리 틀렸다고 생각하고 싶은 걸지도 몰라요……."

크리스티나는 조용히 자신의 약한 마음을 털어놓았다. 그것은 확실히 그녀의 약한 마음이자 본심이었다.

"크리스티나 님은 누구보다 총명한 분이세요. 그런 당신이 틀리는 일은, 쉽게 상상이 가지 않습니다만……."

"……감사합니다. 당신이 그렇게 말해 주니 자신감이 생기네요."

크리스티나는 진심으로 기쁜 얼굴로 미소를 지었다.

"……하지만 그래도 아직 결론을 내릴 용기가 나지 않아요. 그러니 뻔뻔한 부탁이지만, 가능하다면 용기를 주실 수 있을까요?"

이어서 조심스럽게 부탁한다.

"용기, 말인가요?"

"네. 미래를 생각하면 아무래도 겁이 나는 자신이 있어요. 그러니까 저에게 조금만, 용기를 주세요. 그게 제가 아마카와 경에게 부탁하고 싶은 일이에요."

크리스티나는 그렇게 말하고는 정면으로 리오와 마주했다.

"물론 상관은 없지만, 어떻게 드려야 좋을지……."

리오는 승낙했지만, 추상적인 부탁이라 그런지 어떻게 해야 하나 입가에 손을 대고 고민에 잠겼다.

"괜찮습니다."

하지만 크리스티나가 리오를 향해 한 발짝 다가갔다.

"네……?"

갑자기 가벼운 충격이 리오의 몸을 덮쳤다.

"제가 알아서 받을 테니까요."

크리스티나는 리오를 끌어안고 그 가슴팍에 얼굴을 묻었다. 젖은 피부가, 옷이 축축하게 딱 밀착되었다.

"윽……."

리오는 놀란 나머지 그대로 완전히 굳어버렸다.

세차게 내리는 빗속에서도 크리스티나의 심장 박동이 뜨겁게 울려 퍼지는 것이 느껴졌다. 동시에 크리스티나의 몸이 추위로 조금씩 떨리고 있는 것도 잘 전해졌다.

"……!"

이어서, 크리스티나는 사람의 온기를 갈구하듯 리오의 등에 손을 감쌌다. 그리고 리오의 몸을 꼭 끌어안았다. 크리스티나의 부드러운 육체가 리오의 단단한 몸에 눌렸다. 그 순간——.

——소라 이외에 첫 번째 권속으로 삼는 건 크리스티나 벨트람이 좋다고 생각해.

또다시 리나의 말이 리오의 뇌리에서 울려 퍼졌다. 하지만 그런 말조차 들어오지 않을 정도로, 리오의 머리는 새하얗게 물들었다.

"하아, 하아……."

밤의 어둠 속에서 쏟아지는 폭우의 빗소리보다, 크리스티나가 입에서 내뱉는 뜨거운 숨소리가 이상하게도 리오의 귀에 더 잘 들렸다.

그리고 무엇보다…… 피부에 닿자마자 얼어붙을 것 같은 비의 차가움보다, 당장이라도 얼어서 스러질 것만 같은 크리스티나의 온기를 리오는 마치 화상이라도 입을 듯 뜨겁게 느끼고 있었다.

적어도 지금 이 순간만큼은, 이렇게 덧없고, 이렇게 의지할 곳 없어 보이는 가녀린 소녀가, 나라의 미래를 짊어지고 있는 왕녀라고는 생각할 수 없어서…….

"……."

리오는 얼어붙어 떨고 있는 크리스티나의 몸을 조심스럽게 안아주었다.

◄ 후기 ► ✤

여러분, 안녕하세요. 키타야마 유리입니다. 『정령환상기 26. 허구의 소재』를 읽어주셔서 정말 감사합니다.

26권은 어떠셨나요? 본편을 이미 보신 분은 아시다시피 원작 1권, 2권 무렵부터 숨겨져 있던 허구가 마침내 공개되었습니다. 마침내 이 전개를 그릴 수 있어 저로서도 만족도 높은 한 권이었습니다.(참고로 26권의 부제에 포함되어 있는 '허구'는 1권의 부제인 '거짓'이라는 표현에서 비롯된 것입니다.)

또한 26권은 드라마CD가 포함된 특장판도 동시 발매했는데, 거기에 수록된 스토리는 26권 조금 후에 펼쳐지는 일상 이야기입니다. 마침내 되찾은 리오의 일상을 더 즐기고 싶은 분들이라면 꼭 특장판의 드라마CD도 들어 주신다면 좋겠습니다(리오는 왜 인기가 많냐, 라는 테마로 여주인공들과 함께 재미있게 분석해 나갑니다. 성우분들이 캐릭터의 매력을 최고로 끌어내주셨고, 마사토 군도 드라마CD에 처음으로 참가했습니다).

그리고 아주 중요한 소식이 하나 있습니다. 맞습니다. TV 애니메이션 2기 『정령환상기2』의 방송이 2024년 10월부터 시작됩니다. 26권이 발매된 직후 바로 방송이 시작되기 때문에 2기도 함께 체크해 주세요.

TV 애니메이션 제작은 1기 때와 마찬가지로 저도 각본 회의부터 참가했습니다. 설정 감수나 녹음에도 참석했는데, 지금은 이미 원작자라기보단 팬의 입장에서 방송을 기대하고 있습니다. X를 통해 실시간으로 소통할 수 있으니 여러분들과 함께 TV 애니메이션 2기 『정령환상기2』를 함께 즐기고 싶습니다! 꼭 함께 시청해 주세요! 그리고 얼마 전부터 아마존에서 『정령환상기』 원작 1권 오디오북이 배포되었습니다. 오디오북은 책의 문자 정보를 성우가 음독하는 서비스를 말합니다. 말하자면 귀로 독서할 수 있는 서비스입니다. 정령환상기 원작 소설을 소리로도 즐기고 싶은 분은 꼭 이쪽도 함께 체크해 주세요. 통근이나 취침 시 듣기 좋을 것 같습니다.

　그럼 이번에는 이쯤에서. 27권에서도 다시 뵙기를 바랍니다!

2024년 8월 하순 키타야마 유리

정령환상기
27. 기도의 단두대

비를 맞으며 떠는 크리스티나의 모습에
형언할 수 없는 불안을 느끼는 리오.
그 정체를 알아내지 못한 채, 지금은 그저
차가워진 몸을 안아주는 것밖에 할 수 없었다.

그런 리오의 품에서
벨트람 왕국의 제1 왕녀이자
현재는 레스토라시온을 이끄는 존재인 그녀는
홀로 조용히 결단을 내린다——

"우리에게
남은 방법은
이것밖에 없습니다."

SEIREI GENSOUKI Vol.26
©Yuri Kitayama
Originally published in Japan in 2024 by HOBBY JAPAN CO., Ltd.
Korean translation rights ©2025 by Somy Media, Inc.

정령환상기 26 —허구의 소재—

2025년 1월 1일 1판 1쇄 발행

저　　　　자	키타야마 유리
일 러 스 트	Riv
옮 긴 이	이소정
발 행 인	유재옥
총 괄 이 사	조병권
출 판 본 부 장	박광운
담 당 편 집	박치우
편 집 1 팀	박광운
편 집 2 팀	정영길 조찬희 박치우
편 집 3 팀	오준영 이소의 권진영 정지원
디자인랩팀	김보라 이민서
디지털사업팀	김경태 김지연 윤희진
라이츠사업팀	김정미 이윤서
콘텐츠기획팀	박상섭 강선화
영업마케팅팀	최원석 윤아림 이다은
물 류 팀	허석용 백철기
경영지원팀	최정연
인쇄제작처	㈜코리아피앤피
발 행 처	㈜소미미디어
등 록	제2015-000008호
주 소	서울시 마포구 토정로222, 502호 (신수동, 한국출판콘텐츠센터)
판매 및 마케팅	(070) 8822-2301

ISBN 979-11-384-8536-4
ISBN 979-11-6611-646-9 (세트)